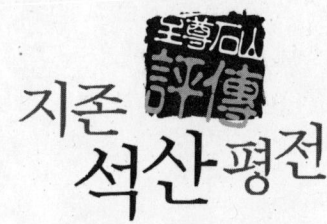

지존
석산 평전

김대산 新무협 판타지 소설
FANTASTIC ORIENTAL HEROES

지존석산평전 4

김대산 新무협 판타지 소설

초판 1쇄 찍은 날 § 2008년 5월 28일
초판 1쇄 펴낸 날 § 2008년 6월 10일

지은이 § 김대산
펴낸이 § 서경석

편집장 § 문혜영
편집책임 § 이재권

펴낸곳 § 도서출판 청어람
등록번호 § 제1081-1-89호
등록일자 § 1999. 5. 31
어람번호 § 제2-1498호

주소 § 경기도 부천시 원미구 심곡1동 350-1 남성B/D 3F (우) 420-011
전화 § 032-656-4452 팩스 § 032-656-4453
http://www.chungeoram.com
E-mail § eoram99@chollian.net

ISBN 978-89-251-1334-0 04810
ISBN 978-89-251-1076-9 (세트)

지존 석산 평전

김대산 新무협 판타지 소설
FANTASTIC ORIENTAL HEROES

至尊石山
評傳

4

경동천하(驚動天下)

청람
도서출판

第一章
급변정세(急變情勢)

지존
석산평전

　진시(辰時) 말. 염동은 자신이 말한 대로의 정확한 시간에 돌아왔다. 그리고 그는 정말로 쌍맹을 위한 선물을 가지고 왔다. 그런데 그 선물이라는 것은 사람들이 보기에 다분히 장난스러운 데가 있었다.

　길쭉한 타원형의 작은 방패 두 쌍.

　그 칙칙한 회색의 방패는 양쪽 팔뚝 바깥쪽으로 부착하게 되어 있었다. 그런데 그 크기가 아담하다고 할 정도여서, 거구의 쌍맹에게 갖다 붙이기에는 아무래도 귀여워서 장난감 같은 데가 있었다. 방패에서 더욱 특이하다고 할 만한 점은, 펴고 접기를 자유롭게 할 수 있다는 것이었다. 즉, 평상시에는 접혀져 있다가 일정한 방법으로 팔을 떨치면 마치 날개가 활짝 펴지

듯이 거의 두 배 이상의 면적으로 펼쳐지는 것이었다. 그런 방
패의 묘용에 대해 쌍맹은 무척이나 신기해했다.

그리고 시커먼 색의 쌍부(雙斧)가 역시 두 쌍.

이 쌍부 역시 쌍맹에게는 그저 손도끼 정도로 가볍게 쓰일
만한 크기여서, 솔직히 무기로서는 크게 어울려 보이지 않는
다고 해야 했다.

마지막으로 은갑(銀甲) 두 벌.

일종의 호신갑(護身甲)쯤으로 보이는 그 은갑 역시 예외없
이 특이한 점들을 지니고 있었다. 재질을 알 수 없는 가느다란
은빛의 사슬들로 이루어져 마치 물결처럼 찰랑거리는 그것은,
전체적으로는 아주 유연하고 부드럽기까지 해서 과연 호신갑
의 기능이 있을까 의심스러웠다. 다만, 다른 것들과 달리 이 은
갑만큼은 쌍맹의 거구를 충분히 감당하는 데가 있었다. 염동
이 하라는 대로 쌍맹이 겉옷을 벗고 몸에다 걸치자 능히 목에
서부터 손목, 그리고 발목까지를 모두 다 가릴 수 있었다.

염동이 쌍맹에게 말하기를 그 은갑이야말로 천하에 다시없
는 신갑(神甲)이라 하였다. 그 은갑을 입는 것만으로도 가히 금
강불괴의 호신효과를 볼 것이며, 더욱이 수화(水火)와 사독(邪
毒)이 모두 불침이라는 것이었다. 그러니 이제부터 그 어떤 경
우에도 그 신갑을 벗을 생각을 말고 마치 제 몸뚱이의 한 부분
인 양 여기라고 했다.

사뭇 진지한 표정으로 말하는 염동의 그 대단한 거짓말에
대해 능운상 등은 차마 염동의 면전에 대놓고 웃지는 못하고

슬그머니 고개를 돌려서는 피식거리고 말았다.

쌍맹은 입이 아예 귀에 가 걸렸다.

사실 그들 맹씨 형제는 지난번 마창철기대와의 전투에서 죽을 고비를 넘긴 후 다분히 의기소침해하고 있는 중이었다.

그런데 이제 염동이 몇 가지 선물들을 주며 가히 신물(神物)이라고 말을 하자, 그들은 곧바로 천하무적이라도 된 양 들떠하는 것이었다.

그런데 그들 쌍맹이 소위 신갑이라는 그 사슬 속옷(?)을 입고 우뚝 버티고 선 모양을 보자면, 정말이지 전신이 온통 은빛으로 찰랑거리며 반짝거리는 것이 제법 거창한 위용을 뽐내는 모양새이긴 했다.

맹룡이 뿌듯한 기쁨을 숨기지 못하고 만면에 웃음이 가득한 채로 염동에게 물었다.

"당숙! 그런데 저희는 이 신물(神物)들을 어떻게 불러야 하는 것입니까?"

염동이 덩달아서 환한 미소를 떠올리며 대답했다.

"본래 물건의 이름이라는 것은 주인 된 자가 정하면 되는 것이지! 그것들의 주인은 이제부터 조카들이니, 조카들이 편한 대로 아무렇게나 부르도록 하게나!"

그 말에 쌍맹은 곧바로 심각한 얼굴이 되었다. 이어 한동안이나 곰곰이 생각을 거듭한 끝에 문득 밝은 얼굴이 된 맹룡이 사뭇 감격스러운 목소리로 말했다.

"이것들은 하늘이 저희에게 내린 신물이니, 각기 신패(神

牌), 신부(神斧), 신갑(神甲)이라 하겠습니다."

그러자 염동이 흐뭇하게 웃으며 고개를 끄덕였다.

"허허! 좋도록 하게!"

순간 맹룡과 맹호가 동시이다시피 '와!', '와아!' 하고 들뜬 환호성을 질러댔다.

시간이 날 때마다 염동은 아예 작정을 한 듯이 열심히 쌍맹을 가르쳤다. 맹룡에 의해 이름 붙여진 소위 신패와 신부, 그리고 신갑의 사용법을 가르친다는 것이었다.

그런데 그 가르침의 내용이란 것이 능운상 등으로 하여금 다시금 실소를 짓지 않을 수 없게 만들었다.

두 자루의 손도끼와 양 손목에 부착된 타원형의 작은 방패를 이용해 펼치는 초식이란 것은 바로 팔방풍우(八方風雨)의 일식이었다.

팔방풍우! 원래의 의미는 팔방을 비바람이 몰아치듯이 세차게 무찌른다는 것이다. 그러나 흔히는 강호의 하수들이 법도 없이 마구잡이로 검이나 주먹을 휘둘러 대는 형상을 빗대어 이르는 의미로 쓰인다.

다만 쌍맹에게 내리는 염동의 가르침만큼은 역시나 자못 거창한 데가 있었다.

"팔방이란 건(乾), 감(坎), 간(艮), 진(震), 손(巽), 이(離), 곤(坤), 태(兌)의 여덟 방향이다. 다시 말하자면 동서남북의 사방(四方)과 북동, 남동, 북서, 남서의 사우(四隅)를 모두 포함하는 방위이

다. 곧 나를 중심으로 하는 천지사방의 모든 공간을 이르는 것
이다. 하면 이 한 수의 팔방풍우를 완벽히 펼칠 수만 있다면 그
야말로 천하무적의 공격 초식이 될 것이며, 또한 천하무적의 방
어 초식이 되지 않겠는가?'

　설명뿐만이 아니라 쌍맹이 곧바로 수련에 들어간 팔방풍우
의 실제에도 능운상 등이 지금까지 보도 듣도 못했던, 또한 미
처 상상해 보지 못했던 특이함이 있었다.

　우선 그들의 팔방풍우는 아주 다양한 자세에서 나왔다. 서
고, 걷고, 뛰고 하는 중에 펼쳐지는 것은 물론 심지어는 앉고,
눕고, 엎드리고 하는 등등의 별별 희한한 자세에서도 어떻게
하든 무조건 시전되어야만 하는 팔방풍우였다.

　또한 한 번 시작하면 염동이 멈추라고 할 때까지는 그 언제
까지라도 결코 멈추어서는 안 되는, 그야말로 끝없이 시전되
는 지독한 팔방풍우였다.

　그러다 보니 그들의 팔방풍우는 마치 곡예를 하는 듯 어려
워 보였고, 또한 사람을 지레 지쳐 죽게 만들 듯한 잔인한 가혹
행위에 가까워 보였다. 그리하여 처음에는 실소하며 가볍게
보던 일행은 점차 웃을 수 없게 되었다.

　그런데 염동과 쌍맹의 팔방풍우는 그런 정도에 그치지 않았
다. 시간이 갈수록 점점 더 이상한 형국으로 진전이 되고 있었
던 것이다.

　염동의 다그침은 점점 더 혹독하게 변해갔다. 그가 쌍맹에
게 쌍부를 쥐어주고 대신 맡은 몽둥이는 곧 쌍맹을 질타하는

매가 되었다. 쌍맹의 팔방풍우가 조금이라도 잘못 펼쳐지거나, 혹은 그 흐름이 끊어지기라도 할라 치면 어김없이 염동의 몽둥이가 날아갔다.

그런데 그 매질이 아주 고약했다.

염동은 마치 즐기기라도 하듯이 수시로 쌍맹의 전신 이곳저곳을 가리지 않고 쿡쿡 찌르기도 하고, 툭툭 때리기도 하는 것이었다.

능운상 등이 보기에 그런 식의 몽둥이질은 쌍맹에게 고통을 주는 것에 더해 불쾌감과 굴욕감까지 줄 것만 같았다.

사실은 힘으로 하자면 그런 정도의 몽둥이질쯤은 쌍맹이 얼마든지 피하거나 간단히 막을 수도 있을 법하였다.

그런데도 쌍맹은 저항하기는커녕 조금의 불만도 드러내지 않았다. 그저 염동이 때리는 대로 고분고분히 맞고만 있는 것이었다.

쌍맹과 염동의 그런 모습에서는 숙질 간의 깍듯함을 넘어서서, 마치 사제간의 엄격함을 보는 듯하였다.

한편 그런 중에도 일행을 새삼 감탄하지 않을 수 없게 만드는 것은, 염동의 혹독한 담금질을 받는 쌍맹의 그야말로 엄청나다고밖에 할 수 없는 힘과 지구력이었다.

염동이 가르치는 특이한 팔방풍우는 사실 지독히도 비효율적인 것이었다.

철저히 공격일변도인 데다 그 공격마저도 완급과 강약의 조절이 불가한 무조건 깨고 부수기의 일변도였으니, 그런 점에서 그건 결코 무공이라 할 수 없었다.

무엇보다 한 번 펼치게 되면 상대가 쓰러지든, 아니면 내가 죽든 둘 중 하나가 쓰러지기 전에는 결코 멈출 수가 없어서 결국 무한의 힘과 지구력을 요구하는 것이니 어찌 실용성이 있다고 하겠는가.

그러나 역으로 보자면 그런 방식의 팔방풍우이니만큼, 지칠 줄 모르는 힘과 투지의 소유자인 쌍맹에게는 그야말로 맞춤일 수밖에 없는지도 몰랐다.

염동은 자신의 작품(?)에 사뭇 즐거워하는 기색이었다.

어찌 보자니 그에게는 가학적인 못된 취미가 있는 듯도 했다. 그러니 그저 순박하고 어리숙하기만 한 쌍맹을 괴롭히는 재미를 은근히 만끽하고 있는 것이 아니겠는가.

그러나 어찌 되었든 쌍맹과 염동은 정말로 열심이었다. 길을 가는 중에 잠시의 틈이라도 생기면 곧바로 도끼를 휘둘러 댈 정도로 고련을 게을리 하지 않았다.

그리고 어느 정도 익숙해지고 난 다음부터는, 언제라도 염동의 한마디 호령이 있기만 하면 그 즉시로 쌍맹의 도끼는 주변 사방에다 자못 현란한 팔방풍우의 초식을 풀어놓곤 했다.

그렇게 쌍맹의 팔방풍우는 하루가 다르게 그 나름의 면모를 갖추어가고 있었다.

하긴 아무리 고련을 하고, 또 제법 봐줄 만하게 되었다고 해도 그런 무식한 도끼질을 어디에 써먹을 수 있을 것인가? 혹 전쟁터에나 나가면 몰라도 말이다.

만약 무림에서라면, 그리고 상대가 기초적인 무공의 틀만 제대로 갖추었다면 쌍맹의 고된(?) 도끼질이 통할 것이란 기대는 그다지 가지지 않는 것이 좋을 일이었다.

적어도 능운상 등이 보는 견지에서는 그랬다.

*   *   *

며칠간의 여정이 더해진 끝에 소산 일행은 이윽고 개봉에 도착했다.

일행의 원래 계획은 개봉의 외곽을 돌아 오늘 중으로 내처 하북성(河北省)에서 가까운 활현(滑縣)까지 갈 예정이었다. 그러나 능운상과 무무가 개방에 급한 볼일이 있다고 하였으므로 잠시 개봉에 들렀다 가기로 한 것이었다.

아직 오전 중이어서 점심을 먹기에는 한참 이른 시간이었다. 그러나 마땅히 짐을 풀 장소가 없기도 하여 일행은 일단 가까운 곳에 보이는 객잔에 들기로 했다.

능운상과 무무는 짐을 풀 것도 없이 서둘러 객잔을 나서려 했다. 늦어도 두 시진 안에는 돌아올 참인 것이다.

그때 예령이 문득 조심스러운 기색으로 능운상에게 물었다.

"능 공자께서는 혹시 개방과 친분이 깊으신가요?"

갑작스러운 질문이었지만 능운상은 부드럽게 대답해 주었다.

"딱히 친분이 있다기보다는 이전에 기회가 있어 개방의 백궁(白窮) 장문인과는 안면을 익힌 바가 있습니다. 한데 왜 그러시는지요?"

"염치없지만 한 가지 부탁을 드릴 수 있을까 해서……."

예령이 계속하여 조심스러운 기색이자 능운상은 소리 내어 웃으며 짐짓 밝게 말했다.

"하하하! 무슨 일인지 말씀부터 해보십시오. 소생이 해서 가능한 일이라면 당연히 힘을 써보겠습니다."

예령이 가볍게 고개를 숙여 보이며 말했다.

"사람을 찾는 일입니다."

"사람이라면 누구를……?"

"제 조부님이십니다."

그러자 능운상이 얼른 아는 체를 했다.

"아! 검군 예둔 대협 말씀이로군요!"

"급히 뵈어야 할 일이 있는데, 여러 가지 형편상으로 볼 때 제남(齊南)의 본 가에도 계실 것 같지 않고… 해서 천하에 미치지 않는 곳이 없다고 하는 개방의 이목을 한번 빌려볼까 하고 부탁을 드려보려는 것입니다."

예령이 어렵게 말을 마치자 능운상은 조금의 주저함도 없이 흔쾌히 말했다.

"그 일이라면 제가 성심을 다해 개방에다 부탁을 한번 해보도록 하겠습니다."

예령이 고개를 숙여 고마움을 표했다.

"고맙습니다, 능 공자님!"

능운상과 무무가 객잔을 나가고 난 뒤 곧이어 안문이 또한 볼일이 있다며 객잔을 나섰다.

그러자 염동이 짐짓 좀이 쑤신다는 듯한 기색이더니, 이윽고는 슬쩍 쌍맹을 꼬드겼다.

"이보게, 조카들! 우리도 무료하게 시간을 죽이고 있을 것이 아니라 개봉의 거리 구경이나 나가보는 것이 어떤가?"

그러자 안 그래도 지루하던 참이라는 듯 맹룡이 반색을 하며 반문했다.

"거리 구경이요?"

"이곳 개봉은 일찍이 일곱 나라가 도읍을 삼은 바 있는 칠조고도(七朝古都)이니, 거리마다 색다른 구경거리가 있음은 물론이고 다양한 먹거리들이 지천으로 넘쳐 나는 곳일세!"

맹호가 안 그래도 두 눈 가득 호기심을 담고 있다가 염동의 그 말이 끝나기 무섭게 벌떡 자리를 박차고 일어섰다.

그 길로 염동은 든든한 호위처럼 쌍맹을 좌우로 거느리고 느긋한 걸음걸이로 객잔을 나섰다.

능운상과 무무는 개봉의 거리 곳곳을 다니며 구걸하는 걸인들에게 자신들의 신분을 밝히고 개방의 백궁 장문인이 있는 곳을 수소문하였다.

그렇게 한 시진쯤 되었을 때, 그들을 안내하겠다는 걸인 하나가 나타났다. 능운상 등이 그 걸인을 따라서 간 곳은 뒷골목 어느 다리 밑에 있는 움막촌이었다.

오물이 뒤섞여 흐르는 개천가에 어설프게 지어진 그곳은 저절로 눈살을 찌푸리게 할 정도로 지저분하였고, 코를 움켜잡고 싶을 만큼 지독한 냄새가 진동을 했다.

그러나 능운상이나 무무 모두 엄격한 사문의 훈육을 받은 터였고, 또한 젊은 나이에 비해서는 지극히 신중한 성품들이었다.

더구나 그곳이 바로 개방의 방주가 머무르는 곳일 터이니, 그들이 어찌 감히 얼굴을 찌푸릴 수가 있겠는가. 두 사람은 오히려 공손하게 몸가짐을 바로 했다.

다른 움막들과 조금도 다르지 않은 하나의 움막에서 만난 개방의 장문인 백궁은, 그가 걸친 누더기 옷만 아니라면 흔히 볼 수 있는 이웃의 노인네와도 같은 평범한 인상을 지닌 인물이었다.

다만 누더기라도 다른 거지들에 비해서는 깨끗하였고, 평소의 습관인 듯 얼굴에 짓고 있는 약간의 짓궂은 표정은 그와 처음 대하는 사람이라도 웬만하면 쉬이 친근함을 느낄 만하였다.

깊숙이 읍하며 예를 갖추는 능운상과 무무를 잠시간 유심히 지켜보고 있던 백궁이 걸걸한 목소리로 입을 열었다.

"소림과 무당의 후기지수들이라 그런지 아주 얼굴에서 눈부신 광채가 나는군!"

그러더니 그는 이내 하소연하는 어조로 되었다.

"에휴! 용과 같고 범과도 같은 자네들에 비하자니, 내 제자 놈은 어쩔 수 없이 뱀이나 개밖에 안 되겠어!"

능운상은 순간 웃음을 터뜨릴 뻔했다.

뱀과 개야말로 거지들의 천적과 같은 상징적 의미였다. 그런데 자신의 귀한 제자를—그 제자야말로 바로 개방의 미래를 책임질 후개(後丐)였다—하필이면 그것들에다 비유를 한단 말인가?

그때 백궁은 짐짓 처량한 표정을 만들며 다시금 하소연을 늘어놓고 있었다.

"에휴! 재주가 못 미치는 것은 뭐 또 그렇다고 치더라도, 그놈의 성질머리는 또 어찌나 개차반인지… 이건 제자가 아니라 숫제 원수일세, 원수!"

이번에는 침착하던 무무마저도 생각없이 빙그레 미소를 떠올리고 말았다. 그러는 중에 그들 사이의 분위기는 금방 부드러워져 있었다.

잠시 후.

"황도의 일은 어찌 되어가고 있습니까?"

정색으로 묻는 능운상의 말에 대해 백궁은 여전한 너스레 조로 대답했다.

"재미있게 되어가고 있네!"

"예?"

"헐헐! 오대세가 말일세. 그들이 느닷없이 오황숙을 지지하고 나섰지 뭔가!"

"아!"

능운상이 놀라 탄성을 흘리자 백궁은 가만히 고개를 저었다.

"뭐, 그렇게 놀랄 일까지는 아닐세. 사실 어느 정도는 그럴 가능성이 예견된 일이었는데, 다만 모용추가 그처럼 본격적으로 앞장을 서고 나설 줄은 아무도 예상하지 못했지."

"모용추라면……!"

"왜 아니겠나? 바로 모용세가의 그 늙은 여우지. 훗! 하긴 노부가 그의 입장이 되었다고 해도, 한 번쯤 해볼 만한 도박이긴 하지."

"무슨 말씀이신지……?"

"구파일방에서야 전통적으로 조정의 일에는 적극적으로 개입하지 않아왔고, 더욱이 각파가 주창하는 도와 명분이 서로 뚜렷하게 다르기에 쉽게 뜻을 합치기 어려울 것은 누구나 예상해 볼 수 있는 일이 아닌가? 그렇다면 오대세가 측에서 합심하여 이번 일에 전력을 투입한다면, 능히 무림의 판세를 움직여 볼 수도 있겠다는 계산이 나올 법하지 않겠는가?"

"음!"

내내 듣고만 있던 무무가 나직하게 침음성을 흘렸다.

백궁이 그런 무무를 흘깃 보며 빙그레 웃었다. 이어 그는 다시 말을 이었다.

"오대세가로서는 지금의 난국을 잘만 이용한다면 다가올 새로운 시대에는 확실하게 구파일방의 위에 군림해 볼 수도 있을 것이라는 계산이 설 법한 얘기지. 오황숙이 이미 예전부터 걸출하다는 평을 받아온 인물인데다, 또한 그 처가(妻家)가 바로 대륙상가(大陸商家)이니 재력만으로도 이미 천하쟁패의 승산을 반 이상 움켜잡았다고 할 수 있지 않겠는가 말이야."

그때 무무가 의문을 참지 못하겠다는 듯 불쑥 끼어들어 말했다.

"그러나 황위 계승의 대의명분은 어디까지나 태자 측에 있는 것이 아니겠습니까? 하니 비록 오대세가에서 그런 야심을 가지고 있다 하더라도, 여타의 강호 제파(諸派)들은 결코 그들을 지지하지 않을 텐데요?"

백궁의 찬찬한 눈길이 새삼스럽다는 듯 무무를 돌아보았다. 그리고는 가볍게 고개를 끄덕이며 예의 그 허물거리는 웃음소리를 냈다.

"헐헐헐! 그렇지!"

그러나 이어 백궁은 가만히 고개를 가로저으며 다시금 말을 바꾸었다.

"그러나 또한 대외명분이 걸린 일이기에, 적어도 표면적으로 동원될 수 있는 강호 제파라 해봐야 기껏 구파일방과 오대세가, 그리고 그 방계의 정파 세력들 정도로 한정될 수밖에 없지 않겠는가? 결국 작금의 정세에 개입할 수 있는 실질적인 전력만을 염두에 두고 냉정히 따져 본다면, 단합된 오대세가 측이 오히려 우세하다고 보아야 한다는 의미일세."

그 말에 무무는 곧바로 당혹스러운 빛이 되고 말았다.

백궁이 빙그레 웃는 얼굴로 잠시 무무를 응시하고 있다가 다시 말을 덧붙였다.

"하하하! 물론 대의명분을 가진 태자 측도 조정대신들과 특히 군부의 폭넓은 지지를 받고 있지. 헐헐! 그러니 내가 일이 재미있게 되어간다고 하는 것일세! 이제부터는 그야말로 이전투구, 어느 쪽이든 한쪽의 박은 터져 나가야만 끝이 나는 잔혹한 골육상쟁의 잔혹한 싸움이 본격적으로 벌어지겠지."

그때 무무가 머뭇거리는 기색으로 다시 물었다.

"그렇다면 우리 구파일방에서는 이제부터 어찌 대처해야 하는 것입니까?"

그러자 백궁은 소리 내어 웃으며 오히려 반문을 했다.

"하하하! 그런 것이야 이 늙은 거렁뱅이가 고민할 것이 아니라, 무림의 태산북두인 자네들 소림이나 무당에서 고민할 일이지 않겠나?"

그러면서 백궁은 짐짓 짓궂게 무무와 빤히 눈을 마주쳤다.

그때 능운상이 무무의 곤란함을 구해줄 겸 백궁을 향해 물었다.

"개방에서는 어찌하실 것입니까?"

그 말에 백궁은 언뜻 정색이 되었다. 능운상의 질문이 공손하면서도 막상은 단도직입적인 데가 있는 때문이리라.

그러나 백궁은 이내 그 짓궂은 미소를 다시 떠올리며 장난스럽게 말했다.

"내 못난 제자 놈이 지금 황도에 가 있네!"

"아!"

"하하하! 그렇다고 놈에게 무슨 특별한 임무가 주어진 것은 아닐세! 당장에 한 끼 밥 빌어먹는 것을 걱정해야 하는 거지가 어찌 천하정세에 신경 쓸 겨를이 있을 것이며, 누가 황제가 되든지 간에 그것이 또한 거지와 무슨 상관이 있겠는가? 지금이나 나중이나 거지는 그저 거지일 뿐이로세. 다만 이리저리 보고 들은 게 많아야 동냥도 수월히 할 수 있는 법. 머지않아 황도에 재미있는 일들이 벌어질 것도 같기에 구경이나 하고 오라고 보낸 것이지. 헐헐헐!"

"음!"

백궁의 태평한 말에 능운상이 가늘게 침음성을 흘리는데, 그때 백궁이 문득 생각났다는 듯이 무무를 보며 말했다.

"아참! 내 정신 좀 보게! 그렇지 않아도 굉조 선사께 부탁받은 것이 하나 있었는데, 헐헐헐! 마침 자네들이 알아서 나를 찾아주었으니, 이 늙은 거렁뱅이가 따로 발품을 팔지 않아도 되겠군!"

백궁이 소매 속에서 꺼내 든 것은 한 통의 서찰이었다.

무무가 공손히 받아서 보니 그 겉봉에 '무무, 능운상 전(前)!'이라고 쓰여 있었다.

이어 무무가 조심스럽게 겉봉을 개봉하여 속지를 꺼내 보니, 거기에는 단 네 글자가 적혀 있었다.

진중소신(鎭重所信)!

무무가 무거운 표정으로 능운상을 돌아보았다. 그러나 능운상이라고 해서 그 네 글자에 담긴 의미가 당장에 확연할 리는 없었다.

그때 곁에서 은근슬쩍 서찰의 글귀를 훔쳐본 백궁이 빙긋이 미소를 떠올리는데, 그 미소가 자못 의뭉스러워 보이는 데가 있었다.

그런 백궁을 향해 능운상이 조심스러운 기색으로 말했다.

"혹시 이 서찰이 의미하는 바에 대해 짐작되시는 바가 있다면 우둔한 저희들을 깨우쳐 주십시오!"

그러자 백궁은 슬쩍 한 발짝을 뒤로 물러서며 짐짓 손사래를 쳤다.

"허! 짐작이라니? 구걸이나 하며 겨우 연명하는 처지가 아는 게 무에 있다고?"

그러나 능운상과 무무가 묵묵히 그를 바라보고만 있자, 잠시 후 백궁은 마지못한 듯이 슬그머니 입을 열었다.

"허허! 자네들은 괜히 사람을 무안하게 만드는군. 뭐, 정히 그렇다면 생각나는 대로 한마디 하도록 하지. 노부가 강호바닥을 돌아다니다가 주워들은 말 중에 한 가지인데, 바로 정수불범하수(井水不犯河水)라는 말일세!"

"정수불범하수?"

능운상이 가만히 되뇌자 백궁이 다시 덧붙였다.

"우물물은 강물을 침범하지 않는다. 곧 강호무림과 관(官)

은 서로 관여하지 않는다는 말일세."

"음!"

능운상이 나지막하게 침음성을 흘렸다. 그리고 그는 이어 어떤 생각에 잠기는 모습이었다.

능운상이 다시 백궁을 향하며 입을 연 것은 한참이나 지난 후였는데, 그때 그의 화제는 바뀌어 있었다.

"소림에서 이곳까지 오는 동안 몇 가지 평범하지 않은 일들이 있었습니다."

능운상은 그들 일행이 창왕과 마창철기대의 공격을 받았던 일에 대해 이야기했다.

한참 동안 듣고 난 백궁은 전에 없이 진중한 얼굴을 하며 무겁게 중얼거렸다.

"음! 그렇다면 팔왕의 일부, 혹은 극단적으로는 그들 전부가 오황숙의 편에 섰을 수도 있다는 첩보가 사실이라는 말인가?"

능운상이 흠칫 놀라며 반문했다.

"예?"

"그렇지 않아도 그에 관련하여 몇 가지 첩보들을 확보한 바가 있었으나, 쉽게 믿지를 못하고 있었네. 그런데 방금 자네의 말을 듣고 보니 그럴 가능성이 상당히 농후하겠어. 그리고 새삼 생각해 보니 평소에 그처럼 조심스럽기만 하던 여우 모용추가 그처럼 과감하게 오황숙의 선봉을 자처하고 나선 것 또한 그러한 사정과 무관하지는 않을 법하고 말이야."

백궁이 잠시 생각을 정리하는 기색이다가 문득 능운상을 향해 물었다.

 "하지만 그렇다고 하더라도 기껏 자네들을 제지하기 위해서 창왕이 직접 현신을 했다는 것은 도무지 이해가 되지를 않는군. 혹시 그 밖의 일이나 달리 짐작되는 것은 없는가?"

 "사실은……."

 능운상이 무슨 말을 꺼내려다 말고 다시 거두자 백궁이 재촉해 물었다.

 "사실은 뭔가?"

 "그게 분명치가 않아서……."

 "하하하! 누가 명문의 제자 아니랄까 봐, 자네는 나이답지 않게 너무 신중한 데가 있군."

 "송구합니다. 그러나 좀 더 명확한 사실이 확인되기 전에는 쉽게 말할 수 있는 성격의 일이 아닌 것 같습니다."

 "헐헐! 뭐, 송구할 것까지야 있나? 어차피 자네의 생각 속에 있는 일이니 자네 좋을 대로 하면 될 일이지. 어쨌든 창왕의 개입과 관련한 문제에 대해서는 노부가 구파의 장문인들과 따로 논의를 해보도록 함세."

                    *   *   *

 염동과 쌍맹은 개봉 외곽에 있는 한 채의 장원으로 들어서고 있었다.

 그들이 거침없이 대문을 열어젖히고 안으로 들어서자 장원

안에 있던 하인 차림의 장한들 몇몇이 앞을 막아섰다.

"누구이신데 남의 장원에 함부로 난입하는 것이오?"

그러자 염동이 쌍맹을 돌아보며 간단히 말을 뱉었다.

"현질들! 부수게!"

"예?"

맹룡이 어리둥절하여 되묻자 염동이 슬쩍 인상을 그리며 다시 말했다.

"내가 그만두라고 할 때까지 사람이든 물건이든 다 부숴 버리란 말일세!"

그 단호한 지시에 쌍맹이 반사적이다시피 우렁찬 대답을 외쳤다.

"옛! 당숙 어른!"

그 갑작스럽고도 험악한 기세에 장한들이 움찔하며 옆으로 물러서고 마는데, 쌍맹이 사방을 '쓰윽!' 한번 둘러보고는 그대로 마당을 가로질러 앞쪽의 전각으로 뛰어들었다.

그리고는 곧바로 '와장창!', '우당탕!' 부서지고 나뒹구는 소리들이 요란하게 울렸다.

장원은 바로 하오밀문의 개봉지부였다.

하오밀문(下午密門). 정보력에 있어서는 개방과 수위를 다투며, 특히 천하의 고급 정보에 대한 수집 능력과 그 신뢰성에 있어서는 개방을 능가한다고 하여서 천하제일통(天下第一通)이라고 일컬어지는 집단이다.

그러나 그 명성에 비해 막상 바깥으로 드러난 것이 거의 없을 정도로 하오밀문은 지극히 비밀스러운 조직이었다.

조직의 규모와 구성 방식에 대해 알려진 것이 없을뿐더러, 드물게 조직원이 노출되는 경우라도 철저한 점조직일 뿐이었다. 마치 도마뱀처럼 그 드러난 부위에서 조직 몸통과의 연결을 깨끗하게 잘라 버리는 식이었다.

하오밀문이 특별한 무력에 기대지 않고서도 그처럼 오래도록 명맥을 유지하면서 사업을 번창시키고 있는 것은, 바로 그 지독할 정도로 철저하고도 치밀한 은폐 능력 덕분이라고 할 수 있었다.

그런데 오늘 그 비밀의 조직인 하오밀문의 개봉지부장이 뜻밖의 봉변을 당하고 있었다. 바로 염동과 쌍맹에 의해서였다.

일이 그렇게까지 된 데에는 염동과 쌍맹이 무림에 전혀 알려지지 않은 인물들인 까닭에 하오밀문의 대처에 어느 정도의 허술함이 있기도 했을 것이다.

그러나 그보다는 장원에 설치된 여러 가지의 비상수단들이 그 단계에 따라 차례로 발동되었음에도 불구하고, 그것들 모두를 무차별적으로 때려 부숨으로써 너무도 간단히 무용지물화시키고 만 쌍맹의 무작스러움 때문이었다.

소위 신패와 신갑으로 무장한 쌍맹에게 기관매복으로부터 발사되는 화살이나 암기류는 전혀 위력을 발휘하지 못했다.

더욱이 쌍맹의 손에 들린 각기 한 쌍씩의 손도끼, 신부(神斧)가 펼쳐 내는 팔방풍우의 파괴력은 가히 절대적이라고 평하지 않을 수 없는 것이었다.

만약 하오밀문의 개봉지부장이 그래도 많이 늦지는 않은 적당한(?) 때에 모습을 드러내지 않았고, 또한 그것을 보고 염동이 쌍맹을 멈추게 하지 않았다면, 아마도 그 한 채의 전각은 그야말로 풍비박산이 된 끝에 이윽고는 와르르 무너지고 말았을지도 몰랐다.

그리고 마지막에 결정적으로 하오밀문의 개봉지부장으로 하여금 대항의 의지를 완전히 꺾게 만든 것은 다름 아닌 염동의 손바닥이었다.

"이것을 알아보겠는가? 만약에 알아보지 못한다면… 허허허! 천하제일통이라는 거짓된 명성으로 감히 노부로 하여금 헛걸음을 하게 만든 죄를 묻지 않을 수 없지."

그리고 하오밀문 개봉지부장의 얼굴색은 금세 하얗게 질려버렸다.

그때 염동의 손바닥에 무엇이 있었는지, 그리고 전음으로 이어진 말들 내용이 어떤 것이었는지는 다만 염동과 하오밀문의 개봉지부장만이 알 일이었다.

"아시고자 하는 것이 무엇입니까?"

한참 동안 진정을 하고 나서도 하오밀문 개봉지부장의 음성은 여전히 가늘게 떨려 나왔다.

염동이 얼굴 가득 빙그레 사람 좋은 미소를 그리며 말했다.

"흠! 그게 그러니까, 좀 여러 가지로 잡다하네. 그러니 우리는 지금부터 차분하게 얘기를 좀 해보도록 하세."

"예?"

"허허! 노부는 꽤나 오랫동안 세상 일에 무관심했었는데, 갑자기 궁금한 것이 많이 생겼단 말일세."

"아… 아! 예!"

그리고 그때부터 염동과 하오밀문 개봉지부장 사이의 대화는 다시 전음으로 이어졌다.

거의 반 시진가량이나 지난 다음, 염동과 쌍맹은 장원을 나서고 있었다.

"현질들!"

"예! 당숙 어른!"

"여기에서 있었던 일에 대해서는 일절 다른 사람들에게 말하지 말게!"

쌍맹에게 염동은 사부나 마찬가지로 두려우면서도 존경스러운 절대적인 존재였다. 그러나 맹룡은 아주 조심스러운 기색이면서도 한 가지를 물었다.

"만약에 소산 공자가 묻는다면……?"

그런 맹룡의 말에서는 소산이 물으면 대답을 하지 않기 어렵다는 우직함과 솔직함이 비쳤다.

염동의 눈빛에 일순 묘한 이채가 서렸다.

"그가 그렇게 두려운가?"

맹룡이 움찔하며 대답했다.

"그것이… 두려운 것이 아니라……."

"아니면?"

그러자 맹룡은 이윽고 말문이 막히고 마는 듯했다. 염동이 잠시 흥미롭게 지켜보고 있는데, 맹룡이 힘든 기색으로 다시 말문을 열었다.

"저는… 저는 잘 모르겠습니다. 그냥 소산 공자에게는 거짓을 말하기 어려울 것 같다는 것 외에는……."

그에 염동이 빙긋이 웃으며 고개를 끄덕였다.

"만약 그가 묻는다면, 다른 사람들이 듣지 않게 그에게만 대답을 해주게. 허허! 그러나 노부가 보기에, 그는 속이 깊은 사람이라 자네들이 먼저 얘기를 하지 않는 이상 그쪽에서 굳이 캐묻지는 않을 것이네."

*   *   *

안문이 객잔으로 돌아온 것은 일행들이 막 간단한 요기를 마치고 차를 마시고 있을 때였다.

그런데 평소 늘 차분하기만 하던 안문의 안색에는 지금 다소간 급한 기색이 어려 있었다.

안문은 곧바로 일행에게 다가오지 않고 입구 쪽에 서서 소치를 향해 허리를 숙였다. 그것을 보고 소치가 천천히 자리에서 일어나 안문에게로 다가갔다.

따로 자리를 잡고 앉자마자 안문은 무거운 기색으로 입을 열었다.

"주군! 황도의 상황이 심상치 않습니다. 황상의 병세가 갑자기 위중해졌다고 합니다."

소치의 미간이 설핏 찌푸려졌다. 그러나 그는 이내 담담한
기색으로 돌아갔다.

안문이 안색을 가다듬으며 누가 들을세라 목소리를 낮추어
말을 이었다.

"목하 천하의 암중정세들이 급격하게 황궁으로 집중되고
있습니다. 하면 주군 또한 시급히 황궁으로 돌아가야만 되지
않겠습니까?"

소치는 대답 대신 지그시 두 눈을 감았다. 그리고 묵묵히 생
각에 잠기는 모습이었다.

잠시 후, 가만히 눈을 뜬 소치가 천천히 고개를 가로저었다.

그것을 보고 안문의 말이 다시금 급해졌다.

"주군? 지금의 상황에서는 더 이상 방관하는 위치에 있어서
는 안 됩니다. 그러다가 우리는 자칫 그 어떤 기회조차 잡을
수 없는 처지가 될 수도 있습니다."

그러나 그때 소치는 차라리 느긋한 기색이 되어 입을 열고
있었다.

"후후! 그래, 자네가 보기에 이제 정세는 누구에게 가장 유
리하게 될 것 같은가?"

그 느긋함에 안문이 애써 표정을 다듬으며 대답했다.

"가장 유리한 것은 역시 오황숙입니다."

"음! 활(闊) 그 아이가?"

"그렇습니다. 상황이 긴박하게 돌아갈수록 승패를 결정짓

는 가장 중요한 요소는 결국 무력입니다."

"그렇겠지. 하면 서휘(徐輝)가 활에게로 기울기라도 한다는 것인가?"

"그렇지는 않을 것입니다. 황상의 직접적인 하명이 없는 한, 구문총독부(九門總督府)는 아마 최후의 순간까지 철저한 중립을 지키고 있을 것입니다."

"하하하! 그래야지! 서휘라면 의당 그리해야지. 한데 서휘가 태도를 바꾸지 않는다면 병마권(兵馬權)은 부동일 터. 그렇다면 결국 무림이 활이 그 아이 쪽으로 움직였다는 얘긴데, 설마 구파일방이 말을 바꿔 탔을 리는 없을 터이고……?"

"오대세가입니다. 오대세가의 주력이 이미 황도에 집결해 있다고 합니다."

"흠! 활이 그 아이가 제법 수완을 부린 모양이군."

"아마도 대륙상가에서 크게 힘을 썼을 것입니다. 돈의 힘은 귀신도 부린다고 하지 않습니까?"

"대륙상가? 후후! 그렇군. 이럴 때 덕을 볼 처가를 두었다는 것도 결국 그 아이의 재주겠지. 한데 오대세가의 힘을 얻었다고 해도, 그것이 과연 구파일방을 능가할 정도이던가?"

"물론 단순 비교에서 오대세가의 힘은 결코 구파일방에 비교할 만한 것이 못 됩니다. 그러나 구파일방이 명분상으로는 태자 측을 지지하는 입장이나, 그들의 힘이 실질적으로 태자 측으로 집결되는 데까지는 시간이 제법 더 걸려야만 할 것입니다. 멀리 있는 물로는 가까이의 급한 불을 끌 수 없는 법. 하면 상황이 긴박하게 벌어지는 이때에 가장 유리한 쪽은 당연히 오황숙 그분 쪽입니다. 그리고 이건 아직까지 저의 추측일 뿐이지만, 그분은 가장 강력하고도 효과적인 또 하나의 힘을 따로 가지고 계실 공산이 큽니다."

"가장 강력하고도 효과적인 또 하나의 힘이라? 그것이 무엇인가?"

"바로 팔왕입니다."

그 말에 소치는 언뜻 표정을 굳혔다. 그러나 그는 이내 표정을 풀며 나직하게 소리 내어 웃었다.

"하하하! 당금 무림에서 최강의 고수라는 인물들마저 간단히 휘하에 끌어들이다니, 그 아이의 재주와 그릇이 과연 대단하지 않은가?"

"주군!"

미간을 좁히고 마는 안문에 대해 소치가 가볍게 고개를 끄덕이며 다시 물었다.

"한데 아직까지는 자네의 추측일 뿐이라 했지만, 그래도 아주 근거가 없는 얘기는 아닐 듯한데?"

"오황숙께서 가장 경계하는 것은 바로 주군이십니다."

"후후! 이렇다 할 추종 세력 하나 없이, 자네 말대로 이 긴박한 상황에서도 방관자로 있을 수밖에 없는 처지의 나를 그처럼 경계한다는 말인가?"

"영웅이 영웅을 알아보는 법입니다. 방금 주군께서 그분을 평가하셨듯이, 그분 또한 주군의 능력이 어떠하다는 것을 누구보다도 잘 알고 계시는 것입니다."

"허허! 그런가?"

"얼마 전 팔왕 중의 창왕이 주군을 해하려 했던 일은 분명 그분과 연관이 있을 것입니다. 그리고 기왕에 창왕을 휘하에 두었다면, 그분의 능력으로 보아 팔왕 중의 또 다른 인물들 일부 혹은 극단적으로는 팔왕의 전부가 그분의 편에 섰을 가능성까지 짐작해 보지 않을 수 없습니다."

"으음!"

"역으로 생각해서 만약 그분께 그런 정도의 힘이 먼저 갖추어져 있지 않다면, 결코 그분은 오대세가의 힘만을 믿고서 지금처럼 천하쟁패의 전면으로 나서지는 않았을 것입니다. 아마도 주군과 같이 은인자중하는 입장을 택하였겠지요."

안문의 그 말에 대해 소치는 고개를 끄덕이고 나서 이어 침중한 목소리로 물었다.

"하면 그가 이제부터 어떻게 할 것 같은가?"

안문이 잠시 생각을 정리하는 기색이다가 문득 단호한 어조로 말했다.

"소신이 그분이라면, 황상의 존체(尊體)를 확보할 방도부터 시급히 강구할 것입니다."

"황상의 존체를 확보한다? 어허! 참으로 해괴한 말이로다. 자칫 반역으로 몰릴 수도 있는 일인데, 어찌 그같이 위험한 무리수를 둔다는 말인가?"

"명분을 얻은 자는 순리에 따라야 하는 법이지만, 미처 명분을 얻지 못한 자가 뜻을 이루고자 할 때에는 오히려 무리수 중에서 기회를 엿보아야만 하지 않겠습니까?"

"허허! 자네의 그 말은 곧 나의 경우를 두고 하는 말이로군."

"송구합니다, 주군!"

"허허! 아닐세! 자! 기왕에 얘기가 나왔으니, 그 아이가 강구할 수 있는 방도들이 과연 어떤 것들일지에 관해서도 한번 들어보기로 하세!"

"그분의 휘하에 팔왕이 있다는 전제라면 그것은 그다지 어렵지 않은 일입니다. 팔왕 정도의 능력은 범인(凡人)의 상상을 초월할 정도이니, 아무리 황궁의 경계가 엄밀하다고 해도 황상의 주변을 일시적으로 장악하는 일쯤은 다만 그들 중의 몇 명만으로도 충분히 가능할 것입니다. 그렇다면 만약에 팔왕 중의 인물들이 황상과 가까운 곳에 은신해 있다가 결정적인 때에 황상의 주변을 독점한다면… 그 후의 일이 과연 어떻게 되겠습니까?"

"결정적인 때라……?"

"황상께서 붕어하시기 바로 그 직전의 순간이라면 말입니다. 그래서 황상의 유언을 접하는 사람이 유일하게 오황숙 그분뿐이라면……? 그 후에 그 누가 있어 그분보다 더한 명분을 가질 수 있을 것입니까?"

순간 소치의 안색이 딱딱하게 굳어졌다. 그리고 그의 입에서는 이윽고 무거운 침음성이 흘러나왔다.

"으음!"

소치가 안색을 풀고 다시 입을 연 것은 잠시의 시간이 지난 다음이었다.

"이제 우리에게 있어 최선은 무엇이겠는가?"

그때 소치의 안색에서는 힘겨운 기색이 여운처럼 잔잔히 남아 있었다.

안문이 목소리에 짐짓 힘을 실어 대답했다.

"의당 촌각을 다투어 황상의 곁으로 가야만 합니다."

소치가 힘없이 웃으며 반문했다.

"후후! 우리가 그렇게 하려고 해도, 과연 그것이 용이할까?"

소치의 반응은 사뭇 회의적으로 보였다. 그러나 안문은 여전히 강한 어조를 유지했다.

"물론 그분 쪽에서는 이제 보다 적극적으로 주군의 황도입성을 막으려 할 것이니, 우리는 더욱 강력한 도전에 직면할 것입니다. 그렇다면 우리로서는 기계(奇計)를 강구할 수밖에 없는데……."

안문이 슬쩍 말끝을 흐렸기에, 소치가 나직이 재촉했다.

"기계라……?"

"관건은 여하히 적들의 주의를 저와 주군에게서 따돌릴 수 있느냐 하는 것인데, 그것을 위해서는 적들의 이목을 최대한 다른 곳으로 돌려놓아야만 할 것입니다."

순간 소치의 입가에 엷게 쓴웃음이 그려졌다. 말끝에 안문의 시선이 슬쩍 소산 등이 있는 곳으로 향하는 것을 본 때문이었다. 이에 소치는 허탈한 기색이 되었다.

"그래, 그럴듯하군. 한데 그렇게 해서 황궁까지 갔다고 치세. 그다음에는 또 무엇을 어떻게 할 것인가? 애초에 우리는 성동격서의 묘(妙)를 노리고자 하였으나, 이제 겨우 성동(聲東)의 흉내를 내기 시작했을 뿐, 격서(擊西)는 아직 준비조차 갖추지 못한 형편이 아닌가? 한데 이런 상태로 막상 황궁으로 간다고 한들 다시 무슨 수를 써볼 수 있을 것인가 말일세."

순간 안문의 표정에 한가닥의 답답한 기색이 스쳤다. 그러나 그는 곧 진지한 빛이 되었다.

"진인사대천명이라고 했듯이 다만 최선을 다하고 볼 일입니다. 시의(時宜)가 불리하다고 여기에 그대로 머물러 있으면 아주 포기하는 것이 되고 말지만, 최선을 다해서 일단 정세의 중심에 근접해 있을 수 있다면, 그때는 또 천의(天意)를 기다려 볼 수도 있지 않겠습니까?"

"허허! 천의라……!"

그렇게 되뇌며 소치는 다시금 혼자만의 생각 속으로 깊숙이 빠져들었다.

잠시 후.

안문은 소치의 안색이 담담하고도 냉정한 빛으로 되는 것을 지켜볼 수 있었다.

그리고 그것으로 안문은 소치가 자신이 바라지 않는 쪽으로의 결단을 내린 것임을 언뜻 짐작하였다.

그의 경험상 이런 표정일 때 소치는 늘 전혀 뜻밖의 방향으로 강력한 결단과 의지를 보이곤 했었던 것이다.

그때 소치가 차분히, 그러나 힘있게 말했다.

"안문! 자네의 말이 대개는 옳을 것이다. 그러나 나는 지금까지의 방식대로 할 것이다."

순간 안문의 표정에는 짙은 안타까움이 서렸다. 이어 그가 깊이 탄식하며 말했다.

"아아! 하오나 주군……!"

그러나 소치는 밝은 웃음으로 간단히 안문의 말을 잘라 버렸다.

"하하하! 나는 이제 마지막으로 하늘의 뜻이 어디에 있는지를 볼 것이다. 만약 하늘의 뜻이 진정 내게 있는 것이라면, 아무리 험난하고 절박한 상황에서라도 반드시 내게 어떤 기회가 주어질 것이 아닌가? 하하하! 그래야만 그것을 두고 하늘의 뜻이라고 말할 만하지 않겠는가?"

안문은 복잡한 감회가 서린 눈빛으로 소치를 바라보았다. 그러다 이윽고 그는 나직이 한숨을 불어 내쉬며 내내 긴장되어 있던 어깨에서 힘을 뺐다.

소치가 이미 초탈한 심정으로 되었다는 것을, 그리고 그로서는 더 이상 그런 소치의 심정과 뜻을 변화시킬 수 없다는 것을 인정할 수밖에 없었다.

*　　　*　　　*

객잔 밖에서 만났다며 염동과 쌍맹, 그리고 능운상과 무무 등이 함께 돌아온 것은 유시(酉時)가 다 되어갈 무렵이었다.

능운상은 우선 예령에게 그녀의 조부 예둔에 대해 개방에 부탁한 일부터 말했다.

"일단 산동성에 산재한 개방 분타들에 백궁 장문인의 명이 나갔는데, 내일 아침까지는 예 대협의 종적을 찾았는지, 혹은 추적이 가능한지의 여부에 대해 일단 확인하여 알려주기로 했습니다."

예령이 능운상에게 감사를 표하고 나자, 이번에는 안문이 능운상에게 물었다.

"황도에서의 구파회합에 관해서는 들은 것이 좀 있습니까?"

사실 안문이 능운상에게 선뜻 구파회합에 대해 묻는 것은 좀 어색할 수도 있는 일이었다.

그러나 그동안의 험난한 여정을 함께 겪은 처지로 그런 정도는 다만 서로에 대한 관심으로 여길 정도의 사이는 되었다고 할 수 있으니, 능운상이 뺄 것은 빼고 나서 태자 측과 오황숙 측이 각축을 벌이고 있는 정세를 중심으로 전반적인 사항들을 설명했다.

"태자와 각축을 벌이고 있다는 그 오황숙은 대체 어떤 인물인가요?"

그렇게 물은 것은 시종 흥미롭다는 표정으로 능운상의 얘기에 몰입해 있던 소소였다.

"하하하! 소생도 황실 인물들에 대해서는 별로 아는 바가 없는지라……."

웃으며 말끝을 흐리던 능운상의 시선이 우연인 듯 소치 쪽
으로 향했다. 그러자 소치가 또한 담담한 미소로 능운상의 눈
길을 받았다.

그때 염동이 불쑥 말을 끼어들었다.

"어흠! 노부가 좀 전에 시전 거리에 나갔다가 우연히 옛 친
구를 만나 이런저런 얘기를 나누던 중에, 마침 그 오황숙에 관
해 들은 바가 좀 있는데……."

그러고는 느긋하게 주위를 한 번 둘러본 다음에 염동은 다
시 소소를 향하며 마치 재미있는 옛날얘기라도 들려준다는 듯
이 느릿한 어조로 말을 이었다.

"당금 황제에게는 아래로 동생들이 넷이 있는데, 그들 중에
서 삼황숙 주치(朱治)와 오황숙 주활(朱闊)의 인물됨이 가히 인
중지룡이라 할 만큼 뛰어나서, 일찍부터 제왕지재(帝王之材)의
소리를 들었다고 하더군."

그리고 염동은 말을 멈추며 슬쩍 소소의 반응을 살폈다.

그런데 그때 막상 '아!' 하고 감탄사를 흘린 것은 엉뚱하게도
어느새 염동의 얘기에 흠뻑 빠진 얼굴이 되어 있는 맹룡이었다.

염동이 으쓱하며 가볍게 어깨를 추이고 나서 다시 말을 계
속했다.

"흠! 그들 두 사람 중에 주치는 그를 대하는 사람들이 모두
두려워할 만큼 추상과도 같은 위엄과 기개를 갖추었는데, 때
로는 그 위엄이 지나쳐 냉정하고 몰인정하다는 소리를 듣기도

한다는군. 그에 비해 주활은 상대적으로 부드럽고 포용력이 있는 성품인데, 역시 주치와 비교하자면 강하고 단호하지 못하여 우유부단하다는 평가를 받기도 한다고 하더군."

그 대목에서 염동은 잠시 말을 멈추고는 무의식적인 듯 흘깃 소치 쪽을 쳐다보았다.

그 스쳐 가는 눈길에 대해 소치는 다만 무심한 기색이었다. 대신 안문이 설핏 이마를 찡그리고 있었다.

이어 안문은 정색이 되더니 염동을 향해 입을 열었다.

"이 나라의 백성이 되어 감히 황숙 전하들께 그처럼 함부로 말을 하는 것은 커다란 불경이 아니오?"

안문의 어조는 제법 신랄한 데가 있어 마치 꾸짖는 듯하였다. 그러나 염동은 다만 빙그레 웃어넘긴 다음에 덤덤한 투로 대답했다.

"노부는 본래부터 고상하지 못한 늙은이인지라, 보이지 않는 곳에서는 누구에게라도 쉽게 불경을 범하곤 한다오. 이런 말 하기는 뭣하지만, 사실 노부에게는 황제보다도 더 고귀한 분이 바로 우리 가주님이라고 할 것인데, 그런 가주님의 흉도 가끔씩은 보는 편이오. 허허허! 노부의 고상하지 못함이 그런 지경인데, 하물며 노부와는 지금껏 한 번도 본 일이 없고, 앞으로도 평생 볼 일이 없을 그깟 황숙들에 대해서야 무슨 말인들 지껄이지 못하겠소?"

그 말에 안문이 '어허!' 하며 뒤이어 호통을 치려는 판인데, 그때 소치가 불쑥 끼어들었다.

"잠깐 기다려 보게!"

안문에게 말한 데 이어 소치가 염동을 향해 물었다.

"황실 종친들의 본명을 아는 것은 황실 내에서도 그리 흔한 일이 아닌데, 당신은 황도도 아닌 이곳 개봉의 시전 거리에 잠깐 나가서 듣는 것만으로 황숙들의 이름뿐만이 아니라 그렇게나 자세한 내막들을 알 수 있었으니, 당신의 그 옛 친구는 필시 보통 사람이 아닌 모양이오?"

그에 대해 염동이 자못 의미심장한 표정을 짓고 있다가 이내 간단히 대답했다.

"그는 하오밀문에 속한 사람이오."

염동의 대답에 우선은 안문과 능운상, 그리고 예령 등이 퍼뜩 놀란 빛을 떠올렸다. 그리고 소치는 그들이 놀라는 기색을 보고 나서야 뒤늦게 가만히 이채를 떠올렸다.

이어 사람들 사이로는 잠시간의 묘한 침묵이 흘렀다. 그때 능운상이 문득 무엇인가 확연해진다는 듯한 기색이 되더니 돌연히 소치를 향해 질문을 던졌다.

"대인은 대체 어떤 분이십니까?"

단도직입적인 질문이었다. 그러나 그 같은 질문에 대해 미리 예상이라도 하고 있었다는 듯이 소치의 대답은 담담하기만 했다.

"나에 대해 자네가 누구를 떠올리고 있는지 모르겠으나, 아마도 자네가 생각하는 그 사람이 바로 나이기 쉬울 걸세. 그러나 나는 내가 누구인지 굳이 말하지는 않을 것이네. 그러니 자네 또한 자네의 생각을 굳이 말하지 말기를 바라네."

이어 소치는 잠시 깊숙한 눈길로 능운상을 바라본 후에 다시 덧붙였다.

"지금 우리 사이에 가장 분명한 명제는 우리가 같은 일행이라는 것이지. 그리고 그런 이상에는 지금까지와 똑같이 우리는 다만 일행으로서의 입장에만 서로 충실하면 되지 않겠는가?"

그러나 능운상은 흔쾌히 수긍하는 기색이 아니었다.

"대인의 뜻이 그러시다면 그 점에 대해서는 대인의 뜻에 따르도록 하겠습니다. 하나 한 가지 더 묻지 않을 수 없는 것이 있습니다."

소치가 느긋한 기색으로 말을 받았다.

"무엇인가?"

"대인께서도 황도의 정세와 관련이 있으십니까?"

"흠! 관련이라……? 어떤 측면에서의 관련을 묻는 것인가?"

그에 대해서 능운상은 굳이 대답하지 않았다. 다만 묵묵히 소치에게로 눈길을 고정시키고만 있었다. 그러자 이윽고는 소치가 엷은 미소를 떠올리며 대답을 했다.

"전체적인 정세의 흐름과 아주 무관하다고 할 수는 없겠지. 내가 원하든 원하지 않든 간에 말일세."

"으음!"

나직한 침음성을 뱉으며 잠시의 침묵을 삼킨 후에 능운상이 다시 물었다.

"하면 대인은 어느 쪽이십니까?"

"어느 쪽이냐? 그 질문은 결국 태자 쪽이냐, 아니면 오황숙 쪽이냐를 묻는 것이겠군?"

"그렇습니다."

"하하하! 나는 그 둘 중 어느 쪽 편도 아닐세. 나는 다만 나의 편일 뿐일세."

순간 능운상의 표정은 더할 수 없이 진중하게 변했다.

그때 이번에는 소치가 능운상을 향해 물었다.

"자네가 내게 직설적으로 물었으니, 나 또한 궁금한 것에 대해 직설적으로 묻겠네. 자네들 소림과 무당을 포함한 구파일방은 확실히 태자의 편에 서기로 한 것인가?"

그러자 능운상은 이마에 깊은 골을 만들었다 풀더니, 이어 사뭇 무거운 목소리로 대답했다.

"저와 무무 형은 각자의 사문에서 그같이 중한 일에 관여할 만한 위치에 있지 못한 까닭에 질문하신 내용에 대해서는 자세한 것을 알지 못합니다."

그러자 소치는 가볍게 소리 내어 웃었다.

"하하하! 그 대답은 평소의 자네답지 않군."

"무슨 말씀이신지……?"

"그렇지 아니한가? 자네들이 황도로 가는 것은 각자의 문파를 대표하여 구파일방의 회합에 참여하기 위한 것이고, 나아가 그 회합의 목적이 바로 태자의 옹립을 위한 것일진대, 자네는 어찌 자세한 것을 알지 못한다고 하는가?"

순간 능운상의 얼굴이 붉어졌다. 그러나 이내 그에게서는 당당한 기개가 불쑥 일어나고 있었다.

능운상이 어깨를 쭉 펴며 말했다.

"다른 문파의 사정은 자세히 알지 못하되, 소림과 무당에서 이번에 저희를 황도로 보내는 것은, 우선 황명을 거역하기 어려운 까닭이 있는 것이며, 나아가 한편으로는 그 안의 자세한 형편과 사정을 알아보기 위해서입니다. 따라서 적어도 소림과 무당이 앞으로 과연 어찌할지의 방향은 아직 결정된 것이 없다고 해야 할 것입니다. 그리고 무엇보다도 분명한 것은, 소림과 무당은 어떤 경우에도 결코 대의를 벗어나거나 문파의 명예를 떨어뜨리는 결정을 하지 않을 것이란 점입니다."

그때 소치의 얼굴이 서서히 굳어지고 있었다. 노려보듯이 능운상을 똑바로 응시하는 그의 눈빛에서는 지금 감히 마주 보기 어려운 한가닥의 강렬한 위엄이 삼엄하게 뿜어지고 있었다.

그러나 한편으로 소치는 진심으로 감탄하는 마음으로 되고 말았다. 능운상이 조금도 굴하지 않고 꿋꿋하게 그의 눈빛을 받아내고 있었던 것이다.

그리고 이제까지의 능운상이 그의 위엄에 굽히는 것처럼 보였던 것은, 다만 그의 타고난 부드러운 심성과 몸에 붙은 겸손 때문이었다는 생각을 새삼 하게 되었다.

소치가 짐짓 굳은 표정을 풀지 않은 채로 말했다.

"자세한 형편과 사정을 알아보려 한다? 홈! 아마도 그대들 문파의 대의라는 것은 형편과 사정에 따라서는 얼마든지 바뀔 수 있는 그런 종류의 것인 모양이로군?"

그러나 힐난의 의미가 다분한 소치의 말에 대해 능운상은 비교적 담담한 목소리로 답했다.

"소생과 무무 형은 다만 사문의 명을 수행할 뿐, 사문의 입장을 대변할 위치에는 있지 못합니다. 그러나 소림과 무당의 유구한 전통과 명예는 천하의 누구라 하더라도 결코 함부로 깎아내릴 수는 없을 것입니다."

그 말에 소치의 눈빛이 다시금 강렬한 빛을 뿜었다. 그러나 능운상은 조금도 주눅 들지 않고 말을 덧붙였다.

"만약 소림과 무당의 전통과 명예가 누구에게나 함부로 조롱당할 만큼 보잘것없는 것이었다면, 지난 수백 년의 세월 동안 변함없이 무림의 태산북두라 불리지는 못했을 것입니다."

지금 능운상에게서는 그야말로 청년영웅의 기개가 빛나고 있었는데, 그 기개의 헌앙함이란 보는 사람으로 하여금 탄복을 금치 못하게 하는 데가 있었다. 능운상을 보는 예령과 소소의 표정에 숨길 수 없는 감탄의 기색이 그대로 떠올라 있었다.

한동안이나 능운상을 응시하고 있던 소치가 문득 다시금 입을 열었다.

"아무래도 자네는 다소 지나치게 흥분한 듯 보이는군. 아니면 나라는 사람에 대해 부정적인 평가를 하게 되었거나. 그래서 물어보는 것인데… 혹시 자네는 더 이상 나와 동행하지 않겠다는 작정이라도 한 것인가?"

그 말에 예령이 흠칫 놀라는 기색이 되어 능운상을 보았다.

그런데 그때 능운상은 별 주저함도 없이 천천히 고개를 끄덕이더니 이어 무거운 어조로 말했다.

"사실은 그렇습니다. 저와 무무 형은 이제 따로 길을 갈까 생각을 하고 있는 중입니다."

예령의 얼굴에서는 대번에 짙은 섭섭함이 번졌다.

비록 짧은 기간이었지만 그동안 그녀는 능운상에 대해 검도라는 외롭고도 험난한 길을 걷는 동반자로서의 각별한 공감을 느꼈고, 나아가 점차로 의지하는 마음을 가지고 있었던 것이다.

"저 또한 개인적인 사정이 생겼으니, 아무래도 여러분께서는 먼저 출발을 하시는 것이 좋겠습니다."

예령의 목소리는 차분했지만, 전혀 예상하지 못했던 얘기였기에 모두는 깜짝 놀라고 말았다.

특히 그녀의 목소리에서 은근한 원망의 기색을 읽을 수 있었기에, 능운상과 무무는 더욱 곤란한 기색이 되고 말았다.

그때 소소가 예령의 팔을 붙잡으며 말렸다.

"령 언니, 언니까지 왜 이러세요?"

"기왕에 능 공자께서 개방에 어려운 부탁을 해주셨는데, 개방에서 내일 아침까지는 소식을 주겠다 하였으니, 나는 개방의 소식이 올 때까지 이곳에서 기다려 보아야겠어."

예령의 목소리는 완연히 가라앉아 있었다. 그에 능운상이 난감한 기색인 채로 예령을 향해 말했다.

"예 소저! 그것 때문이라면 굳이 그럴 필요가 없을 것입니다. 개방에서 일단 소식을 주겠다 한 이상, 소저가 어디에 있다 하더라도 그들이 소저를 찾는 데는 별 어려움이 없을 것이니 말입니다."

그러나 예령은 의식적으로 능운상을 외면했다.

"개방의 이목이라면 물론 그럴 것이라고 생각해요. 그러나 어려운 부탁을 한 처지에 또다시 작은 수고라도 끼칠 수는 없는 일이지요."

그러자 소소가 뾰족한 목소리를 냈다.

"그럼 내일 아침까지 다 같이 기다렸다가 출발을 하면 되는 것이지, 어떻게 우리더러 먼저 가라고 하세요?"

예령이 문득 엷게 미소 지으며 소소를 보고 말했다.

"모두에게 그렇게 여유가 많지는 않다는 것을 소 매도 알고 있잖아? 그리고 소 매는 나를 위해 너무 걱정하지 않아도 돼. 소 매의 걸음이라면 하룻밤 정도의 차이는 금방 따라잡을 수 있을 테니까."

이어 예령은 잠시 망설이는 기색이다가, 조금은 어색한 기색으로 말을 덧붙였다.

"그리고 내게 어떤 사정이 생겼다고 해서 연경까지 동행하기로 한 소산 공자와의 약속을 저버릴 마음은 조금도 없어. 어쨌든 약속은 약속이니까!"

순간 능운상과 무무의 얼굴이 슬쩍 붉어지고 말았다. 동시에 예령의 얼굴에도 또한 은근한 홍조가 떠올랐다.

그런 그들을 보고 있던 소치의 얼굴에는 언뜻 미묘한 기색이 스쳤다. 그리고 그때 소산의 얼굴로는 씁쓸한 기색이 스쳤다. 아주 잠깐 동안.

누구도 선뜻 나서기 어려운 어색하고도 미묘한 분위기가 잠시 이어지고 있을 때, 차분한 어조로 끼어든 것은 바로 안문이었다. 그러나 그의 말은 예령이나 능운상에게가 아니라 소산을 향하고 있었다.

"저희 주군께서는 조금도 신의를 어긴 바 없으니, 소 공자께서는 여전히 동행을 하시겠지요?"

안문의 소치에 대한 호칭은 이제 완연히 '주군'으로 변해 있었다. 그러나 그것이 사람들에게 별로 어색하게 들리지는 않았다.

안문의 물음에 대해 소산이 잠시 생각하다가 곧 무덤덤한 얼굴로 대답했다.

"그렇습니다."

안문이 짐짓 안도하는 기색으로 고개를 끄덕이고 나서, 이번에는 능운상과 무무를 향해 한결 힘이 실린 목소리로 말했다.

"두 분은 광조 대선사께서 소 공자께 두 분을 부탁한다 하셨던 말씀을 기억하십니까?"

그 뜻밖의 질문에 대해 무무와 능운상은 곧바로 당혹스러운 기색이 되고 말았다. 그러나 그것은 분명한 사실이었으니, 두 사람으로서는 일단 고개를 끄덕일 수밖에 없었다.

안문이 희미하게 미소 지으며 말을 이었다.

"물론 그 의미는 여러 가지로 해석할 수 있겠으나, 대선사의

깊은 뜻을 두 분 공자의 입장에서 섣불리 헤아려서는 안 될 것으로 봅니다만?'

능운상과 무무 두 사람은 쉽게 대답하지 못하였다.

"여러 측면에서 볼 때 지금의 상황이 처음과는 상당히 달라졌다는 것은 분명합니다. 그러나 그럼에도 불구하고 소 공자께서는 처음에 서로 약속했던 대로의 동행을 계속하겠다고 하십니다. 그것은 바로 의리와 신의를 지키고자 함일 것입니다. 하면 두 분은 과연 어찌할 것이오?'

능운상이 여전히 대답하지 않는 채 묵묵히 무무에게 눈길을 주는 것을 보고, 안문은 다만 빙그레 웃으며 그들이 답을 내기를 기다렸다.

그런데 잠시 후 막상 불쑥하니 답을 낸 것은 능운상도 무무도 아닌 바로 소산이었다.

"예 소저께 사정이 있으니만큼, 모두 이곳에서 하룻밤을 묵고 내일 아침에 다시 출발을 하도록 하겠습니다. 그리고 그로 인해 지체된 시간은 따로 방도를 구해 보충을 하면 될 일입니다."

다분히 엉뚱한 답이었다.

그리고 그 답에는 일행 간의 각기 다른 관점과 갈등을 도외시한 독단성이 있었다. 다분히 일방적인 소산의 의지가 담겨 있는 것이다.

소산이 간혹 일방적인 고집을 부릴 때가 있다는 것은 일행 모두 아는 사실이다.

그러나 소산의 그러한 고집은 다분히 그 자신의 행위에만 중점을 두는 좁은 범위의 고집이었다.

그런데 지금 소산의 말속에 담긴 일방성이란, 일행 전체를 자신의 의지대로 끌고 가려는 한층 넓은 범위의 고집이라고 할 수 있었다.

하지만 다소 기이하게도, 소산의 그러한 일방적이고도 의외적인 의지에 대해 사람들은 설핏 당황스러워하는 듯하면서도 막상 뚜렷한 반발보다는 오히려 다소간의 호기심이 섞인 긍정적인 반응을 보이는 것 같았다.

우선은 소치부터가 그랬다. 소치가 빙그레 웃으며 사뭇 흥미롭다는 투로 소산을 향해 물었다.

"그리 말하는 걸 보니 소제는 아마도 어떤 방도를 가지고 있는 듯한데, 좀 더 자세한 것을 말해주지 않겠나?"

소산이 차분하게 대답했다.

"말을 구하려고 합니다."

"말이라……? 흠! 그것 꽤 괜찮은 생각 같은데? 그렇지! 말을 달린다면 과연 하룻밤의 지체를 보충하고도 오히려 남음이 있겠는걸?"

웃음을 거두지 않으며 소치가 이어 물었다.

"한데 소제는 이전에 말을 타본 적이 있는가? 다른 사람들의 경우도 어떨지 모르겠고? 아! 물론 나는 말을 타는 것에 익숙하네만!"

그러면서 소치의 눈길은 슬쩍 소소와 당고, 그리고 쌍맹을 거쳐 다시 소산에게로 되돌아왔다.

그러나 소산은 별 고민하는 기색 없이 간단하게 대답했다.

　　"말을 타본 적은 없지만, 배워서 타면 될 일입니다."

　　그러자 소치가 힐끗 안문을 돌아보는데, 그 눈빛에 가만한 실소가 담겨 있었다. 이어 소치가 다시 소산을 향하며 짐짓 흔쾌하게 말했다.

　　"그렇군! 그렇지! 그러면 되겠어! 한데 그러자면 제법 돈이 들 텐데, 역시 소제가 모두 부담하는 것이겠지?"

　　소산이 역시 간단명료하게 대답했다.

　　"물론입니다."

　　그 거침없는 일의 진전 때문이었는지, 능운상과 무무는 딱히 어떤 말을 꺼내지도 못하고 그저 멀거니 소산이 하는 모습을 바라보고만 있었다.

　　그런 것은 예령 또한 마찬가지였는데, 다만 그녀의 얼굴은 왠지 모르게 어두워 보였다.

　　그때 소산이 염동을 돌아보며 말했다.

　　"이 일은 공봉께서 수고를 좀 해주십시오!"

　　"예! 가주님!"

　　염동이 아주 수월하게 대답을 하고 나서 슬쩍 덧붙였다.

　　"기왕에 하룻밤을 보낼 것이라면 따로 편안히 휴식을 취할 수 있는 장소를 한번 물색해 보도록 하겠습니다."

第二章
영별(永別), 그리고 검결완해(劍訣完解)

지존
석산평전

　염동이 쌍맹을 대동하고 한 시진가량 나갔다가 객잔으로 돌아와 일행을 안내해 간 곳은 한 채의 장원이었다.

　장원은 아담한 크기에 허름한 외양이었다. 그러나 일행은 그 짧은 시간에 장원 한 채를 뚝딱 마련한 염동의 수완에 대해 인정하지 않을 수 없었다.

　사실 장원은 바로 그곳이었다. 오전에 쌍맹이 오지게 두들겨 부쉈던 바로 그곳.

　그러나 장원 내의 어느 곳에서도 그러한 행패의 흔적은 찾아볼 수 없이 깨끗이 치워져 있다.

　해시 초(亥時初 : 밤 아홉 시경).

개방의 사결제자 한 사람이 장원으로 찾아왔다.

그는 제남 인근에서 예둔의 종적을 찾지 못했다는 소식과 함께, 보다 범위를 확대하여 추적을 하기 위해서는 장시간이 소요될 수도 있을 터인데 그래도 계속 추적할 것인지에 대해 예령의 의향을 물었다.

그러나 그에 대해 예령은 우선 깊이 허리 숙여 감사를 표한 다음, 더 이상 개방에 폐를 끼칠 수는 없는 일이라며 정중히 사양하였다.

개방 제자가 돌아간 뒤, 예령은 일행에게 자신으로 인한 괜한 번거로움과 지체에 대해 사과하였다.

그런 그녀에게서는 한편으로 조부의 안위에 대해 걱정하는 기색이 역력해 보였으므로, 소소와 능운상이 제각기 따뜻한 말로 위로를 하였다.

그때 소치가 예령을 향해 뜻밖의 말을 꺼냈다.

"아직 실망하기는 이르네!"

예령이 언뜻 의아한 표정이 되었다가 곧 어떤 막연한 기대감이 드는 빛으로 되었다.

소치가 빙그레 웃으며 덧붙였다.

"사실은 조금이라도 도움이 될 수 있을까 해서, 안문더러 가능한 방법을 좀 찾아보라고 해두었었네. 그런데 이곳이 그래도 황도와 그다지 멀지 않은 덕인지, 관부를 포함하여 선이 닿는 측들을 제법 찾아낸 모양이야. 그러니 기왕에 기다린 김에 조금만 더 기다려 보기로 하세. 어차피 내일 아침까지는 기다리기로 하지 않았었나?"

"아!"

예령이 순간 솟구치는 감사의 마음과 감동을 달리 무어라
표현해 내지는 못하고서 다만 짧은 탄성만을 흘렸다.

그때 능운상은 언뜻 당혹스러운 심정이 되고 말았다.

의식하지 못하는 사이에 씁쓸한 미소를 그리고 있는 자신을
문득 발견하였기 때문이었다. 이어 당황을 감추려 옆으로 돌
린 시선에 무표정한 얼굴로 예령을 향하고 있는 소산이 들어
왔기 때문이다.

그리고 능운상은 문득 소산의 그 무표정이 차라리 아파 보
인다는 생각을 했다.

묘시 말(卯時末:오전 일곱 시경).

사인교(四人轎) 한 대가 일단의 무사들의 호위를 받으며 급
하게 장원 안으로 들어섰다.

소치와 예령, 그리고 소산과 능운상 등이 모두 급하게 밖으
로 뛰어나왔는데, 그러자 그 일단의 무사들은 마당에다 가마
를 내려놓고는 다시금 장원을 나가 버리는 것이었다.

사람들이 의아해할 때 가마의 문이 열리며 한 사람이 내렸
는데, 바로 안문이었다.

예령을 향하는 안문의 기색이 사뭇 급박했다.

"예둔 대협께서 중한 상처를 입으셨습니다."

그 말에 예령이 화들짝 놀라며 한달음에 달려가 가마 안을

들여다보고는, 이내 외마디 비명처럼 외쳤다.

"할아버지!"

그때 안문이 능운상 등을 향해 도움을 청했다.

"우선 방으로 옮겨 응급조치부터 취해야 합니다."

그에 능운상과 무무 등이 급히 예령을 밀쳐 내고 가마 안으로부터 조심스럽게 한 사람을 들어내는데, 그 사람의 백염과 가슴 부위는 온통 피투성이였다. 바로 예둔이었다.

방 안.

나지막한 침상에 예둔이 누워 있었다. 그런데 그의 가슴을 칭칭 동여맨 하얀 천은 온통 벌겋게 물들어 있었다.

특히나 그가 가쁜 숨을 몰아쉴 때마다 왼 가슴 어림에서는 뭉클거리며 피가 배어 나오고 있었다.

예둔의 머리맡에는 초조한 얼굴의 예령이 앉아 있었고, 그 곁에는 소소가 안타까운 기색으로 서 있었다.

사실 소소는 예둔에 대한 응급조치를 한 데 이어 이미 진단까지 내려놓은 상태였다. 예둔의 상처는 어떻게 손을 써보기 힘들 정도로 깊었고, 결정적으로 심장과 폐를 건드리고 지나간 칼에 의한 상처는 치명적이었다.

소소가 지금 해줄 수 있는 조치는 다만 환자의 고통을 줄이고, 일시적으로 정신을 호전시키는 것뿐이었다. 하여 예령과 예둔 두 조손의 마지막 시간을 위해 소소만 남고 다른 사람들은 모두 자리를 피하도록 한 것이다.

그때 예둔이 문득 의식을 차렸는지 힘겹게 눈을 떴다. 그리고는 머리맡에 앉은 예령을 알아보았는지 곧바로 격동하는 기색이 되었다.

예둔이 바짝 마른 입술을 부르르 떨었으나, 말 대신 시커먼 핏덩어리를 먼저 토해냈다.

"왁!"

그 핏덩어리를 고스란히 가슴으로 받아내며 예령이 절규하듯이 바로 곁에 선 소소를 외쳐 불렀다.

"소 매!"

그것은 그녀가 도저히 어떻게 해볼 수 없는 절망에 대해 간절한 도움을 구하는 절박한 몸짓이었다.

소소가 얼른 다가서며 조심스럽게 예둔의 가슴을 눌러주며 최대한 차분하게 말했다.

"말씀을 급하게 하시면 안 돼요. 천천히! 아주 천천히! 아셨죠?"

그러자 예둔이 조금 안정되는 기색으로 되더니, 애써 두어 번 눈을 깜빡였다.

소소가 가만히 고개를 끄덕이며 이번에는 예령을 향해 나직이 말했다.

"격동하시게 하면 안 돼요. 침착하게 말씀을 들어드리세요!"

그 말에 예령 또한 애써 진정하며 예둔의 입 가까이로 얼굴을 가져다 대었다.

예둔이 몇 번이나 하얗게 백태가 낀 혀로 형편없이 말라 터진 입술을 축였으나 소리가 나오지 않았다.

그때 소소가 가만히 목 뒷부분을 받쳐 주고 나서야 그는 겨우 가랑거리는 목소리를 냈다.

"아아! 령아!"

예령이 잔뜩 젖은 눈으로, 그러나 애써 웃는 얼굴로 대답했다.

"예! 할아버지!"

예둔이 잠시 처연한 눈빛으로 예령을 보고 있다가 문득 희미한 미소를 떠올리며 입을 열었다.

"령아! 이 할애비에게 주어진 시간이 그리 많지는 않은 듯하구나."

예둔이 말하는 모습은 여전히 힘겨워 보였지만 그래도 좀 전보다는 많이 수월해진 것처럼 보였다. 그 모습에 예령 또한 한결 안도하는 기색이 되었다.

"아니에요! 할아버지! 우리는 이제 막 만났는걸요?"

"녀석! 나는 이렇게 마지막으로 너를 만나볼 수 있게 된 것만으로도 하늘에 감사한다."

"흑!"

예령이 결국에는 울음을 터뜨리고 말자, 예둔이 따뜻한 눈빛으로 그녀를 달랬다.

"령아! 울지 마라! 네가 울면 이 할애비가 네게 남기고픈 얘기를 다 못하지 않겠느냐?"

그 말에 예령이 얼른 눈물을 닦고는 애써 담담한 표정을 지으며 물었다.

"할아버지를 이렇게 만든 자들이 누구인지 그것부터 말씀해 주세요."

예둔이 찬찬한 눈빛으로 손녀를 보며 차분하게 말했다.

"그전에 나와 약속할 게 하나 있다."

"예!"

"어떠한 경우에도 결코 무모한 짓을 해서는 안 된다는 거다. 네게 능력이 생길 때까지는 함부로 그들과 부딪치지 않는다고 약속해다오!"

예령이 무겁게 고개를 끄덕였다.

"약속할게요, 할아버지! 그러나 언젠가는 반드시 그들에게 대가를 치르도록 하겠어요."

예둔이 걱정 가득한 눈빛이 되었다가, 이내 탄식하듯이 말했다.

"널 믿으마!"

그리고 예둔은 다시 나직한 한숨을 몰아쉬며 덧붙였다.

"휴우! 참으로 끈질긴 악연이다!"

예령이 얼른 반문했다.

"역시 도막인가요?"

"도막주 모익(牟益)이 찾아왔었다. 그가 말하기를, 네가 그의 손자를 죽였다고 하더구나. 사실이냐?"

예령이 언뜻 당혹스러운 기색이 되었으나, 곧 담담하게 시인했다.

"예! 약간의 복잡한 사정이 있긴 하나 결과적으로는 그렇게 된 것이나 마찬가지예요."

"음! 그가 또 말하기를, 그의 아들인 모중(牟仲) 또한 죽음을 당하였는데, 그것 역시 너, 혹은 우리 검가에 다분한 혐의가 있기에 그 진상을 조사하고자 나를 찾았다고 하더구나."

예령이 흠칫 놀라며 물었다.

"아! 모중이 죽었다고요?"

"도막의 본 가에서 백여 리 떨어진 곳에서 모중과 이십여 명의 도영대가 몰살을 당한 채 발견되었다고 하더구나."

그리고 예둔은 문득 힘겹게 탄식하며 말을 이었다.

"아아! 나는 처음부터 오로지 도주할 궁리만 하였다. 령아! 너는 그래야만 했던 이 할애비의 심정을 짐작하겠느냐?"

예령은 대답하지 않고 그저 착잡한 얼굴이 되었다.

그러자 예둔은 눈짓으로 자신의 왼쪽 팔을 가리키며 말했다.

"꺼내보거라!"

그러자 예령은 제법 익숙하게 예둔의 소매를 걷어올리고, 그 안 노쇠한 팔뚝에 단단히 묶인 물건 하나를 풀어냈다.

그것은 몇 장의 얇은 양피지였는데, 예둔이 이곳까지 오는 동안의 험난함을 그대로 말해주듯이 군데군데 검은 핏자국이 얼룩져 있었다.

예령이 양피지들을 곧게 펴서 예둔의 눈앞에다 보여주자,

예둔은 설핏 안도하는 표정이 되었다.

"무인으로서의 자존심은 그 밑바닥까지도 다 버릴 수 있었다. 그러나 이 물건만큼은 반드시… 반드시 네게 전해야만 했다."

그러나 이내 예둔의 표정은 복잡한 심정을 그려냈다. 이어 그는 탄식처럼 나직한 웃음소리를 흘리며 말을 덧붙였다.

"허허허! 비록 무용지물이라 하나, 이것은 검가의 역대 선조들과 나, 그리고 이제 너, 다시 앞으로 너의 후손으로 이어져야 할 우리 가문의 영원한 정신이니라!"

그때 예령이 가만히, 그러나 힘있게 고개를 저었다.

"결코 무용지물이 아니에요, 할아버지!"

그리고 예령은 그간 자신에게 일어났던 일들을 차분하게 하나씩 하나씩 얘기하려 하였다.

소산의 도움으로 자신이 외우고 있던 무상검결 제삼초식까지를 해독하였으며, 또한 다시 우연과 기연을 겪으면서 그 초식들의 오의마저 깨달았음을.

또한 이제 나머지 두 초식에 대해서도 소산의 도움을 받을 수 있음과, 그럼으로써 드디어는 무상검결 전(全) 오초에 대해 완전히 해독할 수 있게 되었다는 그 가슴 벅찬 사실들을 말하려고 하였다.

그러나 그때 소소가 가만히 그녀의 어깨를 잡았다.

"잠시 혼절하셨어요!"

소소의 안타까운 목소리가 이어 말했다.

"이번에 깨시면 더는 나중을 기약할 수 없을 듯하니, 할아버님께서 하시고 싶은 말씀을 다 하시도록 해드리세요!"

마지막 순간이 다가왔다는 의미였다. 순간 예령은 와락 슬픔에 잠기며 하염없이 눈물을 쏟았다.

그때 소소가 예둔의 왼 가슴을 강하게 눌렀다.

"커억!"

약간의 피를 토해내며 예둔이 힘겹게 눈을 떴다.

소소가 예둔의 입가로 흐른 피를 닦아내는 사이, 예령이 얼른 눈물을 훔치고서 처연하게 웃는 얼굴로 다시 예둔과 눈을 맞추었다.

"할아버지!"

예둔이 또한 빙그레 웃었다. 그러나 그는 이내 애틋한 얼굴이 되었다.

"아아! 령아! 이제 천애의 고아가 될 너를 생각하니 이 할애비는 차마 눈을 감을 수가 없구나!"

그러다 예둔은 문득 방문 쪽으로 시선을 돌렸다.

"그분, 나를 여기까지 데려다 준 그분을 잠시 뵙게 해주겠느냐?"

예령이 의아해했으나 지금은 이런저런 것들을 따질 상황이 아니었다.

마침 소소가 급히 방문을 열고 바깥에 서 있던 안문을 보고 손짓을 하였다. 그러자 안문이 소치의 소매를 이끌며 급히 방안으로 들어왔다.

예둔이 안문을 보고 나서, 다시 그 옆의 소치를 눈짓으로 가리키며 힘겹게 말했다.

"이분이 바로……?"

안문이 가만히 고개를 끄덕였다. 그러자 예둔이 소치를 향하며 떨리는 목소리로 말했다.

"은인!"

순간 소치는 크게 당황하는 모습이었다.

"은인이라니… 어인 말씀이시오?"

예둔의 목소리가 한결 차분하게 가라앉았다.

"고맙습니다, 은인! 유일한 피붙이인 손녀를 죽기 전에 마지막으로 볼 수 있도록 해주셨고, 그 덕분에 선대로부터 이어져 온 유지를 근근이나마 이어갈 수 있게 되었습니다. 아아! 이 큰 은혜를 어찌 갚아야 할지……!"

그때 예둔은 문득 총총한 눈빛이 되었다. 소소가 가볍게 눈짓을 하였으므로, 소치와 예령은 그것이 곧 회광반조의 징조임을 알 수 있었다.

소치가 더는 말을 꺼낼 수 없어 다만 묵묵히 예둔의 말을 듣는 시늉을 하였다. 다만 힐끗 옆의 안문을 보는 그의 시선에는 한가닥의 노기가 서려 있었다.

예둔이 다시 예령을 불렀다.

"령아!"

조부의 목소리에서 다시 거친 숨가쁨이 느껴지자 예령이 다급하게 대답했다.

"예! 할아버지!"

"너는 오늘의 이 은혜를 결코 가벼이 여겨서는 안 될 것이다. 언젠가 그럴 기회가 주어진다면 그때는 나를 대신해 네가 보답을 해드렸으면 좋겠구나."

"예! 할아버지!"

예둔이 거칠게 숨을 몰아쉬었다. 그러나 그는 더 이상 말을 잇지 못했다.

예둔이 애틋한 눈빛으로 손녀를 바라보다가 한순간 힘없이 스르르 두 눈을 감고 말았다.

"할아버지!"

예령이 놀라 부르짖는데, 소소가 두 손을 깍지 끼어 예둔의 가슴 중앙 부위를 힘차게 누르면서 예령에게 급하게 고개를 끄덕였다. 정말로 마지막 순간이 다가왔음을 말하는 것이었다.

그리고 소소의 응급조치가 효과가 있었는지 두 눈을 감은 채로 예둔의 입에서는 다시 희미한 소리가 새어 나왔다.

예령이 눈물로 범벅이 된 얼굴을 바짝 예둔의 입가로 가져다 대었다.

"령아! 너는… 너는 잘할 것이다."

그것으로 끝이었다. 예둔의 고개가 힘없이 한쪽으로 꺾이고 말았다.

팔왕 중 검왕의 아들로 태어났으나, 타고난 자질이 평범하여 세상의 주목을 받지는 못했던 인물. 그러나 가문의 영광을 되살리기 위해 평생을 노심초사하였던 검군(劍君) 예둔의 마지막이었다.

"할아버지!"

예령의 애절한 절규가 방 안 가득 메아리쳤다.

오열하는 예령을 남겨두고 소소와 소치, 그리고 안문은 조용히 방문을 나섰다. 예령에게 조부와 영별(永別)할 시간을 주어야 하는 것이다.

방 밖에는 소산과 능운상, 그리고 무무와 쌍맹 등이 모두 안타까운 기색으로 숙연히 서 있었다.

"이 일에조차 그대의 계산이 개입된 것인가?"

그렇게 묻는 소치의 목소리에는 은은한 노기가 담겨 있었다. 그러나 안문의 대답은 차분하였다.

"소신은 필요한 일을 했을 뿐입니다."

"허허! 필요한 만큼만 개입했다는 것인가?"

"다소간의 계산이 없었다고는 할 수 없으나, 예둔과 예 소저께 해가 되는 결과는 전혀 없었습니다."

그리고 잠시의 틈을 둔 다음에 안문은 다시 진중하게 말을 이었다.

"지금은 비록 작고 얄팍한 계산이라 할지라도 필요하다면 해야만 할 때입니다. 설령 그러한 계산에 잘못된 것이 있다 하더라도 그것은 단지 작은 것일 뿐, 대의를 이루고 난 다음에는 저절로 바로잡힐 것들입니다."

순간 소치의 두 눈에 힘이 들어갔다. 그러나 그는 이내 나직
하게 소리 내어 웃고 말았다.

"허허허!"

그 웃음소리에 한 겹의 허탈한 자조가 묻어 있었다.

예령은 오전 내내 예둔의 시신 옆을 멍하니 지켜 앉아만 있
었다.

"주군! 어찌할 것입니까?"

조급함을 떨치지 못한 안문의 물음에 소치는 다만 담담히
대답했다.

"내 이미 말하지 않았던가?"

그런 소치에게서는 차라리 초탈함이 보였다.

이어 소치가 몸을 돌려 자신의 거처 쪽으로 걸어가자, 안문
은 길게 한숨을 내쉬었다. 그 한숨에서 짙은 허탈감이 그대로
배어났다.

그때 저만치 가고 있는 소치가 가사(歌辭)를 흥얼거리듯이
나직한 독백을 흘리고 있었다.

"심화(心火)가 모두 사그라지는도다. 만약 시운(時運)이 닿
지 않는다면 나는 골육을 해치지 않아도 되니 그로써 좋을 것
이다. 만약 그럼에도 내게 다시 어떤 기회가 주어진다면 나는
그것을 내게 주는 하늘의 뜻으로 여겨, 마땅히 그 어떤 일이라
도 주저하지 않으리라!"

소치의 뒷모습이 완전히 사라지는 것을 보면서 안문은 문득

하늘을 올려다보며 나직이 탄식하였다.

"허허! 진정 하늘의 뜻은 어디에 있는 것인가?"

어쨌든 예둔의 장례를 치러야만 했다.

그러나 스스로의 슬픔조차 주체하지 못하는 예령이 그런 큰일을 어떻게 주재할 수 있는 처지는 못 되었다. 또한 다른 사람들로서도 쉽게 장례의 방식과 절차를 정하기는 어려웠다.

그러던 중에 누가 어떻게 수단을 강구했는지 장의사와 몇몇의 사람들이 장원으로 왔다. 이어 시신의 염을 하고 입관을 하는 등의 절차들이 차분한 가운데 진행되었다. 사실 그들은 모두 하오밀문과 관련된 사람들이었다.

나중에는 예법에 밝은 안문이 주도하여 장례의 제반 절차를 진행시켰다. 간소하게나마 최대한 예를 갖춘 절차들이었다.

능운상과 무무, 그리고 소소와 쌍맹 등이 모두 내 일처럼 나서 일을 처리했다. 다만 소산은 무슨 일인지 자신의 거처에 틀어박혀 밖으로 나오지 않았다.

안문이 장지에 대해 조심스레 예령의 생각을 물었다. 그러나 예령은 다만 막막해하며 눈물만 흘렸다.

안문이 말하기를 나중에 다시 이장(移葬)하는 것도 가능하니 우선은 인근의 적당한 장소에 묘를 쓰면 어떻겠느냐고 했다. 예령은 그저 힘없이 고개를 끄덕였다. 그에 안문과 염동이 상의하여 개봉 외곽의 아늑한 산자락에다 묘를 썼다.

그것이 개봉에서 삼 일째 되는 날 오전의 일이었다.

그날 오후.

예령은 자신의 방에서 내내 망연한 모습으로 있었다. 나머지 일행 또한 며칠간 장례를 치르느라 피곤함이 쌓인 터라 저마다의 거처에서 휴식을 취하였다.

소산이 예령을 찾은 것은 그즈음이었다.

소산이 예령이 있는 방 안으로 들어가지는 않고 다만 방문을 조금 열고서 안으로 무엇인가를 들이밀었다. 예령이 망연한 눈길로 보니, 그것은 몇 장의 양피지였다.

"한 시진 뒤에 다시 올 것이니 혹시 내용에 대해 물어볼 것이 있다면 그때 물어보도록 하십시오. 물론 그때까지 내용을 읽어보든, 아니면 계속 슬픔에 빠져 있든 그것은 제가 관여할 바가 아닐 것입니다. 다만 그때를 놓치고 나면 이후에는 다시 물어보고 싶어도 그러지 못할 것입니다. 왜냐하면 이로써 제가 소저께 약속했던 바를 모두 지킨 셈이 되니, 한 시진 이후로 저는 이에 관련된 모든 내용을 잊을 것이기 때문입니다."

소산의 목소리는 몹시 차분하여 냉정하게까지 들렸다. 이어 소산은 곧바로 방문을 닫고서 떠나 버렸다.

소산이 가고 난 뒤 예령은 한참 동안이나 멍하니 바닥에 놓인 양피지를 보고 있었다. 이틀 전 그녀가 조부의 시신 옆에서 넋을 놓고 있을 때, 조용히 들어온 소산이 달라고 해서 가지고 간 바 있는 그 양피지였다.

순간 복받쳐 오르는 설움에 예령은 울음을 터뜨리고 말았다.

"흑! 할아버지!"

예령은 양피지말이를 끌어당겨 가슴에다 꼭 안았다.

언제부터인지 자각하지 못하는 사이에 예령은 집중하고 있었다. 그녀의 시선이 붙잡힌 것처럼 고정되어 있는 곳은 양피지 사이에 들어 있던 종이 위였다. 바로 그곳에 소산이 지난 이틀간 두문불출하며 해독한 무상검결 사초와 오초가 깨알 같은 글씨로 기록되어 있었다.

무상검결은 예둔의 염원이었다. 그리고 그 윗대, 또 그 윗대의 윗대, 가문 대대로의 염원이었다. 무엇보다도 예령 자신의 간절한 염원이었다. 그러니 그녀가 비록 지극한 슬픔에 당면해 있다고는 하나, 스스로 알지 못하는 사이에 그 내용 속으로 스르르 빠져들고 만 것이다.

무상검결 제사초 파천황결(破天荒訣).

그것은 놀랍게도 전 삼초인 뇌전결(雷電訣)과 유운결(流雲訣), 그리고 천지결(天地訣)로 완전해진 검가이십사세를 폭풍처럼 일거에 몰아치는 연환결이었다.

당연히 연환의 묘에 대한 깊은 깨달음을 필요로 하였다. 그러나 그 연환의 묘를 이루는 근간이 바로 그녀가 이미 그 오의를 터득하고 있는 무상검결 전 삼초의 쾌와 다변, 그리고 중검의 원리였기에 그녀는 스스로가 놀랄 정도로 금방 그 전체적인 이치를 꿰뚫을 수 있었다.

결국 그 이치를 능히 다스리고 익숙해지는 것이 문제이지, 결코 시간이 많이 걸릴 문제는 아니었다.

문제는 내공이었다.

예령이 비록 미타성수의 기연을 맞아 그 약력의 약 사 할 정도를 내공으로 승화시킴으로써 획기적인 내공의 증대를 가져온 바 있지만, 무상검결 전 삼초 중 중검요결의 천지결을 원활히 펼치는 데도 역부족을 느끼고 있는 상태였다. 그 오의에 통했음에도 불구하고 말이다. 그것은 단적으로 내공의 부족 때문이었다.

사정이 그러하니 또한 중검요결을 기반으로 하는 파천결에 대해서도 명백한 제약을 가지는 것은 당연했다.

무상검결의 마지막 오초인 무상결(無上訣).

그것의 검결은 앞의 다른 초식들에 비해 오히려 지극히 간단하였다. 그러나 그것은 방금까지 사초 파천결에 대한 오의 관통으로 사뭇 들떠 있던 예령을 금방 막막하게 만들었다.

검심일체(劍心一切)! 바로 궁극적인 검의(劍意)에 대한 깨달음을 요구하는 초식이기 때문이었다.

하지만 예령은 금방 마음을 추스를 수 있었다.

사초까지의 오의에 접근한 것만으로도 그녀가 이때까지 막연히 꿈꾸었던 검후의 길에 이제 조금은 분명하게 들어서고 있다는 느낌을 가질 수 있었기 때문이다.

문득 고개를 들다가 예령은 적잖이 놀라고 말았다.

바깥은 어느새 어두워져 있었다. 아마도 그녀는 최소 한 시 진 이상을 그렇게 검결에 몰입해 있었던 것이다.

사실은 한 식경 전쯤에 소산이 왔다가 그냥 조용히 되돌아 갔으나, 예령은 그것조차 모를 정도로 검결에 몰입해 있었던 것이다.

"아아!"

예령은 나직이 탄식하고 말았다. 조부를 여읜 그녀의 슬픔 이 진정한 슬픔이었던가 하는 회의가 인 때문이었다.

아침에 조부를 차디찬 땅에다 묻고, 당장 오후에 이렇게 검 결에 몰입해 드는 것이 어떻게 가능하다는 말인가? 그것이 아 무리 무상검결이라고 하더라도 말이다. 문득 치밀어 오르는 자책과 허탈감, 그리고 처연한 회한은 순간적으로 그녀를 견 디기 어려운 심정으로 몰고 갔다. 그 바람에 예령은 홀연히 자 리에서 일어섰다.

예령이 막 방문을 열고 바깥으로 나서려는데, 마침 저쪽에 서 소소가 다가오고 있다가 엷은 미소로 그녀를 맞았다.

"언니! 내내 아무것도 드시지 않았으니, 이제 무엇이라도 좀 드셔야 해요!"

예령이 잔잔한 눈길로 소소를 보며 말했다.

"고마워, 소 매! 소 매의 진정 잊지 않을게! 그러나 지금은 아무것도 삼킬 수가 없을 것 같아. 아무래도 좀 더 시간이 필 요한 것이겠지?"

소소가 안타까운 빛을 내비쳤으나 뭐라 말을 하지는 못하고 그저 가볍게 고개만 끄덕였다.

예령이 희미하게 웃으며 덧붙였다.

"나는 후원이나 좀 걷다가 올게!"

"예! 언니! 그러세요!"

소소가 짐짓 밝은 목소리로 대답했다. 그리고 그녀는 안쓰
러운 눈길로 예령의 여윈 뒷모습을 한참 동안이나 바라보고
서 있었다.

후원에는 자그마한 연못 하나가 꾸며져 있었다.

은은한 달빛을 받으며 예령은 천천히 연못 주변을 거닐었
다. 한 걸음 한 걸음마다 조부 예둔과의 추억이 마치 아지랑이
처럼 떠오르고 있었다.

이제는 어떤 식으로든 마음을 정리하고 추슬러야 할 때였
다. 그녀 스스로를 위해서뿐만이 아니라, 각자의 시급하고 중
요한 형편들이 있을 것임에도 불구하고 그녀를 도우며 묵묵히
며칠간을 기다려 주고 있는 일행들을 위해서라도.

그렇게 얼마나 거닐었을까? 문득 그녀는 조금 떨어진 곳에
한 사람이 조용히 서 있다는 것을 알았다.

그녀는 알지 못했지만, 그 사람은 아마도 한참 전부터 그녀
를 지켜보고 있었던 듯했다. 그는 바로 능운상이었다.

능운상은 뭐라고 말을 꺼내야 할지 막막한 심정이 되고 말
았다.

예령이 홀로 쓸쓸하게 연못 주변을 거니는 것을 보고 그녀

를 위로해 주어야겠다는 단순한 생각으로 다가왔는데, 막상 그녀의 촉촉이 젖은 애처로운 눈빛을 대하자 어떤 위로의 말도 섣불리 꺼내기가 조심스러워지는 것이었다.

예령은 문득 시름없이 희미한 미소 한 자락을 떠올렸다. 머뭇거리며 당혹스러워하는 능운상의 모습이 평소의 모습과는 사뭇 달라 보였기 때문이었다.

그리고 예령의 그 미소 덕분에 능운상은 비로소 조심스러움과 당혹감에서 어느 정도 벗어날 수가 있었다.

달빛이 교교하게 비치고 있었다. 두 사람이 처음 만난 그날처럼.

"꼭 그날 밤 같군요! 우리가 처음 만났던!"

잔잔한 미소로 말하는 예령에 대해 능운상은 문득 마음이 편해짐을 느꼈다.

"훗! 그렇군요!"

능운상이 가볍게 웃으며 대답했다. 그 웃음으로써, 굳이 위로의 말을 하지 않더라도 예령이 현재의 당면한 슬픔에서 잠깐이나마 벗어날 수 있기를 바라면서.

예령은 다시 잔잔한 미소를 떠올렸다. 그녀의 그런 미소는 비록 희미했지만, 그래서 처연한 감이 있었지만 능운상은 그녀의 얼굴에 그 미소가 계속 머물러 있기를 바랐다. 그것은 그의 지극히 순수한 욕심이었다.

얼마 지나지 않아 두 사람의 얘기는 자연스럽게 검에 관한 것으로 흐르고 있었다. 두 사람에게 가장 공감할 수 있는 얘기는 역시 검에 관한 것이었기 때문이었으리라.

두 사람은 각자가 느끼는 그대로를 얘기했다. 예령은 슬픔에서 벗어나기 위해, 그리고 능운상은 예령이 잠시라도 슬픔에서 벗어나도록 해주기 위해.

어느샌가 그들의 대화는 검의 지극한 경지에 대해 넘나들고 있었다. 그들이 알고 있는 검의 가장 지극한 경지는 바로 무당의 태극혜검과 검가의 무상검결이었다.

두 사람은 가려야 할 부분과 굳이 조심하고 경계해야 할 부분을 따로 느끼지 못했다.

물론 그렇다고 하더라도 두 사람이 각자의 사문과 가문의 비전절기에 대해 그 구체적인 비결을 말할 수는 없는 일이었다. 다만 자신들이 체득한, 그리고 체득해 가는 과정 중의 미묘한 오의의 경계 부분과 깊은 깨달음에 대해서 얘기하는 것이었다.

태극혜검과 무상검결의 오의를 교류함에 있어서도 두 사람의 얘기는 좀체 끊기지 않고 구구절절이 이어져 나갔다.

그것은 상식적으로 이해하기 힘든 일이었다. 그러나 사실 그런 점은 태극혜검과 무상검결이 모두 검의 궁극적 단계에 도달해 있어서, 서로 다른 과정을 추구하면서도 결국에는 검심일체라는 같은 지향점을 가지는 데서 기인하였다.

그러나 두 사람은 서로의 얘기에 깊이 심취해 있으면서도 막상 그런 점까지는 알지 못했다.

다만 두 사람의 교감은 점점 더 깊어져서 어느 한순간 두 사람이 함께 몰아일체의 경계를 허무는 기이한 경험을 하게 되었다.

그것은 참으로 신기한 광경이었다.

두 사람은 느끼지 못하는 사이에 각기 검을 뽑아 허공으로 겨누고 있었는데, 그들의 검으로부터는 검극을 통해 아주 가느다란 빛줄기가 흘러나오고 있었다.

그것은 마치 누에의 꽁무니로부터 뽑혀져 나오는 잠사(蠶絲)와도 같았는데, 검의 상승 경지에서 시전되는 검기와는 또 다른 형태 같았다.

아주 가늘게 뽑어져 나온 그 두 가닥 검의 빛들은 예령과 능운상을 중심으로 하여 이 장 방원 내의 허공을 온통 수놓고 있었다. 서로 교차하기도 하고, 또 비껴 나가기도 하며 그 두 가닥 은은한 빛의 선들이 마치 서로 어울려 아름답고도 황홀한 춤을 추고 있는 듯하였다.

두 사람의 얼굴에는 진지하고 엄숙한 가운데서도 한 가닥씩의 희미한 미소가 떠올라 있었다. 그것은 희열의 미소였다. 추구하던 궁극의 가치에 마침내 근접한 자들의 희열 같은 것.

아아! 그것은 빛의 검이었다. 바로 광검(光劍)이었다.

비록 실질적인 힘이 실리지 않은, 다만 미미한 빛의 형상만으로 이루어진 광검이었으나, 중요한 것은 바로 그것에 그들의 의지가 실려 있다는 점이었다.

곧 깨달음의 측면에 있어서 그들 두 사람은 이 순간 검의 최고 경지인 검심일체의 초입으로 들어서고 있는 것이다.

언제부터인지 전각의 그림자 속에 한 남자가 서 있었다. 소치였다.

소치는 소소로부터 예령이 홀로 후원으로 나갔다는 얘기를 듣고 막 후원으로 나왔다가 그들 두 사람이 허공에 그려놓은 그 환상적이고도 아름다운 광경을 보게 되었다.

물론 소치는 알지 못했다. 그것이 검의 최고 경지에서 시전되는 광검이라는 것을. 이 순간 그는 다만 노여울 뿐이었다. 그것은 그 스스로도 이유를 명확하게 정의할 수 없는 묘하고도 당혹스러운 노여움이었다.

잠시 후, 소치는 얼굴을 굳히고 뒤돌아섰다. 그의 완고한 뒷등에 쓸쓸함과 함께 고집스러운 단호함이 서려 있었다.

그리고 바로 그때, 능운상과 예령은 천지교통의 몰아지경이 일순간에 깨어지고 만 데 대해 깊은 아쉬움을 느끼며 현실 세계로 돌아오고 있었다. 그것은 소치가 돌아서면서 남긴 그 희미한 기척과 감정의 잔재 때문이었을까?

그러나 같은 시간, 또 한 사람이 그들과 같은 공간에 있다는 것은 누구도 알지 못하였다. 예령도 능운상도, 그리고 바로 이 장 정도의 거리에 있었던 소치조차도. 그 한 사람은 바로 소산이었다.

소산은 그들이 자신의 기척을 느끼기를 바라지 않았다.

사실은 그의 가슴속에서 소용돌이치고 있는 자괴감과 허탈과 쓸쓸함을 그들이 알기를 바라지 않았다.

소산의 바람대로 그의 기척은 그가 자신도 모르게 만들어낸 사방 일 장 방원의 보이지 않는 공간 밖으로 결코 새어나가지 않았다.

第三章

과천황결(破天荒訣)

지존
석산평전

　다음날.

　아침 일찍부터 일일이 사람들을 찾아다니며 지난 며칠간 베풀어준 도움과 배려에 대한 감사의 인사를 전하는 예령의 얼굴은 한결 밝아져 있었다.

　그리고 비록 초췌하였지만, 그녀의 얼굴과 눈빛에는 서늘한 맑음이 비치고 있었다.

　일행들 사이에는 간만에 활기가 돌았다.

　그들이 간단한 아침식사를 하는 동안 장원으로 두 대의 쌍두마차와 네 필의 말이 도착했다. 염동이 준비를 한 것이었다.

　그들은 곧 누가 마차를 탈 것이며, 또한 말을 탈 것이냐는 등의 가벼운 일들을 논의하고, 또한 그 밖의 출발을 위한 잡다

한 채비들에 대한 얘기를 나누었다. 장원의 대문을 통해 누군가 들어선 것은 바로 그럴 즈음이었다.

그 장대한 체구의 노인은 아무 말도 없이 대문의 문턱을 넘어섰다. 이어 뒷짐을 진 채 느긋한 걸음걸이로 마당을 가로질러 왔다.

일행이 있는 대청에서 오 장여 떨어진 곳에 멈추어 선 노인이 무표정하게 일행을 일별했다. 이윽고 예령에게 눈길이 멈추는 순간, 노인은 그 눈길을 그대로 고정시킨 채 다시 걸음을 옮기기 시작했다.

여전히 뒷짐을 진 채였는데, 성큼성큼 걷는 걸음걸이에서는 그 어떤 간섭이나 제지도 결코 용납하지 않겠다는 맹렬하고도 단호한 의지가 서려 있었다.

그때 가장 가까운 쪽에 있던 쌍맹이 선뜻 마당으로 내려서서 곧장 노인의 앞을 가로막아 갔다.

"무슨 일이시오, 노인장?"

맹룡이 노인을 향해 묻는 순간, 뒤쪽에서 능운상이 나직하게 외쳤다.

"조심하시오!"

그 경고에 쌍맹이 흠칫하며 반사적이다시피 자세를 숙였다. 동시에 그들의 왼팔이 독특한 궤적을 그리며 앞으로 떨쳐졌는데, 순간 특이하게도 새의 날갯짓하는 소리 같은 것이 났다.

파랏!

파라랏!

쌍맹의 왼팔에서 길쭉한 타원형의 작은 방패 하나씩이 확펼쳐지며 그들의 앞 공간을 차단하였다. 그것은 바로 쌍맹이염동과 함께 주구장창 연습했던 움직임들 중의 하나였다.

동시이다시피 날카로운 금속성이 매섭게 허공을 울렸다.

캉!

이어 쌍맹은 주르륵 미끄러지듯이 거의 대여섯 척 정도를물러났다. 순간적으로 뒷짐을 풀면서 노인이 칼집째 불쑥 내민 한 자루의 도와 부딪친 결과였다.

쌍맹과 격돌하며 그 자리에 걸음을 멈춘 노인이 도를 거두어들이면서 비로소 표정이라고 할 만한 것을 얼굴에 떠올렸다. 사뭇 의외롭다는 표정이었다.

그때 쌍맹은 등 뒤에서 두 자루 손도끼를 뽑아 들고서 제대로 자세를 취하고 있었다. 예의 그 팔방풍우의 일초를 펼치려는 것일 텐데, 그들의 기색에서는 좀 전의 일격에서 받은 충격같은 것은 조금도 찾아볼 수 없었다.

힐끔 뒤를 돌아보는 쌍맹에게서는 염동이나 소산 등이 가볍게 눈짓으로만 허락해도 곧장 도끼를 휘두르며 돌진하겠다는불같은 투지가 뿜어지고 있었다.

노인의 손에 들린 그 한 자루의 구환도를 본 순간부터 예령의 얼굴은 딱딱하게 굳어졌다.

그때 능운상의 안색 또한 잔뜩 무거워져 있었는데, 그것은그 또한 노인의 정체를 짐작할 만하였기 때문이었다.

대청에서 내려선 능운상이 성큼성큼 앞으로 걸어나갔다. 그리고 쌍맹에게 이르러 나직이 말했다.

"두 분은 잠시 물러나 계십시오!"

그러나 이미 잔뜩 투지가 동한 쌍맹은 단호하게 고개를 저었다.

능운상이 흘깃 염동 쪽을 돌아보았다. 그러나 염동은 장내의 긴박한 상황에 대해서 별로 공감하는 바가 없는 모양이었다. 그냥 무덤덤한 눈길을 소산 쪽으로 돌려 버리는 것이었다.

능운상이 쓴웃음을 지으며 다시 소산 쪽을 보았다. 그러자 소산이 쌍맹을 향해 가볍게 고개를 끄덕였다.

쌍맹이 잔뜩 인상을 그린 채 한차례 매섭게 노인을 노려보고는 휙 몸을 돌려 대청 쪽으로 물러섰다.

"소생은 무당 제자 능운상입니다."

앞으로 다가서며 정중히 포권하는 능운상에 대해 노인은 이미 알고 있다는 듯이 무표정하게 입을 열었다.

"노부는 도막의 모익이라는 사람일세. 노부가 검가의 여식에게 볼일이 있어 왔다는 사실을 모르지는 않을 터, 자네는 길을 비켜주겠나?"

능운상이 가만히 한숨을 쉬고 나서 다시 말했다.

"노선배님과 예 소저 사이의 사정에 대해 모르지는 않습니다. 그러나 예 소저는 이제 막 조부님의 장례를 치렀으니, 노선배님께서 지금 당장 예 소저를 핍박하려 함은 결코 올바른 도리라고 할 수 없을 것입니다."

모익의 얼굴이 차갑게 변했다.

"사정을 알고 있다면, 제삼자가 함부로 나설 일이 아니라는 것 또한 잘 알고 있을 터! 다시 말하지 않을 것이니, 비켜서라!"

능운상의 목소리가 간곡해졌다.

"노선배님!"

순간 모익이 기세를 일변시키며 냉갈했다.

"너는 지금 무당파의 이름을 빌어 노부 앞에서 감히 행세를 하고자 하는 것이냐?"

그 호통에 능운상이 일시 당황하는 기색으로 되었다. 그러나 그는 이내 어깨를 쭉 펴며 당당하게 대답했다.

"노선배님께선 오해를 하셨군요. 무당 제자는 함부로 사문의 이름을 앞세우지 않습니다. 소생은 지금 다만 개인의 입장으로 노선배님께 말씀을 드리고 있는 것입니다."

이어 능운상은 허리에 걸린 검을 검집째 빼내 왼손에 잡으면서 다시금 정중하게 포권을 취했다. 그것은 곧 무당의 이름에 기대지 않고 그 스스로의 능력으로도 모익과 당당하게 맞설 수 있다는 의지의 표현이었다.

그러한 능운상의 기세는 그야말로 헌앙한 데가 있어서 모익은 은연중에 놀라고 감탄하지 않을 수 없었다.

'능운상이라는 이 아이는 다만 기세만으로도 그 무공의 경지가 이미 절정에 올랐음을 알겠다! 아아! 좀 전의 저 거한들도 마찬가지이고 다른 자들도 한결같이 범상해 보이지 않으니, 이들은 대체 어떤 연유로 한데 모인 것일까?'

그때였다.

"능 공자님! 물러나 주세요!"

예령이 문득 걸어나오며 능운상을 향해 말했다.

"소저?"

"이건 누구도 개입할 수 없는 저의 개인적인 일이에요."

예령의 태도는 너무도 단호하여 능운상은 뒤로 물러설 수밖에 없었다.

뒤이어 예령은 천천히 모익에게 다가가 이 장여의 거리를 두고 멈춰 섰다.

묵묵히 예령을 노려보고 있던 모익이 차갑게 가라앉은 목소리로 외쳤다.

"요망한 계집! 너는 노부의 아들과 손자의 죽음에 대해 응분의 대가를 받을 준비가 되었느냐?"

"당신이야말로 내 조부님의 죽음에 대해 응분의 대가를 받을 준비가 되었나요?"

대답하는 예령의 목소리는 차분하고도 또렷하였다.

그때 모익이 일갈하며 대번에 예령과의 공간을 좁혔다.

"갈!"

모익의 구환도에 달린 쇠고리들이 서로 부딪치며 맑은 소리를 냈다.

차라랑!

맹렬한 기세로 쇄도해 들어오는 모익에 대해 예령은 가만히 바라보고만 있었다. 그녀의 검 역시 그녀의 허리에 매달린 그대로였다.

이윽고 모익의 도가 맹렬히 허공을 횡으로 가르며 예령을 두 쪽으로 내기 직전. 바로 그 순간에 난데없는 한줄기의 검광이 번쩍하고 생겨났다. 그것은 줄기를 이루었다기보다는 차라리 한 점으로 축약된 검기였다.

핏!

모익은 그 지극의 쾌검 일초를 미처 보지도 못했다. 다만 그 한 점 극쾌의 검기가 그대로 그의 목젖을 관통하려는 순간, 그의 구환도가 반사적으로 반응하며 그의 손바닥 안에서 맹렬한 회전을 일으켰다.

쾌애애액!

그의 구환도는 곧바로 치밀한 도벽(刀壁)을 만들어냈고, 동시에 그 한 점 극쾌의 검기는 도벽 안에서 찰나적이면서도 무수한 충돌을 일으키며 순간적으로 소멸해 갔다.

파르르릉!

모익의 동공이 흠칫 흔들리며 경악의 빛을 띤 것은 그 일련의 위태로운 과정들이 모두 지나가고 난 다음이었다.

그러나 모익의 눈빛은 곧바로 차갑게 가라앉았다. 상황은 여전히 진행 중이었다. 다음 순간 그의 구환도는 맹렬히 회전하는 기세 그대로 예령의 상반신 전체를 목표로 짓쳐 들어갔다.

그때 예령의 검이 갑자기 현란한 변화를 일으켜 냈다. 무수히 진동하며 낭창거리면서 그녀의 검은 하나의 검벽(劍壁)을 이루어냈다.

예령의 그 검벽은 기이하리만치 부드럽고도 유연하여서, 모익은 일순 자신의 구환도가 뭔가 기이하도록 끈적거리면서도 무거운 저항을 받는다고 느꼈다.

예령의 검과 모익의 구환도는 기기묘묘하게 얽혀들었다. 서로 부딪치고, 또 서로 비껴가며 좁은 공간에다 수십, 수백 가닥의 현란한 궤적들을 만들어내고 있었다.

그런 중에 찬란한 검광의 난무와 온 사방에 나풀거리는 홍청백(紅靑白)의 삼색검수(三色劍穗)는 차라리 화사하였다.

바로 검왕절기의 부활이었다. 아니, 검가의 수백 년 비원이었던 무상검결 중의 뇌전결과 유운결, 그리고 천지결이 적용되어 완벽하게 복원된 진정한 검가이십사세의 화려한 부활이었다.

아마도 그들의 여생에 다시 보기 어려울 최고의 검과, 또한 최고의 도가 격돌하는 장면들을 지켜보면서 능운상과 무무의 얼굴에는 점차로 안타까운 기색이 짙어지고 있었다.

비록 예령이 근간에 기연을 만나 비약적인 내공의 진정을 이루었고 또한 검도의 깨달음을 얻었다고는 하나 내공과 세기, 그리고 경험과 완숙도 등 모든 면에서 도막의 막주인 모익을 감당하기에는 역부족일 수밖에 없는 일이었다.

지금 예령에게서는 점차로 힘에 부쳐 하는 기색이 뚜렷이 나타나고 있는 중이었다.

능운상과 무무와는 달리, 그때 염동은 이채로운 눈빛을 하고 있었다. 그런데 염동의 눈빛이 향하고 있는 곳은 예령과 모익의 접전장이 아니라 바로 소산 쪽이었다.

소산에게서는 묘한 현상이 벌어지고 있었다. 물론 그 묘하다는 것은 염동에게만 그런 것이었다. 함께 주변에 있는 능운상이나 무무는 소산에게서 일어나는 그러한 묘함에는 조금도 주의하지 않는 듯, 오로지 예령에게로만 모든 주의를 집중시켜 놓고 있었으니까.

염동이 느끼고 있는 묘함은 하나의 공간에 대한 것이었다. 소산을 중심으로 생성된 거대한 공간. 그러나 보이지 않으며 그 존재감이 딱히 느껴지지도 않는 기묘한 공간.

염동은 소산의 그 공간이 주변의 보통 공간보다는 아주 약간 높은 밀도를 가지고 있다는 생각을 했다. 그러나 그런 것은 너무도 모호하고도 은근한 것이어서 역시 어떤 기세라고까지 하기는 어려웠다.

한편 염동은 소산의 그 공간에서 상당히 민감하다는 느낌을 받고 있었다. 그 공간 자체가 마치 살아 있는 듯이 말이다.

그 이해할 수 없는 민감성을 확인이라도 하듯이 염동은 가만히 한 걸음을 움직였다. 자신이 이미 소산의 그 공간 속에 있다고 생각했으므로 작심하고서 모든 기척을 없앤 채였다.

소산은 염동을 돌아보지 않았다. 그러나 소산의 그 공간은 미세하나마 즉시로 반응하였다. 그럼으로써 염동은 소산의 그 공간이 과연 민감하다는 사실에 대해 정말로 인정하지 않을 수 없었다.

순간 염동의 눈빛 속으로 짙은 흥미와 무어라 표현하기 어려운 묘한 흥분이 함께 떠올랐다. 그러나 그런 일련의 감정들은 염동 자신에게도 사뭇 낯선 듯 그는 가만히 그것들을 음미해 보고 있는 기색이었다.

잠시 후. 염동이 문득 말했다.

"가주는 그녀의 일에 개입하지 않는 것이 좋겠소! 그녀가 도움을 요청하지 않는 한에는 말이오!"

그것은 특이한 방식의 말이었다. 입술을 조금도 움직이지 않았고, 바로 곁의 능운상이나 무무조차도 듣지 못하게 오로지 소산에게로만 또렷이 전달이 되었으니까.

소산이 힐끗 고개를 돌렸다. 그리고 가만히 눈빛으로 염동에게 물었다.

'왜입니까?'

염동이 담담한 얼굴로 대답했다.

"지금 그녀에게 원한을 갚는 일 자체보다 더욱 중요한 것은, 바로 그 원한을 어떻게 갚느냐 하는 관점일 것이기 때문이오. 만약 그녀가 남의 도움을 받아 자신의 원한을 갚게 된다면, 그녀는 아마도 남은 일생 동안 내내 그것에 대해 수치스러워할 것이고, 차라리 패하여 죽는다 하더라도 스스로의 힘으로 최선을 다했다면 그 점에서 오히려 당당해할 것이란 말이지요. 그것은 한 사람의 무인으로서 그녀가 가지는 최소한의 자존심일 것이며, 또한 전통있는 무가의 후예로서 그녀가 가지는 최

소한의 자부심일 것이오. 그러기에 능 공자와 무 공자 또한 지금 감히 나설 생각을 못하고 있는 것이오!'

염동의 입술이 여전히 조금도 움직이지 않는다는 것 따위에 대해서 소산은 조금도 이상해하지 않는 듯했다.

다만 그는 염동이 말한 바에 대해 깊이 생각하는 기색으로 잠시간 빤히 염동을 직시하다가 다시금 예령 쪽으로 고개를 돌려 버렸다. 염동의 입가에 언뜻 한 가닥 미미한 고소가 떠올랐다.

서서히 내력이 고갈되어 가는 것을 느끼며 예령은 마지막 선택을 생각하였다.

동귀어진! 그것은 차라리 깨끗한 죽음의 각오요, 동시에 죽음의 순간에도 결코 후회하지 않을 정신의 승리를 취하리라는 결심이었다.

예령의 손에서 부활한 검가이십사세는 과연 훌륭했다. 모익 그 자신은 직접 견식한 바 없지만 아마도 왕년에 검왕의 손에서 펼쳐졌던 검가이십사세 본연의 위력에 능히 버금갈 것이란 생각이 들 정도였다.

그러나 모익 자신은 이미 왕년의 검왕을 능가한다는 자부심을 가지고 있는 터였다. 하물며 이제 스물 몇의 나이 어린 계집아이를 상대로 해서야…….

예령의 내력이 거의 고갈되었다는 것은 모익 또한 느끼고 있었다. 하여 그녀가 이제 목숨을 도외시하는 최후의 일초를 준비할 것이라는 사실을 모익은 예감했다. 어차피 둘 중 하나의 목숨을 제물로 해서만 끝날 싸움이 아닌가.

그러나 모익은 예령의 목숨을 취하기 전에 몇 가지 확인해야만 할 사실들이 있었다.

이번에 그가 조사한 바로, 검가는 다만 그 명맥만 남아 있을 뿐이어서 가솔이라고는 예둔과 예령 두 조손밖에 없었다.

또한 그가 직접 상대해 본 예둔의 무공이나, 지금 예령의 검예가 비록 대단하다고는 하나 그의 아들 모중을 그토록 간단히, 더욱이 동행하였던 이십여 도영대까지 단숨에 몰살시킬 수 있을 정도는 결코 아니었다.

그렇다면 반드시 연계되는 다른 모종의 사정들이 더 있을 터, 그것을 알아내어 암중의 흉수들까지 완전히 처단해야만 아들과 손자의 원혼을 온전히 달래줄 수 있을 것이었다.

그때 예령의 검세가 갑작스러운 변화를 보이고 있었다.

지금껏 내내 끈적거리면서도 무거운 저항으로 작용하던 예령의 검세가 돌연 그 반대의 흡력으로 그의 구환도를 슬그머니 끌어당기고 있었던 것이다.

모익은 아주 잠깐의 혼선을 느꼈지만 이내 구환도를 크게 떨쳐 냈다. 그러자 그의 전면으로 두터운 도막이 형성되면서 순식간에 그 범위를 확산시키며 아예 예령의 전신을 통째로 가두어 나갔다.

도막의 범위 안에 온전히 가두어지는 듯하던 예령에게서 돌연 폭발적인 검세가 일어난 것은 바로 그때였다.

와릉!

쾅!

도막에 커다란 충격이 와 닿는 순간 모익은 뭔가 잘못되었다고 느꼈다. 그러나 그가 그런 생각을 구체화시켜 볼 여유는 없었다. 동시이다시피 연이은 폭발이 일어나고 있었기 때문이다.

두 번째의 폭발은 처음보다 훨씬 더 강하였다.

와르릉!

콰앙!

그러고도 폭발은 연쇄적으로 계속 일어났다. 두 번째보다 더욱 강한 세 번째, 그리고 또한 세 번째보다 강한 네 번째……

모익은 경악하지 않을 수 없었다. 예령의 검세가 잇달아 일으키고 있는 그 엄청난 폭발력이란 것은 결국은 모든 것을 부수어 버리고야 마는, 부수지 못한다면 스스로가 부서지는 수밖에 없는 극단의 폭발력이었다.

그리고 지금 모익이 할 수 있는 최선은 오로지 모든 내력을 다해 도막을 강화시킴으로써 폭발의 연환이 끝날 때까지 견뎌내는 것뿐이었다.

쿠르릉!

콰콰쾅!

끝이 없을 듯 중첩되는 폭발 속에서 모익의 도막은 마침내 견디지 못하고 산산이 부서지고 말았다. 그러나 바로 그 순간 절망으로 물들던 모익의 눈빛에 번쩍 한 가닥의 정광이 솟았다.

예령의 검이 일으키는 검세의 폭발이 한순간 급격한 단절의 기미를 보이고 있었다. 그녀의 내력이 마침내 완전히 고갈되어 더 이상 검초를 이어주지 못하고 있는 것이었다.

일순 모익의 구환도가 격렬히 도신을 떨었다.

차라라랑!

쇠고리가 부서질 듯 서로 부딪치는 소리와 함께 구환도가 최후의 용음을 토해냈다.

우우웅!

순간 구환도의 도극에서 한 가닥 눈부신 빛이 앞으로 쭉 뻗어나갔다. 도강(刀罡)이었다.

그런데 바로 그 순간, 완전히 사그라지는 듯하던 예령의 검세가 다시금 확 하고 일어나며 지금까지와는 비교할 수조차 없는 엄청난 대폭발을 일으켰다.

쿠콰콰콰쾅!

거대한 폭발은 주변의 대기를 울리고 대지를 진동시키는 엄청난 굉음을 만들었다. 그리고 폭발의 여력은 아예 모익을 통째로 삼켜 버렸다.

격돌의 소용돌이가 가라앉은 뒤, 모익은 그 자리에 선 채 묵묵히 자신의 가슴을 내려다보고 있었다. 그러나 그의 눈동자에는 이미 생기가 없었다. 그의 가슴은 실로 처참하게 난자당한 상태였다.

한순간 모익의 몸은 천천히 바닥으로 무너졌다.

쿵!

아아! 도막의 당대 막주이며, 만약 그의 부친인 팔왕 중의 도왕이 아니었다면 그 자신이 능히 그만큼의 명성을 누렸을 강호의 거성 모익은 그렇듯 덧없는 죽음을 맞이하고 말았다.

전신의 혈맥이란 혈맥은 모조리 다 터져 나가는 듯한 격렬한 고통과 충격 속에서 아득히 의식을 놓으면서도 예령은 한 가지 안도를 떠올리고 있었다.

'아아! 천우신조다. 마지막 순간에 단전에 뭉쳐져 있던 미타성수의 약력이 극적으로 용해되면서 끊어진 내력을 다시 이어 주었다!'

그랬다. 전대미문의 그 검초는 바로 무상검결의 파천황결이었다.

그런데 연환식인 파천황결은 엄청난 내력 소모를 필요로 하거니와, 예령은 필사의 각오로 잠원지기까지 이끌어낸 상태에서도 겨우 초식의 절반을 펼치는 단계에서 마침내 내력의 완전한 고갈에 이르고 말았던 것이다.

그런데 바로 그 순간 기적적으로 그녀의 단전 깊숙한 곳에서 작은 폭발이 일어났다. 그리고 그 작은 폭발을 불씨로 하여 다시 한 번의 커다란 폭발이 일어나며 그녀의 단전은 순식간에 내력으로 가득 찼고, 이어 그 내력은 엄청난 기세로 뻗어나가 파천황결의 초식 후반부를 완전하게 이루어냈던 것이다.

예령의 신형이 그대로 무너져 내리는 것을 보고 능운상이 한걸음에 달려가 그녀를 부축했고, 이어 소소가 달려갔다.

이어 소치와 안문 등 나머지 사람들이 모두 예령의 주위로 모여들 때, 소산은 오히려 조용히 대청 쪽으로 물러나고 있었다.

시종 소산에게서 주의를 떼지 않고 있던 염동이 천천히 그에게로 다가섰다.

"허허! 결국은 개입을 하고 만 것이오?"

빙그레 웃으며 하는 염동의 나직한 물음에 소산은 문득 얼굴을 굳혔다. 그리고 딱딱한 어조로 혼잣말처럼 중얼거렸다.

"아닙니다. 나는… 개입하지 않았습니다."

소산은 더 이상 말하지 않았다. 그리고 염동 또한 다시 묻지 않았다. 다만 소산을 바라보는 눈빛에 엷은 이채를 띠며 염동의 고개가 미미하게 갸웃거렸다.

第四章
도왕출현(刀王出現)

지존
석산평전

　예령의 내상은 무거웠다. 그녀가 도달해 있는 내력 운용의 경지에서는 아직까지 감당해 낼 수 없는 엄청난 내력이 순간적으로 관통해 버린 심맥들이 모조리 손상되었다.

　더욱 심각한 것은 무리하게 잠원지기를 끌어 쓴 탓으로 단전이 극심한 충격을 받은 상태에서, 미타성수의 잔여 약력이 일거에 용해되어 당장에 추정하기조차 어려울 만큼 막대해진 내력이 미처 단전에 자리 잡지 못하고 전신의 기혈들로 흩어져 고삐 풀린 망아지처럼 어지럽게 흐르고 있는 현상이었다.

　그것은 극도로 위험한 현상이었다. 긴급히 다스리지 않는다면 그 통제되지 않는 내력들이 언제 어떤 형태로 폭주할지 몰랐다. 그리고 일단 내력이 폭주하기 시작한다면, 그야말로 치명적인 사태로 진전될 것은 뻔한 이치였다.

내력을 다스리는 것은 어디까지나 고심한 내가공부의 영역에 속하는 문제였으므로, 소소로서는 예령의 상태를 진단하는 외에는 달리 해법을 낼 수 없는 일이었다.

그런데 진중하게 소소의 설명을 듣고 있던 무무가 문득 입을 열었다.

"제가 어떻게 긴급한 조치는 할 수 있을 듯합니다. 다만 현재 예 소저의 내력 수준은 저를 훨씬 능가하는지라 다른 분의 도움을 받아야만 합니다."

그때 무무의 눈길이 자신을 향하지 않았어도 능운상은 역할을 자원했을 것이다. 다만 한 가지 의문이 있었기에 그가 무무에게 물었다.

"하지만 서로 성질이 다른 내력들을 조화시키는 일인데, 가능하겠습니까?"

그러자 무무가 가만히 미소 지으며 말했다.

"마침 본사의 역근경 중의 요상편에 그러한 이치가 있습니다."

그에 능운상은 두말없이 고개를 끄덕였다.

사실은 굳이 그러한 것을 묻지 않고 다만 무무에 대한 신뢰만으로도 충분했을 일인데, 더욱이 소림의 역근경상에 있는 이치라니 더 이상 의문을 가질 것이 없었다.

무무가 예령의 등 뒤로 가서 가부좌를 틀고 앉자, 이어 능운상이 다시 무무의 뒤에서 가부좌를 틀고 앉았다. 그리고 그들은 곧 몰아의 상태로 접어들었다.

그렇게 하기를 얼마나 지났을까?

어느 순간 무무의 머리 위로 하얀 운무와 같은 것이 솟아서는 둥근 환의 형태로 뭉쳐져 머물렀다. 그리고 바로 이어 능운상의 머리 위에도 비슷한 현상이 벌어졌다.

그때 예령이 막혔던 숨을 트듯이 크게 한숨을 한 번 내쉬고는, 이어 아주 완만한 가슴의 기복을 보이기 시작했다. 그녀는 깊은 호흡을 시작한 것이고, 곧 그녀 스스로 운공에 들어갔음을 보여주는 모습이었다.

그제야 내내 긴장한 기색으로 지켜보던 소소와 쌍맹, 그리고 안문과 소치 등이 다 함께 안도의 한숨을 불어 내쉬었다.

잠시가 더 지난 다음. 무무가 예령의 등에서 손바닥을 뗐고 이어 능운상 또한 무무의 등에 밀착시키고 있던 손바닥을 뗐다.

그리고 모든 기력을 한꺼번에 다 소진한 듯 극도로 피곤한 기색이 된 두 사람은 각자 깊은 운공에 들어갔다.

번뜩!

마당 가운데에 그대로 방치된 모익의 시신 곁에 허공으로부터 하나의 신형이 내려선 것은 바로 그때였다.

"아아!"

그 한마디 탄식에는 참을 수 없는 경악과 비통이 서려 있었다. 그는 백발을 단정하게 뒤로 묶은 홍안의 노인이었다.

그때 신중하게 노인을 살피던 안문이 문득 크게 놀라는 기색으로 되며 나직이 외쳤다.

"당신은 도왕?"

순간 노인의 눈빛이 안문을 향하며 번갯불 같은 안광을 토해냈다. 이어 노인은 서릿발 같은 시선으로 주변을 짧게 일별하였다.

운공 중인 예령에게 잠시 머물던 노인의 시선이 다시 안문에게로 향했다.

"누구냐? 내 아들을 이렇게 만든 자가?"

격렬한 분노가 응축되어 있는 중에도 다시 냉철한 위엄이 깃든 목소리였다. 그리고 그 말로 인해 노인이 바로 도왕이라는 사실이 명백해지는 순간이었다.

자신을 향해 있는 도왕의 강렬한 시선에서 안문은 한 가닥의 의혹을 읽을 수 있었다.

도왕은 예령이 누구이며, 또한 모익이 바로 그녀 때문에 이곳에 오게 되었다는 사실을 알고 있는 듯했다.

그러나 막상 그녀에 의해 모익이 죽임을 당했다는 사실에 대해서는 전혀 상상조차 못하는 모습이었다.

하긴 직접 보지 않은 이상 강호의 누가 그런 사실을 짐작이나 할 수 있겠는가? 그리하여 도왕은 자신을 한눈에 알아본 안문을 택하여 묻고 있는 것이리라.

도왕의 물음에 대답하는 대신 안문은 가만히 한 걸음 옆으로 물러섰다. 자신이 도왕의 분노의 대상이 아님을 밝히는 동시에, 또한 그 대상이 누구인지에 대해서도 굳이 대답하지 않겠다는 의지를 담은 사뭇 소극적인 몸짓이었다.

순간 도왕의 눈빛이 더할 수 없는 분노로 이글거렸다. 그러나 그의 시선은 곧 안문에게서 거두어졌고, 이어 예령의 곁에 놓인 삼색검수의 검으로 향했다.

도왕이 억눌린 목소리로 말했다.

"계집! 너로 인해 이제 본 가의 맥이 끊어져 버렸으니, 노부는 너를 죽임으로써 검왕의 맥 또한 끊어놓으리라!"

이어 도왕은 예령이 운공하고 있는 쪽을 향해 성큼 걸음을 옮겼다.

바로 그때, 한 사람이 불쑥 나서며 큰 걸음으로 성큼성큼 도왕을 향해 마주 걸어왔다. 그런데 그 걸음이 얼마나 대담하고도 거침이 없었던지, 단숨에 예령을 향해 가려던 도왕을 문득 멈추게 할 정도였다.

그는 바로 소산이었다.

이 장여의 거리를 두고 정면으로 도왕의 앞을 막아선 소산의 돌발 행동에 대해, 소소는 아예 하얗게 질린 기색이 되어버렸다. 안문과 소치, 그리고 쌍맹 등도 한결같이 잔뜩 긴장한 모습이었다.

다만 염동만이 어쩔 수 없다는 듯, 혹은 참으로 내키지 않는다는 듯 잔뜩 찌푸린 얼굴을 하였다. 이어 그는 짐짓 엉거주춤한 걸음걸이로 뒤늦게 주춤주춤 다가서서 소산의 두 걸음쯤 뒤에 버티고 서는 것이었다.

그 하나의 묘한 공간이 문득 생겨났다가 다시 홀연히 자취도 없이 사라진 것은 그야말로 순간의 일이었다.

그러나 그것은 도왕으로 하여금 언뜻 경계의 기색을 가지도록 만들었다. 순간적으로 소산과 염동을 훑은 도왕의 눈빛에 미미한 당혹감이 어렸다.

한편 비록 그러한 묘한 공간의 생기고 사라짐까지는 알지 못했지만 도왕에게서 잠깐 비친 그 미미한 당혹감은 안문으로 하여금 지금까지와는 전혀 다른 느낌으로 염동을 보도록 만들었다. 마침 그때는 염동의 얼굴에서 의미 모를 엷은 미소 한 조각이 막 생겨났다가 바로 지워지고 있는 중이었다.

그러나 안문의 관심은 곧바로 도왕과 소산에게로 옮겨가고 말았다. 그때 도왕이 소산에게 묻고 있었기 때문이다.

"아이야! 너는 왜 노부의 앞을 가로막는 것이냐?"

한결 담담해진 목소리였다.

그에 대답하는 소산의 목소리 역시 담담했다.

"당신이 해치고자 하는 저 여인이 나와 거래 관계에 있기 때문입니다."

"거래 관계……?"

"그렇습니다. 그녀는 아직까지 소생과의 거래가 끝나지 않았으니, 노인장은 좀 더 기다렸다가 우리의 거래가 끝나고 난 다음에 노인장의 일을 해결하도록 하십시오. 그것이 올바른 상도의(商道義)가 아니겠습니까?"

도왕의 시선이 흘깃 소산의 어깨너머로 염동을 보았다. 그러나 그때 염동이 그의 시선을 피해 슬그머니 소산의 등 뒤에

숨는 모양새를 보이자, 도왕은 이내 소산에게로 시선을 되돌리며 차갑게 말을 뱉었다.

"놈! 하면 노부가 너의 그 거래 관계를 지금 즉시 끝나도록 해주면 되겠구나. 너를 죽이면 그 거래 관계 또한 자연히 끝날 것이 아니겠느냐?"

이어 도왕은 곧바로 앞으로 걸어나가려 했다.

그러나 도왕은 막상 앞으로 나아가지 않고, 다시 선 채로 두 눈에서 번쩍하고 안광을 토했다.

지이잉!

기이한 웅얼거림과 함께 소산의 손에 한 자루 기이한 연검이 그 모습을 드러내고 있었기 때문이리라. 바로 묵아였다.

소산의 돌발 행동은 이제 가히 점입가경이었다.

물론 소산이 도왕의 다만 반 초 상대라도 되리라고 상상이라도 하는 사람은 장내에 아무도 없을 것이었다.

그러나 지금 천하의 도왕을 상대로 당당하게 검을 겨누고 있는 소산의 모습은, 그것이 비록 만용에 불과하다고 할지라도 사람들이 지금까지 알고 있던 소산의 인상과는 전혀 다른 느낌을 주는 데가 있었다.

도왕이 천천히 한 걸음을 내디뎠다.

그리고 그에 반응이라도 하듯이 묵아가 가볍게 꿈틀거리는 순간, 누구도 예측하지 못했던 기사(奇事)가 벌어졌다.

피이잇!

묵아의 검극이 마치 화살처럼 앞으로 튀어나간 것이다.

"갈!"

도왕에게서 나직한 호통이 터졌다. 그것은 아마도 소산이 그 묘하게 생긴 연검에다 특수한 기관 장치를 해서 암기를 쏘아낸 것으로 여기고, 그 얄팍한 수법에 대해 질타를 한 것이리라.

이어 도왕은 걸어가는 기세 그대로, 도갑째의 구환도를 앞으로 가볍게 내밀었다.

칭!

맑고도 예리한 소리가 났다.

그리고 그 순간 도왕의 미간이 꿈틀하였다. 도갑의 한 면이 그대로 베어져 나간 때문이었다.

그런데 그것으로 끝이 아니었다.

핏!

미세하게 공기를 가르는 소리와 함께 불현듯 뒤통수를 노리고 쏘아져 오는 예기에 도왕은 급히 왼발을 축으로 몸을 회전시켜야만 했다.

그리고 스쳐 지나간 그 예기의 정체를 확인하는 순간 도왕은 크게 놀란 기색을 숨기지 못했다.

도왕이 암기라고 생각했던 것은 실상 상대의 연검 그 자체였다. 어떤 조화를 부린 것인지 알 수 없으나, 상대의 연검은 마치 폭사되듯이 찰나적으로 늘어났다가 다시 원래의 형태로 되돌아간 것이다.

묵철사(墨鐵絲)를 촘촘히 얽어 만든 도갑을 단칼에 베어버린 날카로움에다, 무려 이 장여의 길이를 제멋대로 넘나드는 그 신묘함은 천하의 도왕에게도 참으로 간단치 않은 것이었다.

도왕이 일단은 걸음을 멈추고서 새삼 소산과 그 기이한 연검, 묵아를 자세히 살폈다.

사실 묵아에게 그런 묘용이 따로 있는 줄은 누구도 상상하지 못한 일이어서 묵아의 원래 소유자였던 소치와 안문 또한 놀라는 기색을 감추지 못하고 있었다.

그때 묵아는 소산의 손에서 그 늘씬한 묵빛 검신을 낭창거리고 있었는데, 그 모습이 마치 도왕으로 하여금 가까이 다가오지 말 것을 경고하며 시위를 하는 것처럼 보였다.

잠시 묵아를 지켜보던 도왕이 이윽고 천천히 구환도를 뽑았다.

이어 그가 간단히 앞을 향해 도를 겨누자, 대번에 눈이 시릴 정도의 예기가 앞으로 뻗어나갔다.

그때 구환도가 뿜어내는 예기의 지향점에 서 있던 소산이 한차례 거칠게 묵아를 휘둘렀다.

그러자 묵아의 검신이 만드는 묵영이 쭉 늘어나며 마치 획을 긋듯이 소산의 일 장여 앞쪽의 공간을 크게 베어냈다.

치리리릿!

우우우웅!

도왕의 구환도가 웅혼한 떨림의 소리를 흘리며 서서히 산악과도 같은 무형의 도세를 뿜어냈다.

그 같은 도왕의 도세는 공간 중에 마치 거대한 벽을 세운 것 같이 영역을 구축하였고, 이윽고는 소산을 향해 천천히 밀려가기 시작했다. 그 같은 광경은 보는 이의 가위를 지레 눌리게 만들 정도의 엄청난 위용이었다.

염동은 언뜻 미간을 찌푸리고 있었다. 그러나 여전히 차분한 기색에서 그는 지금 소산에 대한 염려보다는 차라리 기왕에 느끼고 있던 흥미를 이제 극대화시켜 가고 있는 듯이 보이는 것이었다.

휘류류류류!

묵아가 깊은 음습함으로 흐느끼고 있었다.

묵아의 검신은 이제 희끄무레한 잔영으로만 보이고 있었다. 이제는 너무도 가늘어져 마치 한 줄기의 검은 실과 같이 되어 흐느적거리며 허공을 유영하고 있는 것이다.

아무도 그 유래를 알지 못했던 제왕사검이라는 묵아의 또 다른 이름의 유래가 밝혀지는 순간이었다.

그러나 묵아는 다만 소산으로부터 삼 장여 공간 내에서만 그러한 시위를 하고 있는 중이었다. 굳이 도왕과 부딪치기를 원하지 않는다는 듯이.

그때 도왕이 일으킨 그 거대한 도세의 벽은 이제 막 묵아가 점유하고 있는 공간과 부딪치기 직전이었다. 그런데 바로 그 순간, 힘겨워하는 기색이 역력한 가느다란 목소리 하나가 장내에 울렸다.

"멈춰요!"

바로 예령이었다.

그와 동시이다시피 소산이 묵아를 거둬들였고, 그 어처구니 없는 포기에 도왕이 또한 다소 힘겹게 구환도를 거두어들였다.

그럼으로써 소산과 도왕이 만들어냈던 촉발 직전의 긴장은 차라리 허무하게 흐트러져 버렸다.

힘겹게 몸을 일으켜 세운 예령의 안색은 백지장처럼 창백했다.

그때 능운상과 무무 또한 운공에서 깨어나고 있었는데, 그들의 안색 역시 지극히 무거웠다. 급박하게 돌아가는 장내의 상황 때문에 억지로 운공을 중단한 것이리라.

여전히 자신의 앞을 가로막아 도왕과 대치하고 있는 소산의 등을 바라보면서, 예령은 점차로 안색을 굳혀가고 있었다.

"소 공자! 물러서세요! 이 일은 제가 직접 해결해야만 할 일이기에 그 누구의 개입도 용납할 수 없어요!"

예령의 목소리는 무겁게 가라앉아 있었다.

그러나 소산은 돌아보지 않은 채 차분하게 대답했다.

"지금은 그럴 수 없습니다."

순간 예령의 어깨가 흠칫 떨렸다. 그리고 그녀는 곧 완연한 분노를 담은 목소리로 소산을 불렀다.

"소 공자!"

그러나 소산은 여전히 차분하고도 완고한 어조였다.

"소저의 상처가 다 치료되고 난 연후에는 반드시 그렇게 하겠습니다."

예령이 이윽고는 격동을 참지 못하고 격한 외침을 토해냈
다.

"소 공자! 당신이 감히……."

그러다 예령은 '와악!' 하고 한 줌의 검붉은 피를 토해내고
말았다. 마침 가까이에 있던 소소가 얼른 다가가서 자신의 어
깨에 예령을 기대게 했다.

소소에게 기댄 채 예령이 떨리는 손짓으로 소산을 가리키고
있었다.

"감히……! 감히……!"

그러나 힘없이 그렇게 되뇌다가 예령은 그만 스르르 혼절하
고 말았다.

급하게 진맥을 해본 소소가 놀라고 당황한 기색의 소산을
향해 가만히 고개를 끄덕여 보였다.

"괜찮아요. 령 언니는 잠시 의식을 잃은 것뿐이에요."

차분한 그 말속에서, 와중에도 소산을 안도시키고 위로하려
애쓰는 소소의 안쓰러운 마음이 엿보였다.

당황을 추스른 소산이 다시 몸을 돌려 도왕을 향해 마주 섰
다.

"너는 여전히 노부의 앞을 막겠느냐?"

도왕이 구환도의 손잡이를 고쳐 잡으며 말했다.

소산은 대답하지 않았다. 대신 '찰칵!' 하는 희미한 소리와
함께 그의 손에 들려 아래로 축 늘어져 있던 묵아가 사라졌다.

그리고 소산이 천천히 입을 열었다.

"나는 이제 이 일에 개입하지 않을 것입니다. 다만 나는 이 자리에 그대로 서 있을 것이니, 당신은 나를 비켜서 가야만 할 것입니다."

엉뚱한 말이었다. 그리고 또한 기묘한 방식의 도발이었다.

"이놈!"

한순간 도왕이 노갈하며 그대로 구환도를 앞으로 찔러냈다. 그러자 곧바로 산악과 같은 웅혼한 경력이 거대한 벽을 이루며 소산을 향해 쇄도해 갔다. 그것은 사람들에게 미처 놀랄 틈조차 주지 않는 찰나지간에 일어난 일이었다.

쾅!

격렬한 굉음이 일었다. 그리고 자욱한 먼지가 가라앉은 속에는 기묘한 장면이 연출되어 있었다.

소산은 마치 아무 일도 없었다는 듯이 원래 서 있던 그 자리에서 한 발자국도 움직이지 않은 채 우뚝 버티고 서 있었다.

다만 방금의 격돌을 증거해 주듯이, 소산의 코에서는 한 가닥의 붉은 피가 흐르고 있었다.

그러한 결과에 대해 도왕은 사뭇 당황스러워하는 기색이 되어 있었다. 뿐만 아니라 장내의 다른 사람들 모두 도무지 이해하기 힘들다는 기색들이었다.

그때 소산이 문득 크게 외쳤다.

"나는 개입하지 않았소! 나는 다만 이 자리에 가만히 서 있었을 뿐이오!"

무미건조하게 들리는 외침이었다.

그리고 사람들은 이런 상황에서 느닷없이 그런 외침을 뱉는 소산에게서 갑자기 다른 사람이라도 보는 듯 이질감마저 느껴야만 했다.

그것이 억지라면 다분히 병적인 데가 있는 억지일 것이었고, 혹은 억지스러운 집착이라고 해야 할 것이었다.

사실 소산의 그런 모습은 예전에 예령이 두어 번 본 적이 있었을 뿐, 다른 사람들로서는 처음이었다. 그러기에 사람들로서는 당혹스러울 수밖에 없는 노릇일 것이었다.

그때 상황은 다시 급박하게 진전되고 있었다.

도왕의 구환도가 위에서 아래로 공간을 그어 내렸다. 그러자 거대한 경력의 벽이 이번에는 공간을 짓누르며 아래로 떨어져 내렸다.

콰앙!

도왕의 그 한 수가 지닌 위용은 사람들의 두 눈을 부릅뜨게 만들 정도였다.

그러나 도왕은 이번에도 소산을 쓰러뜨리거나 혹은 그 자리에서 비켜서게 만들지 못했다. 다만 소산을 휘청거리게 만들었을 뿐이다. 그의 코에 더하여 이번에는 입가에까지 주르륵 피가 흐르도록 만들었을 뿐이다.

"퉤!"

엉킨 핏덩이를 뱉어내며 소산이 다시 말했다. 예의 그 무미건조하면서도 기계적인 외침으로.

"나는 개입하지 않았소! 나는 다만 이 자리에 가만히 서 있었을 뿐이오!"

두 번에 걸쳐 반복되는 광경이었지만, 그것은 여전히 이상한 광경이었다.

그러나 한편으로 두 번에 걸친 손속에서 도왕이 보여준, 과연 팔왕의 한 사람다운 엄청난 신위와, 또한 어느새 입과 코 주변은 물론 앞섶마저 온통 피로 젖어버린 소산의 위태로운 모습에서 사람들은 이제 이상하다는 생각보다는 급박함을 느끼게 되었다.

능운상과 무무가 빠르게 시선을 교환하였다. 그러나 힘겹게 몸을 일으켜 막 소산에게로 달려나가려던 능운상이 멈칫 멈춰섰고, 그 때문에 무무 또한 멈출 수밖에 없었다.

능운상의 시선은 소산의 뒤쪽에서 처음과 마찬가지로 조용히 지켜 서 있는 염동에게로 향해 있었다. 그리고 능운상이 보기에 염동의 기색은 지금 너무도 태연하고도 담담해 보였다.

그때 도왕 또한 얼굴을 딱딱하게 굳힌 채 소산의 어깨너머로 염동을 보고 있었다.

"당신인가?"

그 뜻밖의 물음에 대해서는 도왕 스스로가 확신이 없어 보였다. 그러나 그 말은 한편으로 다른 모두의 의혹이기도 했다.

염동이 그저 혼잣말인 듯 무심한 투로 반문했다.

"그런 것 같은가?"

부정도 긍정도 아닌 묘한 대답이었다.

순간 도왕의 얼굴에는 묘한 경계와 긴장감이 떠올랐다. 그리고 장내에는 잠시간 묘한 침묵의 대치가 흘렀다.

"소생이 한 말씀 드려도 되겠습니까?"
침묵의 대치를 불쑥 깨고 나선 이는 바로 안문이었다. 도왕의 대답을 기다리지 않고 안문이 다시 말했다.
"좀 전에 예 소저도 말했거니와, 도막과 검가 사이의 원한은 당사자들끼리 해결할 수밖에는 없을 것입니다. 그러나……."
도왕의 시선이 완전히 자신에게로 향해 있음을 흘깃 확인하고 나서 안문은 다시 말을 계속했다.
"귀하께서 오늘 이 자리에서 그 원한을 해결하고자 한다면 아마도 세상 사람들의 비웃음을 피하기 어려울 것입니다."
가만히 안문을 바라보고 있던 도왕이 문득 소소의 품속에 기댄 채 혼절해 있는 예령을 가리키며 차갑게 말을 받았다.
"저 계집아이로 인해 내 가문 삼대의 맥이 한꺼번에 끊겼는데, 그 원한을 갚는 것이 어찌 세상 사람들의 비웃음거리가 된다는 말인가?"
안문이 차분한 투로 대답했다.
"소생을 포함하여 여기에 있는 사람들이 모두 그 대강의 사정을 알고 있기도 하지만, 도막과 검가의 원한은 어느 한쪽에게 일방적으로 과오나 책임을 지우기에는 어려운 것 아니겠습니까? 결국 반드시 원한을 갚아야만 하는 명분과 각오는 쌍방이 다 가지고 있다고 할 것인데, 그렇다면 그 원한을 해결하는

데 있어서는 정당함이 있어야만 할 것입니다. 한데도 귀하께서 굳이 지금 당장의 해결을 주장한다는 것은……."

그 대목에서 안문은 슬쩍 말을 흐렸다가 다시 이었다.

"안타까운 말씀이지만, 귀 자제께서는 예 낭자와의 정당한 일 대 일 승부에서 패한 것입니다."

그 말에 도왕이 경악과 부정(否定)의 침음성을 흘렸다.

"으음!"

그러나 안문은 도왕이 다른 반응을 보일 틈을 주지 않고 빠르게 자신의 말을 이어갔다.

"귀하께서 믿든 말든 예 낭자의 검에 관한 경지는 이미 왕년 검왕의 경지에 근접해 가고 있습니다. 그야말로 하루가 다르게 눈부신 성장을 해가고 있는 중이지요. 사별삼일이면 괄목 상대라고 하였으니, 이제 또 얼마 후면 그때 그녀가 어떤 성취에 도달해 있을지는 누구도 예측할 수 없다고 할 것입니다. 사정이 그러하니 귀하께서 지금 중상을 입은 예 소저를 핍박하려 하는 것에 대해 세상 사람들은 귀하께서 너무 지나치게 유리함을 취하려 한다는 생각을 충분히 할 수 있지 않겠습니까?'

말을 멈춘 안문이 가만히 도왕을 바라보았다. 그러자 도왕이 나직한 코웃음을 쳤다.

"흥!"

그 코웃음에는 분노와 답답함이 짙게 녹아 있었다. 그러나 도왕은 당장에 다른 반응을 이어내지는 않았다.

안문이 슬쩍 소치를 돌아보았다. 그러나 그때 소치는 마침

묵묵한 시선으로 예령을 보고 있었으므로 안문은 다시 도왕을 향하며 입을 열었다.

"제삼자로서 소생이 감히 중재하건대, 사흘 뒤 자시 초(子時初:밤 열한 시)에, 황도의 숭덕왕부(嵩德王府)에서 귀하와 예 소저, 두 당사자들끼리 다시 만나 서로의 원한을 해결하는 것이 어떻겠습니까?"

도왕이 한결 차분해진 기색으로 물었다.

"자시에, 황도의 숭덕왕부? 왜 하필이면 그곳인가? 또한 왜 하필 그 시각인가?"

안문이 눈짓으로 소치를 가리키며 대답했다.

"저분께서 바로 숭덕왕부의 주인이신 삼황숙 전하이시오. 하니 귀하께서는 소생의 제의에 다른 의도가 추호도 없음을 믿어도 좋을 것이오."

순간 도왕의 눈빛으로 놀람의 빛이 스쳤다.

그러나 다른 사람들은 주치의 신분을 듣고도 그다지 놀라는 기색들은 아니었다.

그때 도왕이 본래의 깊은 눈빛으로 되돌아가며 천천히 고개를 끄덕였다.

"그렇구려!"

도왕의 어투에서는 다소간의 저어하는 기색이 비쳤다.

주치가 당금 황실의 황숙 신분임을 밝힌 이상, 한눈에도 그의 측근으로 보이는 안문에 대해서 또한 함부로 하대를 지껄일 수는 없는 노릇이었을 것이다.

안문이 다시 말을 이었다.

"또한 왕부는 황도 외곽의 한적한 곳에 자리를 잡고 있는데다 평소에 범인들이 근접하기를 꺼리는 곳이니, 이런저런 번거로움을 피하기에는 더할 나위 없이 마땅한 장소이지 않겠소? 더욱이 그 시각이 자시(子時)라면……!"

마침 소치가 묵직한 어조로 입을 열었다.

"피할 수 없는 결전이라면 나의 왕부가 양측 모두에게 공평한 장소가 될 것이란 점은 내가 보장하지!"

그런데 그때 또 다른 목소리 하나가 있었다. 다분히 불만스럽게 들리는 그 목소리의 주인은 바로 소산이었다.

"예 소저에게 물어보지도 않고서 어찌 그런 약속을 임의로 정하려 하는 것입니까?"

안문이 대번에 굳은 표정이 되어 퍼뜩 소산 쪽을 돌아보았다.

소산의 얼굴에는 의외로 불그레한 홍조가 떠올라 있었는데, 그런 모습에서 그는 방금 전까지 코와 입으로 줄줄이 피를 쏟아낸 사람으로는 보이지가 않았다.

안문이 차분한 목소리로 대답했다.

"예 소저가 반드시 그것을 원할 것이기 때문입니다. 만약 그렇지 않다면, 나는 이후에 그 어떤 책임이라도 질 용의가 있습니다."

안문의 말은 비록 담담한 어조였으나, 단호한 확신이 들어 있었다.

그때 도왕이 소치를 향하여 무겁게 말을 꺼냈다.

"좋소. 노부는 정확히 사흘 후 자시에 숭덕왕부로 가겠소."

이어 도왕은 곧바로 허공 높이 신형을 솟구쳤다. 그리고 허공에서 서쪽을 향해 방향을 꺾은 그의 신형은 이내 사람들의 시야에서 까마득히 사라져 갔다.

第五章
편견(偏見)

지존
석산평전

"숭덕왕부로 가겠어요!"

깨어난 뒤 안문에게서 도왕과의 약속에 관해 들은 예령은 간단히 말했다.

"이런 일일수록에 여러 가지의 내막과 사정들이 얽히기 쉬운 법이니, 소저께서는 결코 서두르지 말고 신중히 다시 생각해 보는 것이 좋겠습니다. 더욱이 소저께서 직접 정한 약속이 아니니 나중을 기약한다고 해도 결코 욕이 되지는 않을 것입니다."

소산이 사뭇 조심스럽게 하는 말에 대해 예령은 곧바로 고운 아미를 찡그리며 말을 받았다.

"이 같은 강호의 은원에 관한 일은 소 공자로서는 이해하기 어려운 측면이 많아요. 그리고 내가 이미 말하지 않았던가요? 이 일에 대해서는 그 누구의 개입도 용납할 수 없다고?"

소산은 묵묵히 듣고만 있었다.

예령이 잠시 복잡한 심정이 깃든 눈빛으로 소산을 보고 있다가 다시 말을 이었다.

"공자께 큰 은혜를 입은 사실에 대해서는 잊지 않을 것입니다. 그러나 그것과 이것은 엄연히 다른 차원의 일이에요. 이제 다시 한 번 분명히 말해두는 바이지만, 공자는 앞으로 제 일에 대해 결코 가벼이 개입하지 말기를 바라겠어요."

소산이 잠시를 더 침묵하다가 문득 물었다.

"소저의 그 말씀은 혹시 이제 저와의 거래를 해지하겠다는 의미입니까?"

소산의 그 말은 너무도 갑작스러웠다. 그리고 그런 상황에서 소산이 그런 식의 말을 할 것이라곤 누구도 짐작하지 못했던 터였다.

"산 아우!"

"오라버니!"

능운상과 소소가 동시이다시피 놀란 목소리를 뱉어냈다. 그리고 주위의 그런 반응들을 보고서 소산 자신도 뒤늦게 흠칫하는 기색이었다.

예령은 미묘한 표정으로 잠시 동안 말이 없었다. 그러다 그녀는 갑자기 뾰족한 음성으로 외치듯이 말을 쏟아냈다.

"거래의 해지라고요? 그렇군요. 공자와 나 사이에는 거래가 있었군요. 나는 공자를 황도까지 호위해 주고, 공자는 나를 위해 검결을 해독해 주는 거래 말이죠?"

말끝에 예령은 차가운 미소를 떠올리며 다시 말을 이었다.

"좋아요! 냉정히 계산을 따져 본다면 나로서는 이미 원하던 것을 모두 얻었으니, 이제 공자와의 거래를 해지한다고 해도 조금도 손해 볼 것이 없는 입장이군요. 하니 공자만 괜찮다면 해지하지 않을 이유가 없지 않나요? 그리고 공자 또한 이제 나의 보호는 더 이상 필요하지 않은 것으로 보이고요."

그 돌연한 상황의 전개에 소소가 이번에는 다급한 목소리로 예령을 부르며 말리려 했다.

"언니?"

순간 예령의 눈빛이 일시적으로 흔들리는 듯했다. 그러나 그녀는 이미 폭발해 버린 화를 제어하기 어려운 듯했다.

"흥!"

나직하게 코웃음을 친 후 예령은 두 눈을 감아버렸다.

소소는 안타까움에 어쩔 줄 모르겠다는 기색이 되어버렸고, 능운상과 무무의 얼굴 또한 굳어져 있었다.

그러나 두 눈을 굳게 감은 예령의 단호하고도 비장하기까지 한 기색에 누구도 당장에는 뭐라고 말을 하지 못했다.

문득 소산이 입을 열었다.

"나는……!"

그러나 그게 다였다. 그렇게만 운을 떼놓고서 소산은 그 뒷

말을 바로 잇지 못하였다.

그때 예령이 언뜻 눈을 떠 소산과 시선을 맞추었으나, 소산
은 여전히 묵묵한 침묵만을 지켰다. 그러자 예령이 이윽고는
냉랭한 기색이 되어 자신의 거처를 향해 가버리고 말았다.

능운상은 문득 우두커니 예령의 뒷모습을 바라보고 서 있는
소산의 모습이 차라리 무심해 보인다는 느낌을 받았다. 그럼
으로써 그는 소산이 지금 무슨 생각을 하는지에 대해 전혀 짐
작조차 할 수 없는 심정이 되고 말았다.

염동은 쌍맹을 데리고 소소의 처방에 따른 약재를 구하러
나갔다. 그 틈을 빌어 능운상은 소산과 따로 자리를 만들어보
려는 생각을 했다.

그가 보기에, 요즘 소산과 예령의 심상치 않은 감정 갈등은
아무래도 그들 두 사람이 모두 자신들의 감정 처리에 익숙하
지 못한 때문으로 보였다. 물론 두 사람 사이의 감정이 어떤
종류의 것인지는 능운상으로서도 속단할 수 있는 것이 결코
못 되었지만 말이다.

그러나 막 방을 나서려 할 때, 능운상은 예상치 못했던 손님
을 맞았다. 바로 주치였다.

능운상이 급히 허리를 숙여 예를 갖췄다.

"황숙 전하!"

그런 능운상에 대해 주치는 슬쩍 미간을 찌푸리며 가볍게
손을 내저었다.

"서로 불편하게 그럴 것 없네! 황도에 당도할 때까지는 그저 동행이 되기로 한 사이일 뿐이니, 우리는 그냥 이전과 같이 서로 편하게 대하도록 하세!"

그에 대해 능운상 또한 굳이 예 갖추기를 고집하지는 않았다.

"그렇게 말씀하시니 따르도록 하겠습니다, 대인!"

이어 숙였던 허리를 펴며 능운상이 주치에게 다시 물었다.

"한데 예까지는 어인 일이십니까?"

그 물음에 대해 주치의 얼굴에 아주 잠깐의 망설임, 혹은 일말의 거리낌 같은 종류의 기색이 스친다고 능운상은 언뜻 생각했다.

그러나 능운상은 그런 것이 다만, 아마도 주치가 무림인들에 대해 가지고 있는 것으로 보이는 어떤 부정적인 선입견 같은 것이고, 또한 그것이 어떤 이유에 의해 지금 잠깐 비치는 것이 아닌가 하고 여겼다.

그때 주치가 나직하게 물었다.

"자네는 혹시 그녀를 마음에 두고 있는가?"

능운상은 주치가 말한 '그녀'가 바로 예령이라는 것에 대해서는 생각해 볼 조금의 여지도 필요없이 곧바로 알 수 있었다.

그러나 '그녀'란 단어가 포함되어 이루어진 그 짧은 물음이 뜻하는 바에 대해서 언뜻 이해를 하지 못했다.

"예?"

능운상이 사뭇 당황스럽게 짧은 반문을 내놓자, 상대적으로 주치는 그 본래의 느긋함을 되찾는 듯 보였다.

"허! 뭘 그리 놀라는가? 그녀를 여인으로서 마음에 두고 있는지 묻고 있는 것일세."

능운상은 그제야 주치의 질문이 뜻하는 바를 확연히 이해했다.

그러나 이번에는 어떻게 대답을 해야 하는지에 대해 머릿속이 텅 비어버리는 듯한 느낌이 되고 말았기에, 능운상은 차라리 무심한 빛으로 주치와 눈을 맞추고 있었다.

그때 능운상에게 언뜻 드는 생각은, 주치의 얼굴에 돌아와 있는 느긋함 사이로 일말의 경계 혹은 초조감 같은 기색이 겹쳐지고 있다는 것이었다.

그런 기색들이 다른 사람도 아닌 바로 주치의 표정에 그려졌다는 것이 무척이나 생소하다는 생각도 함께였다.

주치의 그 간단한 질문에 대해 능운상은 꽤나 치열하게 궁리를 했다. 그러나 그는 아무래도 적당한, 혹은 스스로 생각하기에 만족스러운 답을 찾을 수가 없었다.

하지만 언제까지고 주치를 기다리게 할 수는 없었기에 천천히 입을 떼었다.

"질문하신 것에 대해 제 마음이 어떤가 하는 것은 그다지 중요하지 않은 것 같습니다."

주치가 차분한 눈빛으로 되며 바로 되물었다.

"하면 자네가 중요하다고 생각하는 것은 무엇인가?"

이번에 능운상은 지체하지 않고 곧바로 대답했다.

"바로 그녀의 마음입니다. 누가 그녀를 마음에 두고 있느냐 하는 것보다는, 그녀의 마음에 누가 담겨 있는지가 보다 중요하다고 생각합니다."

주치가 언뜻 눈빛에 한 가닥의 이채를 떠올렸다. 잠시 후, 그가 빙그레 웃으며 다시 물었다.

"자네의 말은… 적어도 자네 쪽에서는 그녀의 마음을 얻기 위해 애써볼 마음이 없다는 뜻으로 받아들여도 되겠는가?"

능운상이 담담하게 대답했다.

"저는 지금 사문의 엄한 명을 받고 있는 처지입니다. 하니 어찌 잠시라도 사사로운 감정에 연연할 수 있겠습니까? 더욱이 선도를 숭상하는 도가의 제자로서, 또한 무도를 추구하는 한 사람의 무인으로서 저는 아직까지 저 자신 아닌 다른 사람의 마음을 번거롭게 할 처지가 되지 못합니다."

말끝에 능운상은 입가에 엷은 미소를 떠올렸다.

그러나 그는 막상 자신이 말한 바에 대해서는 스스로 명쾌한 느낌을 갖지 못하였고, 오히려 다소간 애매하다는 심정이 되어버렸다.

그때 깊숙한 눈빛으로 능운상을 응시하고 있던 소치가 문득 가볍게 고개를 끄덕이며 말했다.

"자네들과 동행이 된 이번의 짧은 여행에서 나는 참으로 많은 것들을 경험하고 있는 중이네. 그중에는 내가 젊었을 때 미처 경험해 보지 못하고 지나온 것들도 있지. 이를테면 사내로서의 뜨거운 열정 같은 것 말일세."

이어 주치는 능운상에게로 다가와 가볍게 그의 어깨를 두드리며 덧붙였다.

"나는 앞으로도 자네와 좋은 친분 관계를 계속 이어가기를 바라네. 그리고 언젠가 기회가 닿는다면 자네처럼 훌륭한 제자를 키워낸 무당파의 인물들도 한번 만나보고 싶군!"

주치가 돌아가고 난 후, 능운상은 소산을 만나러 가려던 것을 잠시 미루고 바닥에 정좌를 하고 앉았다. 새삼 자신에게 미처 정리해 두지 못했던 생각과 감정들이 많이 있다는 것을 문득 알게 된 때문이었다.

그러한 것들 중에는 그 자신이 주체가 되는 관점이 있었고, 혹은 다른 사람들이 주체가 되는 가운데 자신은 객체가 되는 관점도 있었다.

'나와 예 소저는 과연 어떤 관계라고 해야 할까? 아니, 어떤 관계를 만들어가고 있는 중일까?'

그것은 그가 주체가 되는 관점이었다.

좀 전에 주치가 예령에게 마음을 두고 있느냐고 물었을 때, 그는 엄한 사명과 무도에 뜻을 둔 처지이니 그럴 수 없다고 대답을 했다. 그러면서도 내심으로는 깊이 생각하지 못하여 부족하고 부적당한 대답이었다는 생각 또한 했다.

하지만 이제 다시금 생각해 보건대, 그 부족하고도 부적당하다고 여겼던 대답이 실상은 진정으로 올바른 대답이었다는 생각을 하게 되는 것이었다.

새삼 생각해 보건대 그런 생각에 이르는 경로는 실로 간단하고도 명확했다.

'그녀와 나는 다만 서로가 가장 소중하다고 생각하며 간절히 추구하는 가치에 있어서 공감을 가지고 있을 뿐이다. 바로 검도의 완성이라는 가치!'

그랬다. 검도의 완성!

그 궁극의 가치에 이르는 실로 험난하고도 외로운 도상에 함께 서 있으며, 더욱이 그의 태극혜검과 그녀의 가문비전의 검결이 추구하는 궁극이 크게 다르지 않다는 것을 확인하면서 그녀와 그는 얼마나 의기투합했으며, 또한 서로 의지하고 보조할 수 있는 동반자를 만났다는 점에서 얼마나 감격하고 든든해했던가.

그것은 바로 동류의식이었다.

그만큼 진하고 든든하기에 그것이 다른 여러 가지의 감상이나 감정으로 굴곡되어 비칠 수도 있겠으나, 그것의 본질은 어디까지나 동류의식일 뿐인 것이다.

또한 동류의식 그 자체로 있을 때만이 가장 가치있고 아름다운 것이 되리라고, 능운상은 마지막으로 그 관점에서의 자신의 마음을 정리할 수 있었다.

"휴우!"

능운상은 길게 한숨을 내쉬었다. 자신도 모르게 가슴속 깊은 곳으로부터 휘돌아 나오는 한숨이었다.

그리고 그동안 숨어 있다가 이제 마침내 그 존재를 드러내

보이는 번민의 실체였다.

그 순간 그의 생각은 곧바로 또 다른 관점으로 이어지고 있었다. 객체로서의 관점에서였다.

'그렇다면 삼황숙 주치와, 또한 소산과 그녀의 관계는 어떻게 정의를 해야 하는 것일까?

참으로 주제넘고 쓸데없는 생각임에 분명했다.

그러나 그럼에도 능운상은 곰곰이 생각해 보지 않을 수 없었다. 앞으로 그들과 그는 얼마간이든, 또한 어떤 식으로든 계속 관계를 이루어가야만 할 것이기에.

더욱이 소산과 예령, 그들 두 사람은 그에게 이미 어떤 의미로든 애착을 가지지 않을 수 없는 존재들이 되어 있었다.

하여 그가 스스로의 생각을 정리하는 지금 이 시점에서, 비록 철저히 객체적인 관점에서라는 범위의 제한을 두고서도, 또한 나름대로의 정의를 내려두지 않을 수 없다는 심정이 되는 것이다. 그것은 또한 그가 주체가 되는 관점에서 그녀와의 관계를 확연히 정리한 바가 있기에 가능한 생각이기도 했다.

예령은 영민하고 지혜로운 여인이었다.

특히 검에 관한 그녀의 눈부신 재능과 그 뜨겁고도 치열한 열정과 집념은 무당의 후기지수로 공인받는 능운상 자신으로서도 참으로 놀라움을 금치 못할 정도였다.

그러나 그 같은 그녀의 재능과 열정으로도 모든 점에서 완벽할 수는 없는 일일 것이다. 능운상이 꼬집어 지적하고 싶은 것은 바로 남녀 간의 정리에 대한 부분이었다.

단적으로 말해, 그가 보기에 그러한 부분에서의 예령은 오히려 그녀의 나이보다도 한참이나 더 어리고 서툰 게 아닌가 하는 생각을 해보게 되는 것이었다.

물론 그렇다고 해서 능운상 자신이 그런 점에서의 충분한 경험을 가지고 있다는 것은 또 아니었다. 비록 그가 그녀보다는 십여 년이나 세상을 더 살아보긴 했으나, 적어도 그런 부분에서의 일이라면 그 또한 지금껏 전혀 겪어본 바가 별반 없다고 해야만 했다.

다만 그럼에도 능운상이 감히 예령에 대해 그런 추측 내지는 억측을 해볼 엄두를 내고 있는 것은, 다행이라고 해야 할지 불행이라고 해야 할지 열 몇 살 되던 무렵 사춘기를 지날 때부터 사문의 선배 존장들로부터 세뇌되듯이 들어야 했던 가르침들 덕분이었다.

남녀 간에 이루어지는 감정들의 형태에 관해서, 그리고 그 형태별로의 허구와 실체. 또한 무엇을 경계하고 조심해야 하는지 등등에 대해서.

능운상이 그동안 예령과 나누었던 단편적인 애기들과 객관적으로 지켜본 바를 토대로 해보건대, 그녀에게는 아마도 조부인 예둔과의 관계가 경험해 본 인간관계의 거의 전부이며, 그나마도 오로지 검도의 완성이라는 가치에만 편중되었던 것이기 쉬웠다.

그녀는 주치와 소산에 대해 두루 관심, 혹은 각기 다른 형태의 감정을 가지고 있는 듯했다.

그러나 그렇다고 해서 그녀가 남녀 간의 감정에 있어서 천성적으로 우유부단하거나 무분별하다는 의미는 결코 아니다.

다만 그런 영역에 대해 역시 어리고 서툰 때문일 것이고, 이제 뒤늦게 성숙해 가는 과정에서 당연히 있음직한 혼란과 갈등을 겪고 있는 것이리라.

능운상이 추측해 보건대, 주치의 위엄과 연륜, 그리고 무엇보다도 그가 가진 제왕적 풍모와 기품에 대해서 예령이 동경과 존경심을 가지게 되었으리라는 것은 어쩌면 당연하다고 해야 할 것이었다.

다만 안타까운 것은 그녀가 주치의 또 다른 일면, 즉 그 위엄과 풍모와 기품 등의 이면에 있는 비정한 일면을 아직까지 보지 못하고 있다는 점이다. 또한 어쩌면 동경과 존경이 애정과 같은 것이라고 착각하고 있을 수도 있었다.

한편 능운상은 예령에게서 소산에 관한 여러 가지의 얘기를 들은 바가 있었다.

소산이 지닌 문사로서의 재능과 기타의 특이한 면모들에 대해서 그녀는 다른 사람들이 미처 알지 못하는 세세한 부분들까지도 꼼꼼히 알고 있었다.

그가 무작정이고 일방적이다시피 그녀를 위해 진심과 배려를 베풀어주는 데 대해 의혹과 부담을 느끼기보다는 솔직히 편안함과 안도감 같은 것을 느낀다는 얘기를 했었다.

언제 어떤 경우라도, 그녀가 아무리 잘못하더라도, 소산만큼은 무조건적으로 그녀의 편을 들어줄 것 같다는 얘기를 할 때 그녀는 정말로 편안한 미소를 짓고 있었다.

그러나 그녀는 정작 한 사내로서의 소산에 대해서는 미처 생각을 못해본 듯했다.

아마도 소산이 그녀보다 어리다는 생각, 미숙하다는 생각, 혹은 여타의 어떤 이유들이 있는지 모르겠으나, 그런 생각은 그녀에게 상당히 강한 선입관으로 작용하고 있는 듯했다.

최근에 그녀가 소산에 대해 일종의 감정적인 혼란—이를테면 소산을 대함에 있어서 지나치다 싶을 정도로 엄격해지거나 쉽게 화를 내고 마는 등등의 일 말이다—을 겪고 있는 것도 그녀가 소산에 대해 가지고 있는 그런 강한 선입관 때문인지도 몰랐다. 즉, 그러한 선입관이 어떤 이유로 인해 갑자기 흔들리게 된 때문이 아닐까 하는 추측을 해보는 것이었다.

어쩌면 그녀 스스로는 그런 혼란 자체에 대해서도 미처 인식하지 못하고 있을 수도 있었다.

그러나 능운상은 그녀의 혼란이 바로 최근 소산이 보이고 있는 갑작스러운 변화로부터 기인된 것이라고 짐작해 보았다. 최근 소산이 스스로의 존재감을 급속도로 키워가고 있으며, 또한 이전과는 확연히 비교가 되도록 자신의 주체적인 생각과 판단에 의한 행동들을 자주 보이고 있다는 측면에서의 변화 말이다.

물론 소산이 예령에 대해 여전히 조건없는 진심을 가지고 있는 것으로 보인다는 점에서 둘 사이의 관계에서의 본질적인 변화는 없다고 해야 할 것이다.

그러나 막상 예령 자신은 소산의 변화에 대해 상당한 혼란
과 나아가 일종의 거부감까지를 느끼는 것 같았다.

*   *   *

"이제 어찌할 것인가?"

소산의 거처에 온 지는 한참이나 되었지만, 능운상은 이제
야 겨우 그렇게 첫마디를 꺼내고 있었다.

사실 그는 소산에게, 또 예령에게 진심으로 여러 가지의 얘
기를 해주고 싶었다. 그러나 안타깝지만, 결국은 소산과 예령
두 사람 각자가 자신들에게 닥친 문제들에 대해 스스로 헤쳐
나가도록, 그들이 스스로 답을 찾을 때까지 그저 지켜볼 수밖
에 없다는 결론에 이르렀다.

사람의 감정에 관한 문제였다. 능운상이 아무리 철저하게
객체적인 관점에서의 입장들을 폭넓게 정리하였다고는 하지
만, 그것은 어디까지나 그의 관점이고 입장일 뿐이었다. 결코
소산이나 예령에게도 그대로 적용된다고 확신할 수 없는 문제
인 것이다.

"무엇을 말입니까?"

덤덤한 소산의 반문에, 능운상이 엷게 미소를 지으며 말했
다.

"숭덕왕부로 가는 일 말일세!"

소산은 이번에도 대답하는 대신 다시 반문했다.

"능 형은 어찌하실 요량입니까?"

능운상이 짐짓 이마를 찌푸렸다. 그러나 그는 이내 빙그레 웃으며 대답했다.

"나와 무무 형은 아우가 하자는 대로 함세. 우리야 어차피 아우와의 거래에 묶인 처지들이 아닌가?"

그 말에 소산은 당장 반응을 보이진 않았다.

능운상이 얼굴의 웃음을 지우지 않은 채 잠시 소산을 지켜보고 있다가 다시 물었다.

"아우가 어찌할지 우형이 대신 말해볼까?"

"......?"

능운상이 나직이 웃으며, 그리고 짐짓 확신에 찬 어조로 말했다.

"후후! 자네는 분명히 숭덕왕부까지 갈 걸세. 우리 모두와 함께!"

능운상은 묵묵히 소산의 눈을 바라보았다. 그리고 그가 따뜻한 목소리로 다시 말했다.

"아우가 이해하게! 예 소저가 조부님의 죽음에 대한 충격에서 벗어나기까지는 아무래도 좀 더 시간이 필요하지 않겠나?"

소산이 가만히 엷은 미소를 떠올렸다. 그러나 그 미소는 왠지 공허해 보였다.

第六章
후랑추전랑(後浪推前浪)

지존
석산평전

　일행은 이윽고 장원을 출발하기로 했다.

　소소와 예령, 그리고 당고가 한 대의 마차에 함께 탔고, 소치
와 안문, 그리고 능운상과 무무가 각기 말 한 마리씩을 골랐다.

　이어 맹룡이 선뜻 소소 등이 탄 마차의 마부석을 차지했고,
그것을 보고 맹호가 나머지 한 대 마차의 마부석으로 냉큼 올
라탔다.

　그럼으로써, 소산과 염동은 자연히 맹호의 마차로 함께 오
르게 되었다.

　두 대의 마차와 네 필의 말이 울창한 숲 가운데로 구비구비
이어진 좁은 관도를 달리고 있었다. 바로 소산의 일행이었다.

어제 오후부터 서너 번 짧은 휴식을 취하였을 뿐, 거의 쉬지 않고 내내 길을 재촉한 덕에 그들은 이제 연경까지 겨우 백여 리를 남겨놓고 있었다.

인근에서 마땅한 숙소를 잡아 느긋하게 하룻밤을 묵어가더라도 내일 아침 일찍 서두른다면 오전 중에는 넉넉히 연경에 당도할 수 있는 거리였다.

그때 선두에서 달리던 능운상이 말고삐를 잡아채며 속도를 늦추었다.

"워워!"

말에게 휴식을 줄 겸 잠시 쉬어갈 요량인 모양이었다.

선두의 능운상이 말을 세우자 뒤쪽의 마차와 말들이 모두 따라서 멈추었다.

맹룡과 맹호가 냉큼 마부석에서 뛰어내렸고, 이어 소산과 염동 또한 마차에서 내려 간만에 땅을 밟았다.

그런데 다른 한 대의 마차에서는 소소가 당고를 이끌고 내렸으나 예령은 내리지 않았다.

그러나 소소도, 그리고 다른 사람들도 그런 것에 대해서는 그다지 개의치 않는 기색들이었다.

사실 예령은 처음 마차에 탄 이후로 두 눈을 감은 채 한 번도 눈을 뜨지 않았다. 내내 마차 안에서 마치 죽음과도 같은 깊은 침묵의 몰입에 들어가 있는 중인 것이다.

그것이 이제 이틀 앞으로 다가온 도왕과의 결전을 앞두고 그녀가 할 수 있는 최선이리라는 것을 모두는 짐작하고 있었다.

그리고 일행이 그녀를 위해 해줄 수 있는 최선은, 아니, 유일하게 줄 수 있는 도움은 그녀가 방해받지 않도록 해주는 것뿐이었다.

소치, 아니, 주치는 평소에 보기 드물게 무거운 얼굴이었다.

사람들의 얼굴을 한 번씩 돌아보고 난 그가 천천히 입을 열었다.

"갑자기 이런 말을 하게 되어 안되었네만, 나와 안문은 여기에서 먼저 황도로 들어가야겠네!"

생각지 못했던 그 말에 모두가 주치를 바라보고만 있는 중에 능운상이 물었다.

"무슨 일이십니까?"

주치가 가만히 고개를 저으며 대답했다.

"황가의 일이라 자세히 언급하기는 곤란하네만, 긴급을 다투어야 할 일이 생겼네."

"그렇다면 곧장 말을 달려서 함께 가면 되지 않겠습니까? 두 분만 따로 가신다 해서 시간상으로 별반 차이가 있을 것 같지는 않습니다만?"

그러나 주치는 보다 완고하게 고개를 저었다.

"아닐세! 아니야! 나중에 자세한 얘기를 할 기회가 있을 것이네만, 꼭 그리해야만 할 이유가 있음일세. 그리고……."

이어 주치는 소산을 불렀다.

"소제!"

소산에 대한 주치의 그 호칭은, 그가 황숙의 신분이라는 것이 분명하게 밝혀진 뒤로는 처음으로 부르는 것이었다.

"예, 소 대형!"

소산의 담담한 대답에 주치는 절로 미소가 떠오르는 듯이 빙그레 웃었다. 그러나 그는 이내 정색을 하며 말했다.

"자네는 나와 약속한 바를 잊지 않았겠지?"

"상인에게도 약속은 중한 것입니다. 대형과 맺은 하나의 거래, 그리고 또 하나의 의리를 저는 잊지 않았습니다."

"하나의 거래와 하나의 의리라……? 그렇군!"

주치가 잠시 회상하고 나서 다시 말을 이었다.

"지금 자네에게 자세한 사정을 얘기해 줄 수 없음이 참으로 안타깝네. 그러나 나는 자네가 이대로 나의 왕부로 가주기를 바라네."

그 말에 소산은 생각하는 기색이 되는데, 주치가 다시 덧붙였다.

"비록 내게 갑작스러운 사정이 생겨 함께 왕부로 가지는 못하나, 나는 여전히 자네와 일행을 내 왕부의 귀한 손님으로 맞이하고 싶네. 급한 일을 해결하는 대로 내 곧장 왕부로 갈 것이니, 아마도 자네들이 왕부에 당도할 때쯤에 나는 왕부의 주인으로서 자네들을 반갑게 맞이할 수 있을 것이네."

소산은 대답하지 않았다. 대신 그의 눈은 주치의 눈에 고정되어 있었다.

어쩐지 무심한 듯 보이는 소산의 눈빛을 마주하며, 일순 주치의 눈빛에는 어딘지 모르게 씁쓸한 느낌이 스치는 듯했다.

그러다 문득 생각났다는 듯이 주치가 말했다.

"음! 이렇게 하면 어떤가? 자네가 기왕에 거래를 말하였으니, 나는 자네가 나와의 거래를 마저 이행해 주기를 바라네."

그리고 힐끗 소산을 보고 난 다음에 주치는 말을 이었다.

"내가 원래 생각했던 자네와의 거래는 자네들과 함께 나의 왕부까지 동행하는 것이었으니, 자네는 이제 나 대신에 저 마차와 그 안의 몇 가지 물건들을 나의 왕부까지 호송해 주게. 그것으로 나와 자네 간의 거래가 종결된 것으로 하면 될 것일세."

그때 묵묵히 있던 소산이 간단히 고개를 저었다.

"그것은 온당한 거래가 아닙니다."

일순 주치의 안색이 확 굳어졌다.

또한 안색이 급변한 안문이 당황한 기색으로 나직이 소산을 불렀다.

"소 공자?"

주치가 손짓으로 안문을 제지하였다. 이어 그는 가만히 소산을 응시하였다.

소산이 잠시 주치의 시선을 온전히 맞받고 있다가 문득 다시 입을 열었다.

"정확히 말하자면, 대형과 저의 거래는 연경까지 함께 동행한다는 것이었습니다. 또한 거래를 맺을 당시에 저는 한 가지의 조건을 제시한 바 있는데, 기억하십니까? 저와 대형 간에 거래 관계가 유지되는 한, 거래의 주체(主體)는 그 어떤 경우에도 제가 되어야 한다고 했던 것을?"

주치가 지그시 미간을 좁혔다. 그리고 짐짓 감탄한다는 듯이 말했다.

"그렇군! 그랬었지!"

그리고 주치는 다시 빙그레 엷은 미소를 떠올렸다.

느긋하면서도 감히 범접하기 어려운 무거운 위엄이 드리운 얼굴, 그것이야말로 그다운 본래의 모습이라고 할 수 있었다.

이어 주치는 조금의 고저도 없이 평탄하여, 냉정하게도 들리는 어조로 물었다.

"자네는 지금 이 거래가 이미 종결되었음을 말하고자 하는 것인가?"

이번에 소산의 대답은 더욱 간단명료하였다.

"그렇습니다."

순간 여전히 엷은 미소를 띤 중에, 주치의 눈빛이 차갑게 식어들었다.

그때 소산이 담담히 말을 이었다.

"그러나 저는 대형의 요청대로 왕부로 가겠습니다. 거래가 아닌 대형과의 의리를 지키기 위해서 말입니다."

소산의 말은 갑작스런 반전이라고 할 수 있었다. 그러나 주치는 잠시 깊은 눈빛으로 소산을 본 외에는, 별다른 의문이나 의아함의 기색 없이 가볍게 고개를 끄덕였다.

"고맙네."

소산이 여전히 담담하게 말을 받았다.

"아닙니다. 대형께서 의리를 저버리신 바 없는데, 제가 어찌 의리를 지키지 않겠습니까?"

그때 곁에서 지켜보던 안문은 주치의 안색이 문득 어두워졌다고 여겼다. 그리고 아마도 그 이유가 될 기억 한 토막을 언뜻 떠올렸다.

주치와 소산이 서로 호형호제하기로 했을 때 소산이 주치에게 했던 말. 당시에는 다소 독특한 방식의 생각 정도로만 여겼으나, 지금 그 말은 문득 의미심장하게 가슴을 파고드는 데가 있었다.

'저는 상인입니다. 상인에게 있어 의리라는 것은 곧 이득입니다. 다만 명분을 잃지 않은 이득이어야 합니다. 하여 만약 어떤 경우에든 대인께서 스스로의 이득이나 명분을 취하기 위하여 저의 이득이나 명분을 도외시한다면, 그것은 곧 저와의 의리를 저버린 것이 되는 것이고, 그리된다면 그때는 저 또한 미련없이 대인과의 의리를 저버릴 것입니다.'

일행이 지나온 뒤쪽 길모퉁이에 일단의 무리들이 모습을 드러내고 있었다.

네 명이 멘 가마 두 대와 호위무사로 보이는 자들이었다.

그런데 가마를 멘 자들부터가 범상치 않아 보이는 데다, 호위무사들 중에는 일행이 이전에 본 바 있던 주치의 호위들이

섞여 있었다.

주치가 먼저 성큼성큼 걸어가 한 대의 가마에 올랐다.

그사이 잠깐 뒤에 처진 안문이 슬쩍 소산과 능운상 등을 향해 가볍게 웃으며 인사처럼 말했다.

"하하하! 어차피 예 소저 때문에라도 다들 왕부로 가야 하지 않겠습니까? 자! 그럼 왕부에서 보도록 합시다."

그리고 안문이 잰걸음으로 가서 나머지 하나의 가마에 오르자, 두 대의 가마는 가볍게 허공 높이로 솟구쳐 올라 마치 새처럼 허공을 날아 숲 너머로 사라져 갔다.

그 놀라운 광경을 보고 맹호가 생각없는 감탄을 뱉었다.

"이야! 대단하다!"

그러나 그때 시야에서 사라져 가는 가마들을 보는 능운상의 눈빛은 무겁게 가라앉아 있었다.

주치 등이 떠나고 난 뒤 일행은 근 한 시진여가 넘게 시름없이 그 자리에서 머물러 있는 중이었다.

무언지 구체화할 수는 없지만, 왠지 그들에겐 이제 발걸음을 서둘러야 할 어떤 공통의 목표가 없어진 듯하였다.

그때 망연히 앞쪽에다 눈길을 주고 있던 능운상의 짙은 검미가 찡긋하고 찌푸려졌다. 저 앞쪽의 길모퉁이를 돌아 일단의 무리들이 모습을 드러내고 있었던 것이다.

무리들은 길모퉁이를 다 돌아 나오지 않은 채 멈춰 섰다. 그런데 그 대열의 형상이 관도를 완전히 점유하는 것이었기에,

그들의 의도가 길을 차단하려는 것임을 분명히 보여주고 있었다.

능운상이 앉은 자리에서 천천히 일어섰다. 그리고 염동은 손짓으로 소소와 당고를 마차에 타게 했다.

나머지 일행은 침착하게 두 대의 마차 앞으로 나서며 그 앞을 지키는 형세를 만들었다.

그사이 앞쪽의 무리들 중에서는 두 명의 노인이 천천히 이쪽을 향해 걸어나오고 있었다.

백의와 회의장삼 차림의 그들 두 노인의 행색은 사뭇 한가로워 보였다.

능운상과 사 장여의 거리를 두고 두 노인은 멈추었다.

그리고 둘 중 백의노인이 한 발을 더 나서며 말했다.

"자네들은 이곳에서 더 이상 갈 수 없네!"

노인은 부드러운 표정에 온화한 어조였다.

능운상이 잠시 노인을 살피고 나서 신중하게 물었다.

"노인장은 누구십니까? 그리고 저희들이 더 이상 갈 수 없다는 연유는 또 무엇입니까?"

"허허허! 노부가 누구인지에 대해 알아야 하는 것은 순전히 자네의 몫일세. 그리고 노부가 자네들을 가지 못하도록 할 수 있는 사람이기에, 자네들은 갈 수 없는 것이지."

노인의 말은 시골촌부가 어린 손자를 가르치듯이 차근차근했으나, 능운상은 곤혹스러운 표정이 되고 말았다.

그때 염동이 혼잣말인 것처럼 툭 내뱉었다.

"별일이군!"

마침 염동의 눈길은 맹룡을 향하고 있었기에, 호기심 많은 맹룡이 대뜸 물었다.

"당숙 어른! 무엇이 별일이란 말씀입니까?"

염동이 슬쩍 고갯짓으로 앞쪽의 노인들을 가리키며 대답했다.

"오늘 이 외진 곳에 팔왕 중의 셋이나 한꺼번에 나타났으니 참으로 별일이 아니고 무엇이겠느냐?"

순간 능운상과 무무가 크게 놀라는 기색이 되었고, 조금 뒤늦게 맹룡이 나직한 탄성을 흘렸다.

"아!"

그때 백의노인 또한 눈빛에 가벼운 이채를 떠올리며 염동을 향해 물었다.

"그대는 누구인가?"

그러자 염동은 슬쩍 소산의 곁으로 반걸음을 다가섰다. 그런 모양은 염동이 마치 백의노인의 기세에 지레 주눅이 든 듯이 보이는 것이었다.

그러나 막상 이어진 염동의 대답은 조금도 주눅 들어 보이지 않았다.

"노부가 누구인지에 대해 알아야 하는 것은 순전히 당신의 몫이오. 그러나 노부는 당신이 팔왕 중의 바로 권왕(拳王)이며, 또한 당신의 한 걸음 뒤에 있는 사람이 비왕(匕王)이며, 그리고 저 뒤쪽에 있는 흑의노인이 투왕(鬪王)임을 알아볼 정도의 눈은 가진 사람이오."

순간 백의노인의 눈에서 섬광처럼 번뜩하는 안광이 스쳤다. 그러나 그는 이내 본래의 부드러운 눈빛이 되며 말했다.

"음! 노부 등이 강호에 걸음을 안 한 지가 이미 수십 년인데 한눈에 우리를 알아보다니, 그대의 안목은 과연 보통이 아니라고 해야겠군."

백의노인, 권왕은 그렇게 자신과 비왕 및 투왕의 존재까지를 간단히 인정하였다.

이어 권왕의 눈매가 슬며시 가늘어졌다.

"그러나 그 좋은 눈 때문에 오늘 그대들은 아마도 처음에 예정되어 있던 것보다 훨씬 더 험한 지경을 당해야 할지도 모르겠군. 노부는 몰라도 그대가 알아본 나머지 두 늙은이들은 누가 자신들을 알아보는 것을 그다지 좋아하지 않으니 말이야!"

권왕의 부드러운 목소리는 이제 은근한 위협을 드러내고 있었다.

그러나 염동은 여전히 별로 기죽어하는 모습이 아니었다. 그가 나직이 소리 내어 웃으며 말을 받았다.

"하하하! 하긴 그렇기도 하겠소. 당신들 세 사람이 이처럼 함께 움직인다는 것은 필시 남의 명을 받드는 입장임을 말해 주는 것일 터인데, 더욱이 천하를 떨어 울리는 팔왕의 위명으로 우리와 같은 무명소졸들의 앞길이나 막아야 하는 처지로 전락하였으니 어찌 부끄럽지 않겠소?"

권왕이 당장에 표정을 굳히며 노갈했다.

"놈! 세 치 혀를 함부로 놀려 스스로 명을 재촉하는구나!"

그 한 번의 호통에 염동은 방금까지의 능글맞도록 대담한 모습을 대번에 꺾고 말았다.

"어이쿠! 이러지 마시오! 천하의 권왕이 어찌 나같이 하찮고 힘없는 늙은이를 괴롭히려고 하시오?"

그 일변한 모습에 권왕이 노한 중에도 어이없다는 듯이 실소를 뱉고 말았다.

"허!"

그때 숨듯이 소산의 등 뒤 쪽으로 돌아간 염동이 투정하듯이 말했다.

"굳이 우리를 상대하려고 한다면 우선은 당신 앞에 서 있는 저 두 청년들부터 상대하는 것이 그나마 체면을 살리는 일이 될 것이오. 그들은 비록 나이 어리나 각기 소림과 무당의 후기지수의 신분인데다, 더욱이 소속 문파의 장문인들과 동배라는 높은 배분을 지니고 있기 때문이오."

그에 능운상의 미간이 설핏 좁혀지고 말았다. 염동은 굳이 하지 않아도 될 말을 마구 주워섬기고 있었다. 마치 의도적으로 권왕과 자신들을 대결 국면으로 몰고 가려 하는 듯이 말이다.

그때, 힐끗 무무를 돌아보던 능운상은 흠칫 놀라는 표정이 되고 말았다. 무무의 얼굴에는 지금 뜻밖에도 강렬한 투지가 불타오르고 있는 중이었다.

그리고 능운상은 문득 무무가 추구하는 무도가 바로 권법임을 상기하였다. 무무는 지금 권에 있어서 왕의 칭호를 받은, 당금 강호 최고의 권법가를 대하고서 본능적인 투지를 떠올리고 있는 것이리라.

능운상의 미간이 확 좁혀졌다. 염려였다.

아무리 의욕이 앞선다 해도 무무가 권왕과 단독승부를 벌인다는 것은 도저히 가능하지 않은 일이었다.

그러나 다음 순간 능운상은 옆으로 한 걸음 물러날 수밖에 없었다. 무무가 불쑥 그의 앞으로 걸어나온 때문이었다.

아무런 말도 하지 않았으나, 능운상의 앞으로 나서는 것으로써 무무는 권왕에게 도전하겠다는 명백한 의지를 표시한 것이다.

그리고 그런 이상 능운상으로서는 무무를 제지하거나 만류할 수 없었다.

무무의 도전이 그 스스로의 의지인 이상, 이제부터의 모든 것은 어디까지나 무무 자신에게 달린 것이다. 승패, 그리고 생사까지도.

"너는 지금 혹시 나와 손속을 나눠보겠다는 것이냐?"

권왕이 의아하다는 기색으로 가볍게 물었다.

그때 무무의 얼굴은 약간 상기되어 있었다. 긴장과 흥분을 다는 숨기지 못한 채 무무가 대답했다.

"그렇습니다. 귀하께서는 권으로 오를 수 있는 최고의 경지에 올랐다고 들었습니다. 소생 또한 필생의 목표로써 권을 수

련하는 입장이니, 미력하나마 귀하와 권을 겨뤄보고 싶습니다."

무무의 진지함 때문이었는지 권왕은 빙그레 웃었다. 그러나 그는 천천히 고개를 가로저었다.

"노부가 최고의 경지에 올랐다는 것은 옳지 않다. 노부 또한 목표를 향해 다만 나아가는 도중일 뿐이다."

권왕이 염동 쪽을 힐끗 보고 나서 다시 무무를 향하며 물었다.

"너는 소림의 제자인 모양이로구나?"

그 물음에 무무가 선뜻 대답하지 않자 권왕이 재촉하듯이 다시 물었다.

"네 사부가 누구이냐?"

그제야 무무가 문득 몸가짐을 바로 하며 차분하게 대답했다.

"제 사부께서는 법명을 굉조로 쓰십니다."

그러자 권왕이 놀랍다는 표정이 되었다가 이내 크게 고개를 끄덕였다.

"흠!"

그리고 권왕은 다시 잠시간 곤혹스럽다는 기색을 짓고 나서야 입을 열었다.

"허허! 노부가 너 같은 어린아이와 직접 손을 맞댄다는 것은 그 모양새가 썩 좋지 못하다고 할 것이다. 그러나 네가 소림의 제일무승인 굉조 선사의 제자라고 하니, 노부는 문득 너와 가벼운 주먹 몇 대 정도를 주고받아 볼 마음이 생겼다. 각설하고 노부는 이제부터 네게 삼 권을 칠 것이다. 그러니 아무쪼록 너는 천하 모든 공부의 근간이라는 소림권법의 진수를 발휘해 노부의 권을 받아보거라! 만약 네가 노부의 삼 권을 다 받고도 두 다리로 버티고 서 있을 수 있다면, 노부는 곧바로 이 자리에서 물러날 것이다."

말하는 권왕의 기색에서는 스스로의 무공에 대한 자부심 내지는 오만이 은연중에 풍기고 있었다.

무무의 표정은 가볍게 굳어져 있었다. 그러나 그는 이내 담담한 기색으로 돌아갔다. 그런데 바로 그 순간, 무무는 당황한 기색으로 급하게 우수 일권을 앞으로 쳐냈다.

한순간 아무런 기척도 없이 한 가닥의 강력한 암경이 돌발적으로 쇄도해 든 때문이었다.

꽝!

가벼운 기격음이 허공을 울렸다. 그런 가운데 무무가 허리를 휘청하며 한 걸음을 뒤로 물러섰다. 그러고도 무무는 놀란 기색을 미처 다 추스르지 못하고 긴장된 표정으로 자세를 갖추었다.

그런 무무를 보며 권왕이 여유있는 미소를 지으며 천천히 입을 열었다.

"노부의 공권(空拳)은 대응하기가 결코 쉽지 않은데도 그처럼 가볍게 받아내었으니, 너는 제법 권을 배웠다고 할 수 있겠구나!"

이어 권왕은 느릿하게 오른 주먹을 앞으로 밀어냈다.

"자! 이것이 두 번째 주먹이다!"

천천히 쳐내는 권왕의 주먹을 따라 가벼운 뇌음이 울렸다.

우르릉!

자신을 향해 휘몰아쳐 오는 강력한 경력의 소용돌이에 대해 무무가 한순간 양 주먹을 차례로 쳐냈다.

쾅!

콰앙!

약간의 시차를 두고 두 차례의 폭음이 터져 나오는 가운데, 무무의 신형은 다시 주르륵 뒤로 미끄러졌다.

무무는 이번에 근 일 장여를 밀려나고 나서야 겨우 신형을 세웠는데, 꽉 다문 그의 입술 사이로는 언뜻 붉은 기운이 비치고 있었다.

권왕은 원래의 자리에 그대로 서 있었다. 그런데 그의 기색은 지금까지의 여유있던 것과는 다르게 상당히 신중하게 변해 있었다.

권왕이 짐짓 감탄했다는 듯한 투로 말했다.

"당금 강호에서 다만 공수(空手)로써 노부의 주먹 두 대를 잇달아 받아낼 수 있는 사람이 있을 줄은 미처 몰랐구나. 좋다. 노부는 네가 과연 소림권법의 정화를 연마했음을 인정하지 않을 수 없구나. 그러나 노부에게는 아직 한 대의 주먹이 남아 있다. 노부는 이번에 조금도 사정을 봐주지 않을 것이니, 너는 부디 조심해야 할 것이다."

권왕의 말은 언뜻 무무에 대한 칭찬과 염려인 것 같았다.

그러나 그 말에 어떤 의도가 있는지에 대해 생각할 틈을 주지 않고 곧바로 권왕의 나직한 외침이 이어지고 있었다.

"자! 마지막 세 번째 주먹이다."

권왕의 오른 주먹이 허공에 작은 원을 하나 그리는가 싶더니, 이어서 그의 주먹은 불쑥 그 가상의 원 한가운데를 찌르며 앞으로 뻗어나갔다.

콰르릉!

권왕의 주먹을 따라서 웅장한 벽력성이 일었다. 그리고 마치 한 마리 창룡이 꿈틀거리는 듯한 거대한 권력(拳力)이 태산의 기세를 담고서 무무를 향해 쭉 뻗어나갔다.

아아! 그것은 유형화된 권력(拳力)이었다. 곧 완성된 권강(拳罡)의 형태였다.

그때 무무는 마치 대항을 포기한 사람 같았다.

자신을 향해 무섭게 짓쳐들어오는 절대의 권력에 대해 감히 대항할 엄두조차도 내지 못하고 있는 것처럼 멍해 보이기도 했다. 그러나 한편 그의 눈빛은 차라리 초탈해 보이기도 했다.

그러던 어느 한순간, 무무가 천천히 움직였다.

권왕이 발출한 거대한 권력이 이미 전신을 짓쳐들어오는 간발의 순간에 천천히 움직인다는 것 자체가 가능하지 않은 상황이었으나, 어쨌든 무무는 지극히 자연스럽게, 그리고 가볍게 오른 주먹을 슬쩍 떨쳐 낸 것이다.

그런데 무무의 그 가벼운 일권에서는 어떤 힘은커녕 조금의 기세조차도 발출되지 않았으므로, 그저 가벼운 손짓으로만 보였다.

다음 순간, 마치 어떤 절대의 힘 속에서 잔뜩 응축된 채로 터지는 거대한 폭발과도 같이, 혹은 먼 곳에서 울리는 것처럼 은은한 폭발음이 터져 나왔다.

콰아아앙!

이번에 무무는 뒤로 밀려나지 않았다. 격돌의 그 순간에 넘어질 듯 크게 휘청하였으나, 이내 중심을 잡는 모습이었다.

그러나 그의 입과 코에서는 피가 줄기를 이루며 흐르고 있어서, 이번의 격돌에서 그가 결코 가볍지 않은 내상을 입었음을 여실히 말해주고 있었다.

한데도 힘겹게 몸을 바로 세운 무무의 표정은 고통스럽기보다는 차라리 평화로워 보였다.

권왕은 여전히 원래의 자리에 그대로 서 있었다. 그러나 그의 얼굴은 창백해 보였으며, 또한 딱딱하게 굳어 있었다.

"무엇이냐?"

앞뒤없는 권왕의 그 물음에 대해 무무가 소매를 들어 입과 코 주변의 피를 대충 닦아낸 뒤 차분하게 대답했다.

"백보신권입니다!"

순간 권왕은 두 눈을 치떴다. 그리고 잠시 후, 그는 망연한 듯 중얼거렸다.

"백보신권이라! 그것이 실존했었더란 말이냐? 허허허!"

짙은 허탈감이 감도는 웃음이었다. 그러다 권왕은 언뜻 안광을 빛내며 다시 말했다.

"이미 말한 바가 있으니, 노부는 이만 물러나겠다. 그러나 머지않아 노부는 다시 너를 찾을 것이다. 아니, 소림을 찾을 것이다. 노부가 왜 권왕이라고 불리는지 너는 잊지 말아야 할 것이다. 그리고 명심해라! 이것은 노부가 너에게 한 번의 기회를 주는 것임을. 지금 너의 백보신권으로는 노부의 적수가 되지 못한다. 만약 노부가 너를 다시 찾는 그때도 너의 백보신권이 오늘과 같다면, 너는 결코 살아남지 못할 것이다."

그리고 권왕은 곧바로 허공으로 신형을 솟구쳤다.

권왕의 신형이 서쪽을 향해 까마득히 날아갈 때, 갑자기 무무가 다리를 휘청거렸다. 그리고 이윽고는 견디지 못하고 무릎을 꿇으며 바닥으로 주저앉고 말았다.

염동의 눈짓을 받고서 맹룡이 얼른 다가가 무무를 부축하여 조심스럽게 일으켰다. 이어 맹룡은 무무를 안아 들 듯이 하여 소소가 탄 마차 옆으로 데리고 갔다.

급히 마차에서 내린 소소가 무무의 맥문을 짚어보려 하였으나 무무는 가만히 고개를 저었다. 그리고는 힘겹게 자세를 바로 하여 가부좌를 틀었다. 그 스스로 운공요상으로 들어가려는 것이었다.

능운상은 무무의 상태에 대해 신경을 쓸 여가가 없었다. 지금 그의 앞쪽에서는 팔왕 중의 또 한 사람인 비왕이 천천히 그를 향해 시선을 맞추고 있는 중이었기 때문이다.

자신을 응시하는 비왕의 눈빛을 가만히 마주하면서 능운상은 그의 눈빛이 맑다는 정도를 넘어 투명하다고까지 느꼈다. 그만큼 비왕의 눈빛은 예리하여 마치 사람의 내부까지도 속속들이 들여다보는 것만 같았다.

마치 최면에 걸린 것처럼, 혹은 뱀과 마주친 개구리가 된 것처럼, 능운상은 일시 비왕의 눈빛에 자신이 갇혀 버린 게 아닌가 하는 생각에 사로잡히고 말았다.

능운상은 스스로의 숨소리와 심장 소리를 또렷이 느꼈다. 그 소리들은 이어 강한 바람 소리와 요란하게 쿵쾅거리는 소리로 확대되었다. 그리고 이윽고 능운상은 마음의 평정을 완전히 잃고서 당황스럽고 혼란스러운 지경으로 급격히 빠져들고 말았다.

바로 그때 그를 혼돈에서 구해낸 것은 바로 느긋하게 그의 귓가를 울리는 염동의 목소리였다.

"좀 전에 권왕은 과연 팔왕의 한 사람다운 호기와 배포를 보여 강호의 까마득한 후배를 상대함에 있어 단지 세 주먹만을 펼친 바 있소. 혹시 비왕 당신에게도 그럴 호기와 배포가 있겠소?"

비왕이 천천히 투명한 시선을 염동에게로 돌렸다. 그러나 염동은 빙그레 웃는 표정을 조금도 흩뜨리지 않았다.

비왕은 문득 엷은 웃음기를 떠올렸다. 눈으로만 웃는 묘한 웃음이었다.

"좋다. 그럼 노부 또한 이 애송이에게 세 번의 손질만 하도록 하지."

자신을 두고 하는 그 각박한 얘기의 내용에도 불구하고 능운상은 그 순간 문득 다른 생각을 떠올렸다. 바로 얼마 전까지만 하더라도 그들 일행 중에서 안문이 하던 역할을 지금은 염동이 하고 있구나 하는 생각이었다.

물론 지금 염동이 일을 꾸미고 처리하는 형태를 보자면 그 치밀함이나 세련됨에 있어서는 결코 안문과 비교할 바가 못되었다.

안문이 전형적인 모사로서 심계(心計)를 쓴다고 한다면, 지금 염동의 형태는 평생을 강호 바닥에서 전전한 노회한 늙은이가 부리는 유치하고 그 속이 빤하지만, 한편 알면서도 당할 수밖에 없는 약삭빠른 수작쯤이라고 할 수 있을 것이었다.

그때 염동이 여전히 빙그레 웃는 표정으로 고개를 가로젓고 있었다.

"그것은 좀 애매하오."

비왕이 짐짓 염동의 수작에 장단을 맞춘다는 듯이 물었다.

"무엇이 애매하다는 건가?"

"강호에 알려진 바로 당신의 비도는 모두 서른여섯 자루라고 했는데 아직까지 그 모두를 펼친 적이 없다 했으니, 가히 무적이라는 얘기가 아니오? 하니 세 번의 손질을 하겠다고 할 것이 아니라, 사용할 비도의 숫자를 미리 말하는 것이 과연 천하의 비왕다운 최소한의 배포라고 할 수 있지 않겠소?"

비왕이 묘한 웃음기가 담긴 눈빛으로 염동을 잠시 응시하고 있다가 문득 반문했다.

"만약 노부가 서른여섯 자루의 비도를 다 쓰겠다면?"

염동이 나직이 웃으며 곧바로 대답했다.

"하하하! 내 반드시 당신의 솔직함을 세상에 널리 전하도록 하겠소. 팔왕 중의 한 사람인 천하의 비왕이 무당의 젊은 제자를 상대로 그가 가진 서른여섯 자루의 비도를 한 자루도 남김없이 모조리 다 썼다고 말이오."

그러자 비왕이 다시 염동을 가만히 응시하였는데, 그의 눈빛에서는 점차로 웃음기가 사라지고 있었다. 그러다 그가 다시 입을 열었다.

"좋다. 노부는 저 애송이에게 세 번의 손질을 할 것이로되, 사용하는 비도의 수는 모두 합쳐 열둘을 넘기지 않을 것이다. 그리고 좀 전 권왕과 마찬가지로 만약 노부의 손에서 열두 자루의 비도가 다 펼쳐지고 난 뒤에도 저 애송이가 두 다리로 버티고 서 있다면, 노부 또한 그 즉시로 이 자리에서 물러날 것이다."

염동이 대번에 만족한 표정이 되었다. 그가 비왕을 향해 엄지손가락을 추켜 보이며 짐짓 감탄한다는 듯이 말했다.

"과연 비왕다운 배포요!"

쉿!

비왕이 지극히 가벼운 소맷짓으로 떨쳐 낸 그 한 자루의 비도에는 마치 보이지 않는 끈이 매달려 있는 듯했다.

아니면 전설적 검의 경지라는 이기어검이 펼쳐지고 있는지도 몰랐다.

쉬이잇!

비도는 점차 빠르게 능운상의 주위 공간을 휘돌며 섬뜩하도록 날카로운 파공성을 내고 있었다.

그러나 능운상은 조금도 움직이지 않았다.

느슨하게 중단세를 취하고 있는 그의 상청검(上淸劍) 또한 허공중의 한 점에서 검극을 고정시킨 채 추호의 흔들림도 보이지 않고 있었다.

그러던 한순간.

핏!

돌연히 회전 궤적을 이탈한 비도가 번개처럼 능운상의 뒤통수를 노리고 쏘아왔다.

순간 능운상의 몸이 빙글 회전하는가 했는데, 상청검의 맑은 검광이 경쾌하게 허공을 베어냈다.

캉!

단 일검이었다.

그리고 그 깨끗한 일검에 거칠게 튕겨 나간 비도는 바닥을 뒹굴었다.

"좋구나! 어린 나이에 놀라운 정심(靜心)을 이루었구나!"

비왕의 감탄에는 언뜻 진심이 어려 있었다.

그러나 말을 다 끝내기 전에 비왕의 소매가 다시 떨쳐졌고, 곧바로 두 자루의 비도가 능운상을 향해 날아갔다.

그 두 자루의 비도는 참으로 느릿하여서, 어떻게 바닥으로 떨어지지 않고 계속 허공을 날아갈 수 있을까 하는 생각이 들 정도였다.

더욱이 놀랍게도 두 자루의 비도에는 은은히 눈을 부시게 하는 광채가 서려 있었다.

그때 능운상의 상청검은 물결이 일렁이듯 유려하게 움직이며 허공에다 성긴 검망(劍網)을 만들고 있었다. 바로 무당 유운검법이었다. 좀 전의 대응이 정(靜)이었다면, 이번 능운상의 대응은 동(動)인 것이다.

그리고 지금 상청검 또한 그 검신 전체에 걸쳐 은은한 광채가 어려 있었다.

두 자루의 비도는 능운상의 일 장 앞 허공에 이르러 일순 앞뒤로 나란한 배열을 이루었다. 그리고 바로 다음 순간 돌연 번개 같은 속도로 능운상의 목을 향해 쏘아왔다.

그런데 변화는 그것으로 다가 아니었다.

바로 다음 찰나의 순간, 첫 번째 비도 뒤에 형체를 숨기고 있던 두 번째의 비도가 급전직하 아래로 떨어지며 그대로 능운상의 왼쪽 가슴을 향해 박혀들었던 갓이다.

그러한 두 자루 비도의 돌연한 변화는 도저히 예측 불가한 두 가닥의 뇌전과도 같아서 능운상으로서는 도저히 방비할 방법이 없어 보였다.

그러나 바로 그때, 능운상의 주변으로는 기묘한 떨림을 지니는 금속성이 격렬하게 울렸다.

타르르릉!

타라라랑!

바로 두 자루의 비도가 어느새 촘촘함을 이룬 유운검법의 검망과 무수히 부딪치며 내는 소리였다.

이윽고 두 자루의 비도는 힘을 잃고 바닥으로 떨어지고 말았다.

비왕이 다시금 감탄하며 말했다.

"참으로 대단하다 칭찬하지 않을 수 없구나. 어린 나이에 벌써 부드러움과 변화를 근간으로 하는 무당검의 진수에 근접했을 뿐만 아니라 경이롭게도 이미 검강의 경지에 입문을 하였으니, 너의 자질과 성취가 참으로 놀라울 따름이다!"

그때 능운상은 묵묵히 검을 늘어뜨리고 있었는데, 그의 무심한 표정과는 달리 상청검의 검극은 지금 미세하게 흔들리고 있었다.

비왕이 흘깃 그 광경을 보고 나서 다시 말을 이었다.

"노부는 이제 남은 아홉 자루의 비도를 모두 사용하여 구중비천(九重飛天)이라는 수법을 쓸 것이다. 처음에 노부는 너를 상대로 하여 이 수법까지 쓰게 될 것이라고는 미처 생각지 못했으나, 이제 네게 이 수법을 받을 자격이 있음을 인정하지 않을 수 없구나. 그러나 이번에 너는 목숨을 걸어야만 할 것이다. 이 수법은 노부로서도 한 번 펼치면 거둘 수 없으니, 너에게 조금의 인정도 베풀 수가 없기 때문이다."

말을 끝내는 그 즉시, 비왕의 소매 속에서 아홉 가닥의 비도가 한꺼번에 허공으로 쏘아 올라갔다.

그리고 비도들은 이내 눈부신 빛무리로 화하며 허공 높은 곳에서 아래를 향해 벼락이 내리꽂히듯, 혹은 유성우가 떨어져 내리는 것처럼 폭사되었다. 그것은 가히 장관이라고 할 수 있는 장면이었다.

능운상은 일순 머리가 하얗게 비는 듯한 느낌에 사로잡혀 버렸다. 마치 하늘의 그물이라는, 천라지망(天羅之網)에 갇힌 느낌이었다. 그 어떤 수단과 방법으로도 결코 빠져나올 수 없는.

그러나 그 아득하고 막막한 순간에도 능운상은 결코 검에서 마음을 놓지 않았다.

그리고 시간으로 정할 수 없는 바로 그 순간에, 그 모든 절망에도 불구하고 검과 그는 일체를 이루었다.

아니, 그 모든 절망으로 인해 그는 마침내 검과 일체를 이루게 되었는지도 몰랐다.

검심일체(劍心一體)!

순간의 충만함으로 능운상은 일검을 그었다. 그를 구속하고 핍박하는 그 모든 절망에 대하여, 강제에 대하여.

번쩍!

한순간 지극히 밝은 빛의 검이 모든 것을 갈랐다.

지극히 밝지만, 결코 눈부시지 않은 공간의 검이었다.

그 공간에 존재하는 모든 것이 일거에 베어졌지만, 소리마저도 베어진 듯 아무 소리도 들리지 않았다.

공간의 검, 그것은 바로 지혜의 검이었다.

'아아! 혜검(慧劍)이다.'

능운상은 그렇게 부르짖었다. 마음속의 부르짖음이었다.

그 자신은 처음으로 경험하는 바이고, 사부를 포함한 무당의 선배 고인 누구도 시연해 보여준 적이 없지만, 방금 느끼지 못하는 사이에 만상을 가른 자신의 그 일검이야말로 바로 태극혜검이라고 능운상은 믿었다.

아니, 능운상에게 있어 그것은 하나의 정의(定義)였다.

그런 것이야말로 그가 궁극적으로 추구하고자 하는 그만의 태극혜검인 것이다. 비록 지금 이 황홀한 감격의 실체마저도 궁극에 비하자면 아직 미미한 초입에 불과하겠지만. 그리고 그나마도 펼쳐 놓고도 그것이 어떻게 시전되었는지, 정말로 자신의 손에서 펼쳐졌는지조차도 믿어지지 않지만.

퍼뜩 현실로 돌아온 능운상이 주위를 일별했을 때는 모든 것이 사라지고 없었다. 공간을 온통 누비던 광채도, 아홉 자루의 비도도.

다만 상청검만이 그 검극을 바닥으로 늘어뜨린 채 힘겹게 흔들리고 있었다.

"방금의 그 검은 혹시… 태극혜검이냐?"

비왕은 차분한 음색이었다.

능운상은 대답하려고 했다.

그러나 입을 여는 순간, 그 스스로도 느끼지 못하고 있던 가슴속의 한 무더기 답답한 응어리가 그대로 입 밖으로 터져 나왔다.

"푸악!"

선명한 진홍색의 선혈이었다. 그 속에 부글거리는 작은 거품들을 보면서, 능운상은 그제야 자신의 내부 기혈과 장기들이 이미 벌써 전부터 무거운 통증을 호소하고 있었다는 것을 뒤늦게 자각하게 되었다.

능운상은 허리를 쭉 폈다.

당장에 내부 곳곳에서 바늘로 찌르는 듯한 극통이 밀려왔지만, 능운상은 당당히 가슴을 펴고 비왕의 물음에 답을 했다.

"부끄럽지만… 그렇습니다!"

능운상은 부끄럽다는 말을 했다. 그러나 막상 그는 조금도 부끄러워하는 것처럼 보이지 않았다.

비록 피를 토하고 백지장같이 창백한 안색이었지만, 지금 곧게 허리를 펴고 가슴을 내민 능운상의 모습에서는 불굴의 의지와 당당한 청년의 기개가 마치 후광처럼 뿜어지고 있었다.

능운상이 부끄럽다고 한 것은, 방금 그가 펼친 태극혜검이 아직 많이 부족하고 불완전하여 태극혜검이라고 말하기에 부끄럽다는 의미일 것이었다.

그때 비왕이 탄식하듯 허탈한 웃음소리를 흘렸다.

"허허!"

이어 잠시간 묵묵히 능운상을 응시하던 비왕의 눈빛에서 언뜻 한가닥의 갈등이 스쳤다. 찰나의 순간이었지만, 그것은 격렬한 갈등이었다.

그러나 바로 다음 순간, 비왕은 돌연히 허공으로 신형을 솟구쳤다. 이어 그의 신형은 서쪽 하늘 속으로 까마득히 사라져 갔다.

더 이상 버티기 어려운 듯 몸을 휘청거리는 능운상에게 맹룡이 급히 다가갔다. 능운상이 힘겨운 미소로써 감사를 표하고, 맹룡의 부축을 받아 힘겹게 소산과 염동이 있는 쪽으로 걸어왔다.

능운상의 지독히도 창백한 얼굴, 그리고 광채 잃은 눈빛을 대하며 염동은 가만히 고개를 끄덕여 주었다. 그가 무엇을 걱정하는지는 굳이 말하지 않아도 알 수 있었다.

염동이 곁의 소산을 힐끗 한 번 보고 나서 나직이 말했다.

"나머지 일은 우리가 어떻게 하든 대처를 해볼 터이니, 공자는 우선 내상부터 다스리도록 하게!"

이어 염동이 눈짓을 하자 맹룡이 능운상을 부축하여 마차 옆에서 운공요상하고 있는 무무의 곁으로 인도해 갔다.

그리고 능운상은 무무의 곁에서 가부좌를 틀며 곧바로 운공요상으로 들어갔다.

저쪽 길모퉁이에 머물러 있던 일단의 무리들이 천천히 다가오는 것을 보고 염동이 소산을 향해 말했다.

"가주! 저자들은 투왕과 그의 휘하인 전단(戰團)의 무리들이오. 강호의 소문에 따르면 투왕이란 자는 권왕이나 비왕과는 달리 명분을 중히 여기지 않는다고 하니, 우리는 이제 오로지 진실된 능력으로 적들을 상대하는 수밖에 없을 듯싶소."

그러나 소산은 아무 대답 없이 묵묵히 앞쪽만 바라보고 있었다.

그러자 염동이 은근히 소산의 눈치를 살피면서 의향을 떠보듯이 다시 말했다.

"우리 중에서 그나마 투왕을 상대할 수 있는 사람은 그래도 예 낭자밖에는 없는데……?"

소산이 그제야 짧게 말을 받았다.

"그녀는 운공 중입니다."

"노부가 보기에는 그녀는 딱히 운공에 들어 있는 것이 아니고, 다만 깊은 명상에 잠겨 있는 것으로 보이오만……?"

그러나 말끝을 흐리며 염동은 입을 닫고 말았다. 소산이 입매를 일자로 만들며 굳게 입을 다물었기 때문이었다.

그리고 말은 그렇게 했어도 염동 자신 또한 굳이 이 상황에서 예령의 명상을 깨워 내세워야겠다는 다급성은 그다지 없는 것 같았다.

염동이 문득 소산에게서 시선을 거두어 뒤쪽의 쌍맹에게로 향했다. 이어 그가 찡긋 한쪽 눈을 감아 보였는데, 그런 눈짓에 무슨 의미가 담겨 있었던지 맹씨 형제들의 얼굴에는 당장에 불쾌한 혈색들이 도는 것이었다.

이십여 명의 중무장한 무리들을 이끈 거구의 흑의노인이 이윽고 오 장여 앞까지 다가왔을 때, 소산은 불쑥 앞으로 걸어나가며 그들과 마주 섰다.

염동이 얼른 뒤돌아가 소산의 옆으로 서면서 앞쪽의 흑의노인을 향해 말했다.

"앞서 권왕과 비왕이 어떤 식으로 선배 고인으로서의 체면을 차렸는지는 당신도 보았을 것이오. 이번에는 여기 이 청년이 당신을 상대하겠다고 나섰소. 보다시피 그는 강호의 무명소졸도 못 되는 그야말로 백면서생이오. 자! 하면 투왕, 당신은 어떻게 할 것이오?"

흑의노인, 투왕은 흰자위가 유난히 번뜩이는 커다란 두 눈으로 염동과 소산, 그리고 그 뒤의 쌍맹까지를 단번에 훑어보았다.

그러고 나서 그가 큰 소리로 웃으며 말했다.

"으하하하하! 나는 무슨 선배니 고인이니 하는 따위는 천성적으로 좋아하지 않는 사람이다. 싸움은 다만 싸움일 뿐, 이기지 못하면 죽는 것인데 거기에 무슨 체면 따위를 차리고 말고 할 것이 있겠는가?"

이어 투왕은 옆으로 한 걸음을 물러섰다. 그러자 그의 뒤쪽에 늘어서 있던 이십여 명이 일제히 앞으로 걸어나왔다.

그런데 특별히 대열이라고 할 것도 없이 그저 무질서하게 앞으로 걸어나오는 무리들의 단순한 전진에서는 강하고 거친 압박과 투지가 확하고 밀려 나오는 것이었다.

그들은 바로 전단(戰團)이었다.

강호의 각종 개인 간 혹은 문파 간의 분쟁에 개입하여 대리 싸움이나 전쟁을 수행하고, 그 대가로 금전이나 이권을 챙기는 용병 집단. 단위집단으로는 무림최강의 전투 집단으로 평가되며, 동시에 거칠고 무자비하기로 악명 높았던 무리. 모습을 감춘 지 이십여 년 이상이나 훌쩍 지난 지금, 그들은 그 단주인 투왕과 함께 다시 강호에 등장한 것이다.

소산은 다가오는 이십여 명의 중무장한 전단 무리들을 별다른 표정 없이 무심하게 바라보고 있었다.

그런데 곁에 섰던 염동이 갑자기 소매를 잡아끄는 바람에 소산이 언뜻 불만스러운 기색이 되며 고개를 돌렸다.

그러나 염동이 눈짓하는 곳을 본 소산은 이내 순순히 염동이 잡아끄는 대로 뒤쪽으로 걸음을 옮겼다.

염동과 소산이 멀찍이 물러난 곳에 쌍맹은 그대로 남아 있었다. 전신에서 금방이라도 터져 버릴 듯한 맹렬한 투지를 발산시키고 있는 그들은 이미 무장을 갖추고 있었다.

자루까지 시커먼 색에 아담한 크기의 손도끼 한 쌍, 그리고 양쪽 팔뚝에 부착된 길쭉한 타원형의 회색 방패 한 쌍. 또 목 부위와 소매 안의 양쪽 손목을 덮은 은빛 물결이 일렁이듯 찰랑대는 촘촘한 사슬 갑옷.

바로 신부(神斧)와 신패(神牌), 그리고 신갑(神甲)이었다.

한순간 쌍맹은 앞으로 달려나갔다.

동시에 그들의 양손에서는 그 한 쌍의 손도끼가 맹렬히 돌아가기 시작했다.

팔방풍우였다.

한 번 시작되면 적과 자신, 둘 중 한쪽이 쓰러지기 전에는 결코 멈추지 않는, 아니, 멈출 수 없는, 그야말로 끝장을 볼 때까지 무한으로 펼쳐지는 바로 그 지독한 팔방풍우.

쌍맹과 조우하면서 전단의 대형 가운데가 자연스럽게 열렸고, 쌍맹은 거침없이 그 포위망 안으로 들어섰다.

그리고 그때부터 무림사에 다시 있기 어려울 미친 싸움, 이른바 광투(狂鬪)가 벌어졌다.

쌍맹의 도끼는 시간을 더할수록 점점 더 소름 끼치는 파공성을 토해내며 그야말로 맹렬하게 돌아갔다.

쐐액!

쐐액!

팩!

패애액!

네 자루의 도끼가 적들의 도검이며 창곤(槍棍) 등과 격렬히 부딪치며 허공에다 수없는 불똥들을 쏟아냈다.

챙!

채앵!

캉!

카앙!

쌍맹의 팔방풍우는 철저히 공격일변도였다.

딱히 완급과 강약의 형태와 변화를 가지는 초식이 아니니, 무조건 깨고 부수는 식의 휘두름이었다.

그러나 건(乾), 감(坎), 간(艮), 진(震), 손(巽), 이(離), 곤(坤), 태(兌)의 팔방을 온통 그림자로 가득 채우다시피 하는 네 자루 도끼의 부막(斧幕)을 뚫고 쌍맹에게 접근하는 것은 결코 쉽지 않았다.

어떻게 요행히 접근했다고 하더라도, 쌍맹의 양팔에는 상황에 따라 크게 혹은 작게 펼쳐지며 철통의 방어막을 치는 한 쌍의 회색 방패가 장착되어 있었다.

게다가 그 안에 다시 쌍맹이 내복처럼 입고 있는 사슬 갑옷, 신패(神牌)가 있음에야.

가히 철벽이었다. 전설의 금강불괴가 실재한다면, 바로 지금 쌍맹이야말로 금강불괴의 위력을 발휘하고 있다고 해야 할 것이었다.

무엇보다도 도무지 지치지 않는, 싸움이 계속될수록 외려 더욱더 미쳐 날뛰는 쌍맹의 그 끝없는 체력과 투지는 적들로 하여금 지레 질리게 만드는 데가 있었다.

썩!

쾅!

콰삭!

쌍맹의 거침없는 도끼질에 적들의 병기가 잘리고 부서져 나갔다. 그리고 이윽고는 적들의 사지와 몸통이 무참히 잘려 나가고 있었다. 짙은 선홍색의 피 비를 사방으로 휘뿌리며.

그러나 상대는 전단이었다.

그 각 개개인이 수없는 죽음의 전투를 치른 자들이며, 이런 방식의 싸움에서는 무림최강의 전투 집단이라는 소리를 들었던 자들이었다.

"크악!"

"으아악!"

처참한 비명과 함께 바로 곁에서 동료들의 사지가 잘려 나가고 머리통이 박살이 나도, 붉은 피와 허여멀건한 골수의 파편들을 온몸으로 뒤집어쓰면서도 그들은 결코 물러서지 않았다.

그들에게 이 싸움은 이미, 아니, 처음부터 단순히 이기고 지는 개념의 싸움이 아니라, 오로지 죽고 죽이는 싸움이었다. 적을 죽이지 않으면 내가 죽는 싸움이었던 것이다.

그런 점에서 쌍맹과 전단, 그들 양쪽 모두는 지금 미친 자들이었다. 싸움 그 자체에 미친 자들.

"허!"

치열한 전투를 지켜보면서 염동은 연신 탄식을 내뱉었다. 그가 기대했던 것 이상의 신위를 보이고 있는 쌍맹에 대한 감탄이었다. 쌍맹은 지금 천하의 전단을 상대로 가히 절대전투력의 신위를 발휘하고 있는 것이다.

그때였다.

"멈춰라!!"

격전의 처절함과 치열함을 단번에 날려 버리고 말 듯, 엄청난 내력을 담고 주변 사방의 허공을 쩌렁하니 울리는 대갈일성이 있었다.

투왕이었다.

그의 눈빛이 분노의 안광을 줄기줄기 폭사시키고 있었다. 그때 사방에는 참으로 잔인한 광경이 펼쳐져 있었다. 전단의 십여 명이 이미 목불인견의 처참한 형상으로 쓰러져 있거나, 혹은 비명을 삼키며 바닥을 뒹굴고 있었던 것이다.

투왕의 명령에 살아남은 전단의 십여 명이 즉시로 손을 멈추며 뒤로 물러서고 있었다. 그러나 잠시 주춤하였던 쌍맹의 도끼가 다시금 맹렬히 돌아가며 그대로 물러서는 전단의 무리들을 짓쳐 들어갔다.

"크악!"

눈앞에서 다시 한 명의 수하 어깨가 박살이 나 바닥으로 나뒹구는 것을 보고는 투왕이 주체할 수 없는 분노로 막 바닥을 박차고 신형을 튕겨 나가려던 바로 그때, 한마디의 짧은 외침이 그를 멈추게 했다.

"그만!"

나직한 데다, 장내의 상황과는 전혀 어울려 보이지 않는 담담한 목소리였다.

그러나 그것이 절대의 명령이라도 되는 듯 쌍맹이 우뚝 멈추었다. 그리고는 그대로 휙 돌아서서 걸어가 버리는 것이었다.

소산을 보는 투왕의 노기 가득한 눈빛에 문득 한가닥의 이채가 떠올랐다.

그 이채는 당황이기도 했다. 영락없는 백면서생일 뿐인 어린 청년의 그 담담한 한마디에, 왜 그 자신이 또한 즉시 그 자리에 멈추어 서게 되었는지에 대한 당황.

소산은 천천히 투왕을 향해 다가갔다.

이번에 염동은 소산의 뒤를 따르지 않았다. 그런데 지금 그에게서는 소산의 무모함을 말리고자 하는 의지가 전혀 보이고 있지 않을 뿐만 아니라, 오히려 엷은 기대감 같은 기색마저 감돌고 있었다.

투왕은 싸움을 마다하는 자가 아니었다.

일단 싸울 이유가 생겼다면, 상대를 가리지도 않았다. 상대
가 어린아이이든 노인이든 남자이든 여자이든 일단은 이겨야
만 하는 상대일 뿐이었다. 그가 가진 모든 힘을 다 동원해서
말이다. 그에게 싸움은 그런 것이었다.

다만 그런 투왕에게도 한 가지 독특하다고 할 만한 싸움의
방식은 있었다. 그 습관은 어쩌면 오로지 승리만을 추구하는
자신의 싸움 철학에 대한 최소한의 자위 같은 것일지도 몰랐
다. 바로 상대가 맨손이면 그도 맨손이며, 상대가 무기를 쓴다
면 그도 무기를 쓴다는 방식이었다.

어쨌든 소산과 투왕, 그들의 싸움에는 그 어떤 시작의 말도
형식도 필요가 없었다.

소산이 성큼성큼 다가오기를 기다려 투왕이 불쑥하니 세 주
먹을 잇달아 내친 것이 그 시작이었다.

퍽!

팍!

퍽!

무턱대고 다가서던 소산의 몸이 일시 멈칫하였다.

그러나 이어진 상황은 전혀 의외의 것이었다.

소산은 별 충격을 받지 않은 듯 다시금 앞으로 걸어나갔고,
오히려 크게 당황한 기색의 투왕이 얼떨결에 연속하여 세 걸
음이나 뒤로 물러서고 있었다.

투왕은 어이없다는 표정이 되어 있었다.

방금 그의 세 주먹은 비록 탐색의 의도가 강한 주먹이긴 하였으나, 그 주먹마다에 담긴 경력이란 것은 능히 뼈를 부수고 바위를 쪼갤 만한 것이었다.

더욱이 상대가 아예 피할 의지가 없었던지라 그 주먹들은 상대의 임맥(任脈)의 주혈(主穴)인 천돌(天突), 거궐(巨闕), 기해(氣海)를 정확히 타격하였다.

그런데 다만 멈칫거릴 뿐이라니? 그 주먹들을 고스란히 맞고도 여전히 밀고 들어오다니?

그렇다고 상대가 무슨 호신강기 같은 오묘한 신공의 조화를 부린 것은 분명 아니었다.

내력 실린 그의 주먹이 상대의 몸을 가격했을 때, 튕겨내는 반탄력이나 당기는 흡인력이나 그 외의 그 어떤 내가적(內家的)인 반응이라고 볼 만한 작용은 없었다.

또한 그렇다고 상대가 기이한 외공을 익혔다고 보기도 어려웠다.

설혹 그가 희대의 외공을 익혀 철골상피에, 나아가 금강불괴의 신체를 연마했다고 하더라도, 일단 그의 강력한 주먹에 맞은 이상 타격을 받지는 않는다고 하더라도 최소한 뒤로 밀려나기는 해야 하지 않겠는가?

그러나 그런 투왕의 당황과 의혹은 아주 잠깐이었다.

싸움에 대한 그의 소신대로 그는 이내 싸움 자체에 몰입해 들었다.

투왕은 차분하게 타격을 이어갔다. 점차로 내력을 증가시키면서.

소산은 기묘한 경험을 하고 있었다.

본래 평상시의 그의 내공의 특성은 그 자신조차도 그 존재를 알기 어려울 만큼 지극히 안정되고 잔잔한 특성을 가지는 것이었다.

그런데 지금 투왕의 주먹을 대하게 되었을 때, 그의 주변으로는 동시적으로 은근하면서도 무한히 거대한 소용돌이가 일면서, 찰나적으로 무한히 중첩된 층층의 공간들이 생겨나 투왕의 주먹과 그것에 서린 경력을 맞아나갔던 것이다.

결국 투왕의 주먹이 때린 것은 그의 몸이 아니라, 그의 몸과 일체가 되어 있는 무한중첩의 기공간이었다.

사실 소산의 내공이 이미 소산 자신의 상상조차도 초월할 만큼 엄청난 정도이고, 지금 이 순간에도 그의 의지와는 별개인 듯 무한중첩의 운기가 일어나고 있으며, 그로 인해 헤아리기 어려울 정도의 막대한 기운들이 끊임없이 유입되고 있다는 사실은 소산 자신에게는 이미 놀라움도 우려도 아닌 그저 자연스러운 일일 뿐이었다.

또한 그의 그런 무한의 내력들이 그의 내부에만 존재하지 않고 외부 공간으로 그 존재 영역을 확대시켜 나간 것도 이미 벌써 전부터의 일인 것이다.

일전에 도왕이 구환도로 일으켜 낸 거대 경력에 대해 피를 쏟으면서도 저항없이 고스란히 받아냈던 일에 대해, 당사자인 도왕을 비롯하여 능운상 등은 염동의 어떤 보이지 않는 방조가 있는 것으로 오해하였었다.

그러나 사실은 소산의 내공이 바로 그런 지경에 이른 덕분이었다.

그리고 그때를 계기로 하여 소산의 내공은 또 다른 새로운 경지로 진입해 든 것인데, 이제 다시 무림 역사상 그 누구도 경험해 보기는커녕, 상상조차도 해보지 못했던 가히 신기원의 경지로 진전되고 있는 것이다.

소산은 서서히 반격의 몸짓을 시작하고 있었다.

물론 그가 아는 박투의 초식이랄 것이 별달리 없으니 그저 중구난방 식의 단순한 손짓, 몸짓일 수밖에 없었다.

만약 그가 지금이라도 묵아를 빼 든다면 상황은 또 달라질 것이다. 묵아 자체가 가지는 예측 불허의 탄력과 낭창거림은 아무리 투왕이라고 해도 결코 쉽게 대응할 수는 없을 테니 말이다. 그러나 여전히 뭇매를 맞다시피 하면서도 소산에게는 전혀 그럴 의지가 없어 보였다.

하지만 내내 조마조마한 표정으로 지켜보고 있던 쌍맹은 이제 오히려 은근히 신나하는 기색이 되어 있었다.

아마도 그들의 방식으로 볼 때, 그토록 맞고도 물러서지 않고 줄곧 상대를 밀어붙이고만 있는 소산은 지금 결코 열세에 처해 있는 것이 아니기 때문일까.

아니면 그들 맹씨 형제가 소산에 대해 가지고 있는, 아무런 근거도 없이 굳건하기만 한 묘한 신뢰 때문일까.

염동은 가만히 고개를 가로저었다.

투왕의 그 맹렬하면서도 무지막지하기까지 한 권장각퇴의 몰매를 소산이 단지 맷집만으로 견디고 있는 자체가 기적이라고 해야 할 것인데, 지금 염동의 잔뜩 찡그린 표정에서는 외려 소산이 왜 맞받아치지 못하고 일방적으로 맞기만 하느냐 하고 못마땅해하는 기색이 역력했다.

그러다 이윽고 염동의 입에서는 빠르게 몇 마디의 말이 튀어나왔다.

"기왕에 싸움을 시작했으면 반드시 이기겠다는 일념으로 치열하게 싸워라! 싸움을 주먹으로만 하려고 하지 마라! 온몸으로 하라! 팔꿈치도, 무릎도, 가슴도, 어깨도, 엉덩이도, 머리도, 쓸 수 있는 것은 다 써야 하는 것이다. 그래도 안 된다면 붙잡고 늘어지고, 물어뜯으라! 싸움의 정의는 이기는 것이다!"

쌍맹이 싸움 구경에 몰입해 있느라 잘 느끼지 못했지만, 그때 염동의 어투는 평상시 공봉으로서 가주인 소산을 대할 때와는 딴판이었다. 마치 그들 맹씨 형제들에게 팔방풍우를 가르칠 때와 비슷한 질타의 느낌을 풍기고 있는 것이다.

염동의 질타가 이어지고 있었다.

"상대의 수가 현란하다고 해서 나까지 부산할 필요는 없다! 볼 수 있는 데까지 끝까지 상대의 수를 보라! 상대의 수가 아무리 다양하고 복잡하여도 내 몸에 떨어질 때는 결국 하나의 수

일 뿐이다! 그것을 볼 수 있다면 단순한 몸짓만으로도 능히 대응이 가능할 것이다!"

그랬다. 염동은 지금 소산을 가르치고 있었다.

비록 그런 가르침이 맨몸으로 투왕의 뭇매를 감당하느라 정신을 차리지 못하고 있는 듯이 보이는 소산의 귀에까지 전해질지는 의문이었지만.

그런데 어느 순간 소산의 움직임에 조금씩 변화가 생기기 시작했다. 그리고 그런 변화는 이윽고 확연히 눈에 띌 만큼으로 되어갔다.

소산은 더 이상 무턱대고 투왕을 따라다니지 않았다. 그의 움직임 또한 한결 다듬어졌다.

투왕의 현란하고도 격렬한 공세에 대해 불쑥불쑥 맞받는 반격에는 예측 불가의 돌출성이 있었다. 그로 인해 투왕은 이제 함부로는 공세를 펼치지 못하고 있었다.

염동의 고개가 다시 가로저어졌다.

그러나 이번에 그의 고갯짓에는 이전처럼 못마땅하다는 기색이 없었다. 오히려 놀라움과 함께 묘한 허탈감 같은 기색이 녹아 있었다.

사실 염동은 지금 소산에게서 마치 시전의 파락호가 일류고수로 변해가는 과정을 일순간으로 함축하여 지켜보는 것 같은 착각을 느끼고 있는 중이었다.

그것은 놀라운 한편으로 사람을 허탈해지도록 만드는 측면도 있었다.

그러나 또한 염동은 소산의 그러한 변화가, 그 능력이, 이미 벌써부터 그의 안에 다 갖추어져 있었다는 것을 익히 짐작하고 있었다.

　마침내 투왕은 질린 기색으로 되어가고 있었다.

　상대는 그토록 무수히 맞으면서도 충격은커녕, 오히려 점차로 느긋해지고 있었다. 오히려 당당해지고 있었다.

　마치 관찰하듯이 자신의 몸에 맹렬히 작렬하고 있는 타격들을 천천히 보고 있는 상대가 마치 괴물 같다는 생각을 투왕은 하고 있었다. 이전에 투왕 자신을 오로지 싸움에만 미친 괴물로 생각했을 그 숱한 패배자들처럼.

　투왕은 잠시 갈등하지 않을 수 없었다. 지금이라도 병기를 쓸 것인지 말 것인지에 대해.

　그러다 그는 돌연 훌쩍 신형을 솟구쳐 뒤로 이 장여를 날아가 바닥에 내려선 다음 크게 웃어 젖혔다.

　"으하하하하!"

　투왕의 그 웃음소리 속에는 과장된 여유와 그리고 한편으로 민망함과 노화가 뒤섞여 있었다.

　이어 투왕이 소산을 향해 소리쳤다.

　"아무래도 오늘의 싸움은 별 이득이 없을 듯하니, 노부는 이쯤에서 돌아가야겠다! 그러나 어린 놈! 다음에 노부와 다시 한번 조우하게 된다면, 그때는 결코 오늘과 같이 싱거운 싸움이 되지는 않을 것이다!"

다음 순간 투왕은 아무 미련도 없다는 듯이 휙 몸을 돌려서
는 빠른 걸음으로 걸어갔다.

그리고 그때 이미 사상자들을 수습하여 멀찌감치 물러나 있
던 전단의 무리들과 함께 금세 길 모퉁이 저쪽으로 사라져 갔다.

무무와 능운상의 머리 세 치 위로는 짙은 백색의 운무가 동
그랗게 뭉쳐 있었다. 그들의 운공이 한창 정점을 향해 치닫고
있다는 증거였다.

한쪽에서는 쌍맹이 소소를 도와 부산하게 식사 준비를 하고
있었다.

그런 쌍맹의 모습은 유순하기 이를 데 없는 것이어서, 영락
없이 대파산의 순박한 사냥꾼 맹씨 형제였다.

지금 그들의 어디에서도 천하최강의 전투 집단인 전단을 부
순 그 무한의 힘과 맹렬하다 못해 광기 어린 투지를 짐작해 보
기는 어려웠다.

그러나 그들은 이미 신화가 된 것이다. 강호의 새로운 신화.

아직까지는 강호의 누구도 알지 못하지만, 그들 스스로 또
한 짐작조차 못하고 있지만, 이제 머지않아 강호에 일대경동
을 몰고 올 무적쌍맹(無敵雙猛)이라는 별호의 주인공들이 바로
그들인 것이다.

第七章
쟁영(爭英)

지존
석산평전

이따금씩 마차가 멈출 때마다 소소가 전해주는 바에 따르면, 예령은 여전히 깊은 명상에 들어가 있다 했다.

예령의 몰입매진을 방해하지 않기 위해서라도 일행은 가능하면 평탄하고 소란스럽지 않은 길을 택해 급하지 않게 황도를 향해 가고 있었다.

소산은 다시 말이 없어졌다. 본래도 말수가 작은 편이었지만, 이즈음에 와서는 꼭 필요한 말 외에는 아예 입을 열지 않는 모습이었다. 그러나 그렇다고 해서 그의 기색이 딱히 침울하거나, 어둡거나, 혹은 차가운 것은 아니었다.

능운상은 소산의 한결 깊어진 눈빛을 보면서 문득 그런 생각을 해보았다. 어쩌면 그가 자신에게 닥친 감정의 격랑과 갈

등을 극복하고서, 보다 객관적인 주체로서 정신적인 성장을
이루고 있는 것이 아닌가 하고.

어쨌든 소산에게서는 기이한 무거움 같은 것이 은연중에 느
껴지는 데가 있었고, 그 때문에라도 그에게는 쉽게 말을 붙이
기가 어려웠다.

다만 염동과 소소만이 마치 감싸 안듯이 늘 소산의 주위를
가만히 맴돌고 있었다.

연경에 도착하는 대로 능운상이 개방의 지부를 통해 알아본
결과, 천하는 지금 한 가지 소문으로 인해 크게 술렁이고 있었
다.

그런데 그 소문이란 것은, 생각지 못하게도 바로 그들 일행
에 관한 것이었다.

어떻게 된 일인지 막상 자신들은 알지도 못하는 사이에, 그
들은 천하 이목의 한가운데에 서 있었던 것이다.

그들이 움직이는 동안, 천하의 이목은 마치 그들을 바짝 따
라서 움직인 듯하였다. 바로 어제 그들이 겪었던 사건마저도
이미 세상에 전해져 있는 것을 보면 말이다.

소문 중에는 능운상이 팔왕 중 비왕의 서른여섯 자루 비도
중 열두 자루의 비도를 능히 받아냈다는 사실이 있었고, 그 덕
분에 능운상의 일준이라는 별호는 이제 무당의 후기지수로서
의 명성을 넘어 천하청년영웅의 표상처럼 부각되어 있었다.

무무 역시 팔왕 중의 일인인 권왕의 삼 권을 대등하게 맞받

왔다는 사실로 인해, 그의 이름 앞에는 소림의 후기지수라는 의미의 일승(一僧)과 더불어 일권(一拳)이라는 별호가 동시에 붙어 있었다. 그야말로 하루아침에 떠오르는 신성으로서 천하의 주목을 받는 처지가 되어 있었던 것이다.

뿐만 아니라 소문에는 쌍맹이 투왕의 전단을 맞아 풍비박산을 내버렸다는 사실도 빠짐없이 포함되어 있었는데, 그리하여 쌍맹은 무슨 괴물 같은 거인역사(巨人力士)들처럼 묘사되어 무적쌍맹이라는 별호를 떡하니 꿰차고 있었다.

특히 예령에 관한 소문은 지나치다 할 정도로 상세하고도 세부적이었다.

소문에서 예령은 절세의 미모와 기품을 지닌 천하제일미(天下第一美)가 되어 있었다.

뿐만 아니라 그녀가 가문비전의 절세검법을 완성하였고, 그 경지가 이미 왕년의 검왕에 근접하였다 해서 소검후(少劍后)란 별호로 불리고 있었다.

예령 또한 전혀 알지 못하는 사이에 천하제일미에다 소검후까지, 두 개의 대단하고도 영광스러운 별호를 얻은 셈이었다.

더욱이 천하의 이목을 아예 들끓게 만들고 있는 소문은 바로 오늘 밤 자시에 숭덕왕부에서 벌어질 예령과 도왕의 생사결에 관한 것이었다.

그 소문을 뒷받침하여 도막과 검가 사이의 대를 이어 엉킨 오랜 원한 관계와, 도막의 현(現) 막주 모익과 그의 아들 및 손자가 이미 예령에 의해 죽거나 패했다는 소문까지 짜하니 퍼져 있었다.

이제 오늘 밤 도왕과의 결전에서 예령이 승리를 거둔다면, 그 젊은 여검사는 명실공히 팔왕의 위명을 뛰어넘어 일약 강호 역사상 최초로 검후의 자리에 오를 것이라고 했다.

천하는 그 갑작스럽고도 놀라운 소문들에 대해 크게 술렁이는 한편, 초미의 관심을 집중시키고 있었다.

소문은 대체적으로 사실이었으나, 또한 소문이란 것이 본래 그렇듯이 적당히 과장되고 또한 미화되어 있었다.

그러나 그 소문들이 진실인지 혹은 단순히 과장된 소문에 불과한 것인지에 관계없이, 천하는 다만 그 흥미진진함에 대해서만 관심을 집중시키고 있는 듯했다.

그것은 그 소문들이 충분히 새로운 신화가 될 만한 것들이기 때문이리라.

갑작스럽게 나타난 일단의 신성들. 무림의 태산북두라는 무당과 소림의 후기지수로서 이미 강호최고의 기재들로 불리고 있는 능운상과 무무가 이제 그 실제야 어찌 되었든 기존의 신화인 팔왕 중의 인물들과 무공을 겨뤘다는 사실.

거기에다 기존에 전혀 알려지지 않은 쌍맹의 무적용사로서의 면모. 그리고 무엇보다 천하제일미이자 이제 곧 검후가 될 것이라는 여신성(女新星).

세상은 언제나 새로운 영웅들의 출현을 기대한다.

특히 젊은 영웅들의 얘기야말로 언제나 세상 사람들의 가슴을 한없이 뛰놀게 하는 신화인 것이다.

천하의 젊은이들치고 절세의 무공과 기병, 그리고 절세가인
과의 열정적인 사랑을 꿈꿔보지 않는 자가 어디 있겠는가?

소문들에 대해 능운상은, 누군가 어떤 의도 혹은 음모를 가
지고 일부러 유포시켰을 것이라는 짐작을 해보지 않을 수 없
었다.

그러나 능운상은 자신의 그러한 추측에 대해 누구에게도 언
급하지는 않았다.

그것이 의도적이라 해도 혹은 음모라고 해도, 지금으로서는
일행 중의 그 누구도 마땅한 대응 방안을 낼 수 없을 것이기 때
문이었다.

다만 능운상은 경계를 늦추지 않아야겠다는 다짐 중에도,
어쩔 수 없이 막연한 불안을 느낄 수밖에 없었다.

                    *   *   *

"숭덕왕부 인근에는 벌써부터 무림인들이 모여들기 시작한
다고 하더군요."

"흠! 삼황숙은 이미 대세에서 한참이나 비켜선 인물인데, 그
가 이제 와서 그런 돌출행위를 하는 이유가 무엇일까요?"

"글쎄요! 그가 노리는 바가 무엇인지는 아직 알 수 없으나,
지금 시점에서 분명해 보이는 것은 그에게 세상의 이목을 끌
겠다는 의중이 있다는 것입니다."

"세상의 이목을 끌겠다?"

"그리고 그동안 우리가 준비해 온 천하영웅대회가 바로 내일이니, 하필이면 오늘 밤에 이처럼 천하의 관심을 크게 집중시키는 사건이 벌어지는 것은 아무래도 부정적인 영향으로 작용한다고 해야겠지요."

"허허! 구파일방과 태자 측이 이달 보름에 예정하고 있는 천하결사대회(天下結社大會)를 며칠 앞두고 우리 쪽에서 영웅대회를 개최하는 것과 마찬가지로군요. 더욱이 오늘 밤의 일에는 소림과 무당의 후기지수들이 관여하고 있다지 않습니까?"

"사실은 저도 그 점이 좀 개운치 않기는 합니다. 그러나 오늘 밤 저들의 행사는 우리 측의 영웅대회뿐만이 아니라, 결국에는 며칠 뒤의 구파일방 측의 결사대회에도 마찬가지로 악영향을 끼칠 터이니, 소림과 무당이 문파 차원에서 이 일에 관여하고 있다고 보기에는 아무래도 석연치 않은 점이 있습니다. 또한 삼황숙 측에서 태자 측과 공조를 취할 가능성은 더욱 희박하고요."

"하지만 삼황숙은 한때 용재(龍材)라 불렸을 만큼 뛰어난 인물이라고 하니, 혹시 어떤……?"

모용추(慕容諏)는 잠시 남궁단(南宮丹)을 바라보았다.

남궁단은 중후한 인상이어서 언뜻 보기에 무인처럼 보이지 않고, 마치 문사나 조정의 관리처럼 보였다.

그러나 그는 당대 남궁세가주의 동생이며, 이십 년 전 처음 열린 오대세가 소속 청년영재들의 비무대회인 용비대회(龍比

大會)에서 발군의 무공으로 우승을 차지하였고, 당금에 이르러서는 명실공히 오대세가 제일의 고수라 인정받는 인물이었다.

또한 남궁단은 이번 황도의 거사에 참여한 오대세가의 주력들을 총괄하는 행수이기도 했다.

모용추가 빙그레 웃으며 대답했다.

"과거의 삼황숙이 용재라 불렸다고 하더라도, 현재의 그는 자신의 몸 하나 담글 작은 연못조차도 없는 궁핍한 처지일 뿐입니다. 그는 이미 오래전부터 철저하리만치 대국(大局)에서 소외되어 온 터라 이제는 결코 재기할 수 없게 되었습니다. 비록 이번에 강호를 횡행한 그의 행보에 어떤 비밀스러운 의중이 있는지는 알 수 없으나, 어쨌거나 분명한 점은 이제 천하의 대세는 오황숙과 태자 간의 막판 승부로 결정된다는 것입니다. 결국 이 시점에서 삼황숙이 그 어떤 묘수를 낸다고 하더라도 한낱 티끌 같은 변수조차 되지 못한다는 의미입니다."

모용추는 그 대목에서 잠시 뜸을 들인 후 다시 말을 이었다.

"하지만 그들의 의도가 어떤 것이라고 해도, 이 일이 우리에게 반드시 나쁜 쪽으로만 작용한다고 볼 필요는 없을 것입니다."

남궁단이 가볍게 미간을 좁히며 모용추를 바라보다가 이내 나직이 웃으며 말했다.

"하하하! 모용추 대협의 말씀을 이해하기란, 저 같은 필부에게는 늘 어려운 점이 따르는군요."

모용추가 따라서 웃으며 겸양하였다.

"허허허! 남궁 대협께서 필부라면, 저 같은 사람은 졸부라고 하는 수밖에 없지 않겠습니까?"

"하하하! 그 무슨 당치 않은 말씀이십니까?"

그때 모용추가 여전히 웃는 얼굴로 말했다.

"오늘 밤 우리도 숭덕왕부로 구경이나 가도록 하지요. 천하에서 가장 흥미로운 사건이라고들 하지 않습니까?"

"예? 그건 또……?"

"하하하! 구경하다 보면 의외로 재미있는 일들이 생길지도 모를 일이고요."

"재미있는 일이라면……?"

"뭐 이를테면, 도왕과 삼황숙, 그리고 구대문파 사이에 어떤 밀약이 있을 수도 있는 일 아니겠습니까? 검왕의 후예라는 그 여아가 아무리 천고에 드문 자질을 타고났다고 해도, 새파랗게 어린 계집아이가 감히 도왕의 상대가 될 것이라고 순순히 믿어주기는 아무래도 무리가 있지 않겠습니까?"

"흠! 그렇군요. 과연 그럴 수도 있겠군요."

"그런 측면에서 우리는 어쩌면 생각 외의 수확을 얻을지도 모릅니다."

"허허! 점점 더 모를 소리만 하십니다."

남궁단이 짐짓 고개를 가로젓자 모용추가 빙그레 웃으며 말을 이었다.

"사실은 오히려 잘된 일인지도 모른다는 생각을 하고 있는 중입니다."

"오히려 잘된 일이라니요?"

"내일의 영웅대회는 사실 기대만큼 천하의 관심을 끌기는 어려운 일이어서, 결과적으로는 우리 오대세가만의 대회로 될 공산이 크다고 봐야 하지 않겠습니까? 물론 그럼에도 대회를 개최한다는 의미 자체는 작지 않지만 말이지요."

"음! 그거야……!"

"그러나 만약 우리가 저들의 오늘 밤 행사를 그대로 우리의 영웅대회로 이어가는 개념으로 활용한다면……?"

"호오?"

"이미 많은 군웅들이 몰려들고 있다 하니, 오늘 밤 그곳은 아마도 천하에서 가장 큰 관심과 흥미, 그리고 열광을 받는 장소로 변할 것입니다. 그런데 막상 뚜껑을 열고 보니, 군웅들의 관심을 충족시킬 만큼의 내용이 전혀 되지 못한다면……? 이를테면, 도왕과의 결전이 원래부터 와전된 소문이었다든지, 혹은 실제로 그 대결이 이루어진다 해도 도왕의 일방적인 원한풀이로 끝이 난다거나 하는 상황 등을 말하는 것이지요. 만약 그렇다면 그때 군웅들은 미처 채워지지 않은 관심과 흥미를 대체할 무엇인가를 찾게 되지 않겠습니까?"

남궁단이 가만히 고개를 끄덕이고 있었다.

      *   *   *

철와(鐵瓦)로 지붕을 인 일 장 높이의 높다란 담장은 마치 거대한 성벽을 연상케 했다.

아닌 게 아니라, 몇 개의 나지막한 구릉을 끼고 있긴 하지만 넓게 트인 평야 지대를 앞으로 두고, 뒤로는 좌우로 가파르게 솟은 산을 끼고서 그 가운데에 자리 잡은 그 거대한 장원은, 입구만 지키면 그야말로 난공불락이 될 전형적인 요새로서 조금도 손색이 없어 보였다.

그곳은 바로 숭덕왕부였다.

소산 일행이 숭덕왕부에 도착한 것은 신시 말(申時 末:오후 다섯 시경) 무렵이었다.

왕부의 육중한 문은 굳게 닫혀 있었기에 일행은 우선 마차와 말을 세우고 쪽문을 통해 왕부 안으로 기별을 넣었다.

기다리는 동안 능운상이 주위를 살펴보니 한옆에 담장에 기대어 하늘만 가리는 넓은 천막 두 개가 나란히 쳐져 있었다.

그리고 그 앞쪽으로 십여 장이나 떨어져서 진한 횟가루로 반경 오 장여의 둥그런 원이 그려져 있었는데, 그것이 바로 예령과 도왕의 결전을 위한 일종의 비무대를 표시하는 것이라는 사실을 능운상은 곧바로 짐작해 볼 수 있었다.

미처 예상치 못한 일이었다.

도왕과 예령의 결전이 단순한 비무가 아니라 생사결인 이상, 그리고 처음부터 그 결전의 장소가 숭덕왕부로 정해진 이유 자체가 양측 모두에 공정성을 보장하고 번거로움을 피하기 위한 취지였음을 생각한다면, 천막을 치고 횟가루로 공간을 표시하는 따위의 일은 너무도 부적절한 것이었다.

하긴 이미 짜하니 퍼진 소문과, 더욱이 멀찍이 초지와 구릉 이곳저곳에 벌써부터 적지 않은 숫자의 군웅들이 자리를 잡고 있는 터에, 그런 생각들이 다 무슨 소용이랴!

그때 왕부의 문이 열리고 전형적인 관료의 분위기를 풍기는 초로의 인물이 모습을 보이고 있었는데, 그 뒤에는 하인 차림의 장한들 몇몇이 딸려 있었다.

왕부의 집사라고 자신을 소개한 그 인물은 우선 주치의 물건들이 실린 마차부터 찾더니, 마치 주치가 그 안에 타고 있기라도 하듯 빈 마차에다 대고 지극히 공손하게 허리를 숙여 예를 표했다. 이어 하인들이 왕부 안으로 마차를 몰고 들어갔다.

연후에 집사는 예령을 찾았다.

소소가 예령이 깊은 명상에 들어 있는지라 깨울 수 없다는 사정을 말하였음에도 집사는 개의치 않고 마차 앞으로 가서 섰다.

그리고 그는 마치 보고라도 하듯이 일련의 상황들을 얘기하기 시작했는데, 보이지 않는 예령을 대하는 집사의 태도는 지나치리만치 공경스러운 데가 있었다.

"전하께서는 어젯밤에 왕부로 돌아오셨다가 오늘 이른 아침에 황상께서 급히 찾으신다는 연락을 접하고 황망히 입궁(入宮)하셨습니다. 그러나 오늘 밤 안으로는 반드시 돌아올 것이니, 소저와 일행 분들을 맞을 준비에 추호의 소홀함도 없도록 하라고 명하셨습니다. 한데 어찌 된 일인지 오늘 정오 무렵부터 강호의 야인들이 왕부 근처로 몰려들기 시작했습니다. 그렇지 않아도 근래 황도의 민심이 흉흉한지라, 만일의 사태와 그에 따른 식솔들의 안위를 크게 염려하신 대부인께서는 왕부의 문을 닫고 경계를 강화하라는 명을 내리시기에 이르렀습니다. 하여 임시로 왕부 밖에다 몇 가지의 임시조치를 할 수밖에 없었으니, 전하께서 돌아오실 때까지만 부디 불편함과 못마땅함을 참아주시기 바랍니다."

이어 마차 안의 예령을 향해 허리를 숙여 보인 집사는 자신의 할 일을 다 했다는 듯이 몸을 돌려 다시금 왕부 안으로 들어갔다.

천천히 닫히는 왕부의 문을 보면서 능운상의 얼굴에는 엷은 고소가 떠오르고 있었다.

사위가 완연한 밤의 적막에 잠긴 시간.

하늘에는 달과 무수한 별들이 은은하고도 총총한 빛들을 뿌리고 있었고, 땅에는 여기저기에서 군웅들이 밝혀놓은 환한 횃불들이 밤의 어둠을 멀찌감치 밀어내 놓고 있었다.

어느 순간 저쪽 구릉쯤에서 두어 마디의 외침 소리가 사방의 적막을 깼다.

"일랑 남궁진성이다."

"모용세가의 소가주 모용의다."

이어 마치 파문처럼 군웅들 사이로 술렁거림이 번졌다. 그리고 그 술렁거림은 지금 이곳에 또 하나의 흥밋거리가 추가로 생겼음을 의미했다.

오대세가와 구파일방이 목하 천하패권을 두고 벌어지고 있는 정쟁에 각기 다른 쪽에다 줄을 대고 있다는 사실은 강호 전역에 이미 파다하게 퍼져 있는 터였다.

그러니 소림과 무당의 후기지수들이 관련되어 있는 오늘 밤의 사건에 예상치 않게도 오대세가의 소가주들이 나타났으니, 그야말로 흥미로운 중에 다시 흥미를 북돋우는 상황이 아닐 수 없는 것이다.

한편으로 이미 소문이 천하청년영웅의 표상으로 만들어낸 일준일권(一俊一拳)과, 오대세가를 대표하는 청년기재들인 남궁진성과 모용의가 이제 서로 대면하였으니, 만약 그들이 우열을 가리고자 한다면 그야말로 용쟁호투의 형세가 되지 않겠는가?

일랑(一郎) 남궁진성(南宮眞悍).

오대세가의 수장 격인 남궁세가의 소가주로 금년 나이 스물넷의 그는 임풍옥수라고 할 만큼 수려한 용모로 일찍부터 천하제일미남, 혹은 천하제일의 풍류남아로 강호에 이름을 알리고 있는 청년이다. 게다가 내년이면 있게 될 오대세가의 제이차 용비대회(龍比大會)의 우승 일순위로 지목될 만큼 뛰어난 무공을 지닌 것으로 알려져 있었다.

모용의(慕容宜).

모용세가의 소가주다. 비록 남궁진성에 비해서는 조금의 격이 있다고 하겠지만, 그 또한 강호의 청년기재들을 거론할 때면 결코 빠지는 법이 없었다.

몇 년 전 능운상과 남궁진성은 한 번 만난 적이 있었으나, 막상 말을 나누어보지 못하였다.

어쩌면 강호정파를 양분하는 구파일방과 오대세가의 태생적인 경쟁과 견제로 인해, 두 사람 간에는 호의보다는 경계가 우선일 수밖에 없는지도 몰랐다.

지금도 그랬다. 능운상이 가벼운 미소로써 남궁진성에 대해 아는 체를 하였으나, 남궁진성은 때맞춰 그를 외면하며 곁의 모용의에게 얘기를 걸고 있었으므로, 능운상은 쓰게 웃을 수밖에 없었다.

그때 능운상의 얼굴이 가볍게 굳어졌다.

남궁진성과 모용의의 뒤쪽으로 남궁단과 모용추의 모습을 발견하고서였다.

능운상의 시선이 언뜻 무무에게로 향했다.

그러나 가만히 자신의 시선을 받아주는, 아무런 갈등도 고민도 없이 그저 맑고 담담하기만 한 무무의 눈빛에 대해 능운상의 안색은 이내 어두워지고 말았다.

바로 그때, 능운상은 문득 경구 하나를 떠올렸다.

'진중소신(鎭重所信)!'

바로 소림의 굉조 선사가 개방의 백궁 장문인을 통해 보낸 경구였다.

다음 순간 능운상은 천천히 고개를 끄덕였다. 그런 능운상을 보고 무무가 빙그레 미소를 떠올리고 있었다.

그런데 무무의 그 미소가 하도 티없어서, 그리고 너무도 단순명료해서 능운상 또한 빙그레 웃음 짓고 말았다.

"오늘 밤 도왕과 대결한다는 세간의 소문은 혹시 잘못 전해진 것이 아니오? 아니면 처음부터 천하를 기만하고자 하는 의도를 숨기고 있던지?"

남궁진성의 말은 다분히 시비를 만들고자 하는 의도가 엿보였으나, 그 목소리만큼은 차고 맑았다.

능운상이 차분하게 대답했다.

"소문은 사실이오. 그리고 알려진 대로 이 일은 당사자들 간의 원한을 해결하고자 하는 이외에 다른 의도 같은 것은 조금도 없소!"

강호천하의 청년영웅들을 대표한다고 할 수 있는 두 사람이 말을 주고받자, 사방에 산재한 군웅들의 이목이 일제히 집중되었다.

"보다시피 이곳에는 이미 수많은 천하의 영웅호걸들이 모여 있으니, 다만 그대의 말 몇 마디로 그 같은 의문을 해소하기에는 부족함이 있다고 할 것이오."

남궁진상의 맑은 목소리가 차가운 밤공기를 타고 사방으로 퍼져 나가자, 가깝고 먼 몇 군데에서 '옳소!', '일리있는 말이오!' 하는 등의 반응들이 흘러나왔다.

그에 능운상이 고소를 지으며 말했다.

"이제 자시가 되면 저절로 밝혀질 일이오. 또한 두 가문의 무거운 원한이 얽힌 사안이니, 무관한 제삼자들이 개입할 일이 결코 아니라고 할 것인데, 더욱이 무슨 의문을 해소하라는 말이오?"

"만약 뭔가 숨겨진 음모가 있다면, 결코 상관이 없을 수가 없소! 그러니 최소한의 확인은 필요하다고 할 것이오!"

이번에는 사방에서 보다 많은 수의 군웅들이 동조했다. 그에 힘입은 듯이 남궁진성의 목소리가 커졌다.

"도왕과 대결할 소검후의 얼굴을 군웅들이 미리 확인할 수 있도록 해주시오!"

한 번 발동한 군웅심리 때문일까.

남궁진성의 그러한 요구는 보통의 상황에서라면 당연히 지나치다고 하였을 것이나, 지금 사방 여기저기에서는 보다 강한 동조의 표시들이 쏟아지고 있었다.

그때 능운상이 사방을 돌아보며 노갈을 터뜨렸다.

"오늘 이곳에 모인 군웅들 중에 초대받은 이가 한 사람이라도 있소! 오늘 대결의 당사자들은 세상의 관심을 피하고자 이처럼 외진 장소와, 또한 밤늦은 시간을 택하였던 것이오! 그런데 어찌하여 이 일과 조금의 상관도 없는 사람들이 몰려와 이처럼 경우에 맞지 않는 억지를 부린다는 말이오!"

공력이 실린 능운상의 그 외침이 우렁우렁하니 사방을 울리자, 사방 군웅들의 웅성거림이 금세 잦아들었다.

그러나 그때 남궁진성이 또한 외쳤다.

"다만 소검후의 얼굴을 확인시키는 일이 무에 어려울 것이 있다고 억지라고까지 말을 하는 것이오? 그대가 이처럼 강하게 거부하는 것은 혹시 다른 이유가 있기 때문은 아니오? 혹시 그녀가 타고 있다는 저 가마가 실은 비어 있거나, 혹은 엉뚱한 사람이 타고 있는 것은 아니오?"

남궁진성의 목소리에 또한 심후한 공력이 담겨 있어서, 방금 능운상의 외침에 비해 조금도 못하지 않게 사방의 대기를 우렁우렁하게 울렸다.

그에 사방의 군웅들이 다시금 동조하며 술렁거리기 시작했다.

능운상의 얼굴이 딱딱하게 굳어졌다. 노기 가득한 그의 눈길이 정면으로 남궁진성을 쏘아보았다.

그리고 그러한 두 젊은 사자들의 팽팽한 대치는 곧바로 주변의 긴장으로 이어졌고, 그로 인해 사방의 웅성거림은 다시 잦아들었다.

'기왕이면 제대로 부딪쳐 보는 것도 나쁘지 않을 것이다!'

그것이 조카이자 제자이기도 한 남궁진성에 대한 남궁단의 생각이었다.

소림과 무당의 후기지수들에 대한 남궁진성의 경쟁심 내지는 호승심에 대해 간섭하려는 생각이 없었기에, 모용추가 은근히 남궁진성과 모용의를 부추기는 것에 대해서도 남궁단은 모른 척 넘어갔었다.

그러나 남궁단은 모용추와는 조금 다른 생각을 하고 있었다.

양쪽의 청년들 사이에 어느 정도의 시비를 일으킴으로써 오늘 밤 형세의 주도권을 은연중에 오대세가가 이끌어보겠다는 요량은, 남궁단에게는 다만 작은 포석에 불과했다.

  '아마도 승패를 예측하기 어려운 박빙의 승부일 것이다. 그러나 승패는 그다지 중요치 않다.'

  남궁단은 이미 남궁진성이 일준, 혹은 일권과 승부를 겨룰 경우에 대한 생각을 하고 있었다.

  이기면 좋고, 반대로 져도 좋다는 생각이었다. 이기고 지고 하는 것을 떠나서 이번 기회에 남궁진성이 세상이 넓음을, 그와 능히 비견되는 기재들이 없지 않음을 직접 확인해 보기를 바라는 마음이었다.

  '백년 이래 세가 제일의 자질을 타고났으나, 아직까지 대기(大器)가 되기에는 많이 부족하다.'

  지금의 남궁진성에 대한 남궁단의 평가는 한마디로 그랬다. 뛰어나다고 할 수는 있으나, 훌륭하다고 하기에는 아직 부족하였다.

  그런 데에는 그에게 모아진 주변의 지나친 기대와, 더하여 패기와 당당함을 넘어서는, 스스로의 재주에 대한 남궁진성의 과신과 오만도 큰 원인 중의 하나였다.

  '젊은 시절 한 번쯤은 과신과 오만이 꺾이는 경험을 해보는 것이, 길게 보아 저 아이에게는 오히려 좋은 약이 될 것이다.'

  남궁진성은 지금 한참 승부와 명예에 예민할 때였다.

더욱이 소림과 무당의 후기지수들과 남궁진성은 어차피 평생의 경쟁자로 살아갈 운명이었다. 그것이 오대세가와 구대문파의 후계자라는 그들 각자의 태생적 운명인 것이다.

특히 일준은 남궁진성과 함께 강호의 청년기재들 중에서 이름을 다투는 사이였다.

그러니 자칫 패하기라도 한다면 그 마음의 상처를 치유하기가 결코 쉽지는 않을 것이다.

그러나 일생에 단 한 번의 패배를 당해야 한다면, 그럼으로 해서 그 이후로는 누구에게도 다시는 패하지 않을, 바로 그런 뼈아픈 패배를 당해야만 하는 것이다. 남궁진성에게는 지금이 바로 그때일 수 있었다.

남궁단은 문득 약간의 열기를 느꼈다. 그것은 뿌듯함이리라! 그가 지금 하고 있는 것이 걱정이든, 고민이든, 그것은 근원적으로 남궁진성이 뛰어나기 때문이다.

'청출어람! 순수한 무공만으로는 녀석은 이미 나에 근접했다. 이제 경험만 쌓는다면, 장차 능히 팔왕을 능가하리라! 그리하여 저 아이로 인해 남궁세가의 새로운 역사가 시작될 것이다.'

그때 모용추는 묘한 웃음기가 담긴 눈빛으로 모용의를 보고 있었다.

자질이나 무공의 성취 면에서 모용의가 남궁진성에 비해 못하다는 것은 모용추 자신도 익히 인정하고 있는 바였다. 그러나 그 차이는 그야말로 백지 한 장 차이였다.

한편 모용의는 남궁진성이 가지지 못한 한 가지 결정적인 유리함을 가지고 있었다.

바로 자신의 기회가 올 때까지 기다릴 줄 아는 인내심과, 또한 그때까지 적당히 스스로를 숨길 줄 아는 지혜로움이다.

능운상은 힐끗 소산 쪽을 돌아보았다. 물론 소산에게서 딱히 어떤 해답이나 방향을 찾고자 하는 것은 아니었다. 그저 별다른 이유 없이 자신도 모르게 눈길이 그쪽으로 향했을 뿐이었다.

소산은 무슨 생각을 하는지 무심한 얼굴이었다. 요즘 들어 영 속을 알 수 없는 소산이었다.

능운상의 시선은 이어 소산의 곁에 선 염동에게로 옮겨졌다.

능운상의 시선을 느꼈는지 염동이 다소간 곤혹스럽다는 듯이 소산을 불렀다.

"가주!"

그 부름에 대해 소산은 돌아보지도 않고 가볍게 고개를 끄덕였다.

그런데 염동은 소산의 그 고갯짓에 담긴 의미에 대해 쉽게 공감을 한 모양이었다.

대뜸 예령 등이 타고 있는 마차로 걸어간 염동이 마차 안을 향해 말했다.

"소 낭자! 잠시만 마차 문을 좀 열어야겠네!"

염동의 목소리는 그다지 큰 편이 아니었다.

그러나 마침 주변이 그의 갑작스러운 행동을 주목하느라 쥐 죽은 듯한 침묵을 이루고 있는 데다, 사방에 모여든 군웅들 중 내공이 심후한 이들이 듣고 주변으로 전했기에, 이내 사위의 모든 시선들이 일제히 마차의 문을 향해 집중되었다.

그때 마차 측면의 작은 창문이 천천히 열렸다. 그리고 횃불 빛에 비쳐 마차 내부의 일부 정경이 드러나고 있었다.

마차 안에는 세 여인이 다소곳이 앉아 있었다.

가운데의 소소와 안쪽의 당고는 그림자에 가려 일렁이는 횃불 빛에 이따금씩 얼굴의 일부가 약간씩 드러나는 정도였다.

그러니 바깥의 군웅들이 소소의 그 은근하고도 고운 얼굴과, 당고의 뇌쇄적인 백치미를 알아보기에는 무리가 있었다.

예령은 바로 창가에 앉아 있었는데, 마치 입정한 고승처럼 엄숙하게 두 눈을 감은 채였다.

그러나 그녀의 고아한 자태와 눈부신 미모는 군웅들의 술렁임을 한순간에 잠재우는 동시에, 그녀가 바로 소문의 그 천하제일미이자 소검후라는 사실을 조금의 의심도 없이 믿도록 만들기에 충분하였다.

마차의 작은 창문은 금방 다시 닫혀 버렸다.

군웅들 사이에서는 탄식들이 쏟아졌지만, 곧이어 모호한 침묵이 뒤따랐다.

그런데 그때 돌연히 사방의 침묵을 깬 것은 지금까지 상황을 주도해 온 남궁진성이나 능운상 등이 아니라 전혀 엉뚱한 인물이었다.

옥색장삼의 청년 하나가 돌연 예령이 타고 있는 마차를 향해 짐짓 거칠 것 없다는 듯이 휘적휘적 다가가고 있었던 것이다.

은은하게 옥색 빛이 도는 귀한 질감의 장삼을 걸친 그 약관쯤으로 보이는 청년은 지금까지는 전혀 돋보이지 않았었다.

아마도 그것은 그가 하필이면 남궁진성과 모용의 같은 워낙 걸출한 청년들과 가까이에 서 있었기 때문일 수도 있었지만, 수많은 군웅들 중에서는 청년이 누구인지 짐작하는 사람은 없어 보였다.

그러나 옥색장삼의 청년은 곧 걸음을 멈출 수밖에 없었다. 소산의 뒤에서 쌍맹이 앞으로 나와 그 앞을 막아섰기 때문이었다.

그러자 지금껏 약간의 거리를 두고 청년을 따르던 십여 명의 무사들이 대번에 거리를 좁혀 청년의 주변을 삼엄하게 호위했다.

그런데 언뜻 선보인 그들 십여 명 무사들의 움직임은 놀라울 정도로 날렵하여서, 그들이 지닌 무공이 결코 평범하지 않다는 것을 쉽게 짐작할 수 있었다.

한편 그러한 사실은 군웅들로 하여금 대번에 청년에 대한 호기심을 고조시키도록 만들었다.

"다만 모습을 보인 것만으로는 충분치 않소! 도왕과 승부를 겨루기로 한 것이 사실인지 소검후에게 직접 물어봐야겠소!"

옥색장삼 청년의 그 외침은 앞을 가로막은 쌍맹이 아니라 군웅들을 향한 것이었다.

그러나 청년의 그 외침은 아마도 그가 기대했음직한 군웅들의 호응을 바로 얻어내지는 못했다.

사실은 이미 소검후의 얼굴을 본 것만으로도 군웅들은 다수의 힘을 빌어 소검후와 그의 동료들을 지나치게 핍박했다고 할 수 있었다. 그런데 여기에서 더 이상 그들을 압박한다는 것은 그 정도가 너무 지나치다는 무언의 교감이 군웅들 사이에서 생긴 듯했다.

혹 어쩌면 군웅들은 소검후의 천하제일미로서의 진면목을 보고 난 다음에 갑자기 영웅호걸로서의 체면을 지키고 싶어졌는지도 모를 일이었다.

남궁진성이나 모용의 역시도 암묵적으로 형성되고 있는 군웅들의 교감에 심정적으로 동조하기는 마찬가지였다. 비록 그 옥색장삼의 청년이 바로 대륙상가의 소가주이자, 오대세가가 지금 주군으로 받들고 있는 오황숙 주활의 처남으로, 천하에서 가장 화려한 이력의 소유자이긴 했지만.

그러나 남궁진성과 모용의, 그리고 조금 떨어진 뒤쪽에서 상황의 진전을 살피고 있는 남궁단과 모용추까지도 선뜻 그 청년을 제지할 의지는 없어 보였다.

어쨌든 아직까지는 아무런 사단도 벌어지지 않았으니, 그 대단한 지위의 청년이 하고자 하는 바를 함부로 제지하기 어려운 입장인데다, 아울러 지금 그 청년을 호위하고 있는 열 명의 무사들, 바로 대륙상가의 밀위(密衛)들이 지닌 막강한 무위를 익히 알고 있기 때문이기도 했다.

대륙상가의 소가주는 다시 한 걸음을 불쑥 내디뎠다.

그를 따라 십여 명의 밀위가 또한 일제히 움직였다. 그럼으로써 그들과 쌍맹 사이의 거리는 채 세 걸음이 되지 않을 정도로 좁혀졌다.

소산이 쌍맹이 벌려 선 가운데로 나선 것은 그때였다.

이어 소산이 급하지 않은 어조로 나직이 말했다.

"한 걸음만 더 다가온다면 용서하지 않겠다."

그 특유의 무덤덤한 기색으로 인해 별생각없이 내뱉는 말 같았지만, 소산의 말에는 분명한 경고가 들어 있었다.

순간 밀위들에게서 섬뜩하도록 예리한 일단의 기세가 확 뿜어져 나왔다.

그리고 그 기세의 한가운데서 대륙상가의 소가주가 크게 웃으며 외쳤다.

"하하하하! 용서하지 않겠다고? 네가? 나를? 좋다. 나는 네가 과연 어떻게 나를 용서하지 않는지 한번 보아야겠다."

이어 그는 보란 듯이 천천히 오른발을 들어 앞으로 내디딜 자세를 취했다.

그러자 군웅들 중 여기저기에서 탄식과 혹은 탄성들이 흘러나왔다.

그때 소산이 다시 나직하니 중얼거렸다.

"이것은 마지막 경고이다."

이어 소산은 천천히 앞으로 두 걸음을 나아가 가볍게 손을 들었다.

다음 순간 한소리 경쾌한 음이 주변을 울렸다.

짝!

그리고 대류상가 소가주의 얼굴이 한쪽으로 홱 돌아갔다.

그때 소산은 다시 뒤로 두 걸음을 물러서 원래대로 쌍맹이 벌려 선 가운데로 돌아왔다.

그것은 참으로 기이한 일이었다.

소산의 움직임은 결코 빠르지 않아서 오히려 느릿하다고 해야 할 정도였는데, 그가 두 걸음을 걸어나가 대류상가 소가주의 뺨을 치고 다시 원래의 자리로 돌아갈 때까지 주위의 어느 누구도 움직이지 않은 것이다. 마치 주변의 모두가 그 상황에 대해 일시적인 방관자들이라도 된 것처럼 말이다.

그 방관자들 속에는 대류상가의 밀위들이 포함되었으며, 심지어는 뺨을 맞은 대류상가 소가주 자신도 포함되어 있었다. 사방의 군웅들 또한 모두 침묵하는 방관자들이었다.

다만 그런 중에 소산의 등 뒤에서 염동만이 입가에다 빙그레 묘한 미소를 떠올려 놓고 있었다.

당연히, 그리고 진작에 있었어야 했을 반응들은 다시 촌각의 시간이 지난 다음에야 생겨났다.

"이런 찢어 죽일 놈! 감히 날 쳐?"

이를 부드득 갈아붙인 대류상가의 소가주가 밀위들을 향해 외쳤다.

"저놈을 부서 버려!"

그제야 화들짝 놀란 듯이 밀위들이 일제히 칼을 뽑아 들었다.

챙!

스릉!

그러나 바로 코앞에서 벌어지는 그 살벌한 움직임들에 대해 소산은 전혀 반응하지 않았다.

움직이지 않기는 쌍맹 또한 마찬가지였다. 그러나 그때 쌍맹의 퉁방울 같은 두 눈은 경악으로 부릅떠져 있었다.

휘류류류류!

사방 공간에서 무엇인가가 가늘게 흐느끼고 있었다. 그리고 연이어 기묘한, 아니, 섬뜩한 절단음들이 뒤따랐다.

서걱!

치잉!

그리고 동시 다발로 처절한 비명들이 터져 나왔다.

"악!"

"크악!"

"으악!"

사방으로 피가 튀고 있었다. 아주 난무하고 있었다. 어둠 속에서도 피의 색깔은 여전히 붉었다. 어쩌면 보는 사람의 뇌에 피는 붉을 수밖에 없다고 이미 각인이 된 때문일까?

이미 피가 질펀한 바닥에서, 그리고 울부짖는 비명 속에서

징그러운 물체들이 펄쩍거리며 바닥을 뛰어다니고 있었다.

손목이었다. 팔이었다. 혹은 발목이었고 다리였다. 그것들은 사방으로 피를 분사하며, 땅바닥에 팽개쳐진 활어처럼 펄떡이며 마구 뛰어다니고 있었다.

잔인을 극한 광경이었다.

그러나 군웅들은 그 잔인함에 대한 혐오와 공포를 느끼기 이전에, 지금 도대체 무엇이 그 잔인한 광경을 만들어내고 있는지에 대한 의혹에 더욱 집착을 두고 있었다.

바로 묵아였다.

시력이 좋은 자들이라면 지금 어둠 속에서, 그리고 달빛과 별빛과 흔들리는 횃불 빛 속에서 모호한 희끄무레함으로 흐느적거리며 춤추는 한없이 가는 검은 빛살의 존재를, 사방 공간을 온통 지배하고 있는 그 정체 모를 무형의 공포를 어렴풋이나마 느낄 수가 있을 것이다.

소산은 지금 묵아를 휘두르지 않고 있었다.

그는 다만 무한정의 내력과 의지로 묵아를 조종하고 있었다.

그리하여 묵아는 그 극한의 부드러움과, 그 극한의 예리함과, 무한정의 길이를 지니는, 말 그대로의 무형의 공포가 되어 사위를 지배하고 있었다.

그것이야말로 바로 묵아 본연의 전설인 제왕사검(帝王絲劍)의 진면목이었다.

또한 그것은 소산의 진면목이었다.

소산의 능력은 이제 누구도 상상하지 못할 절대의 단계로 접어들고 있는 것이다.

다만 소산 자신은 스스로의 그러한 능력에 대해 여전히 잘 알지 못하고 있었다. 아니, 그러한 것에 대해 관심을 가지거나 혹은 굳이 알려고 하는 마음 자체를 가지고 있지 않았다.

"으아악!"

길게 울부짖는 비명 소리에 소산은 문득 미몽에서 깨어난 듯이 흠칫 어깨를 떨었다.

그리고 다음 순간, 사방 공간을 잔혹스럽게 장악하고 있던 묵아의 공포는 흔적도 없이 스러졌다.

"흐윽!"

"흐으윽!"

고통을 이기지 못하고 거친 호흡을 뱉어내는 자들. 그리고 질펀한 핏속에 나뒹구는 절단된 인간의 육편(肉片)들.

그 참혹한 광경이 바로 자신이 만들어놓은 것이라는 자각에 소산은 일시 멍하니 넋을 놓는 모습이었다.

그때 누군가 악에 받친 절규를 토해냈다.

"죽여라!"

그리고 밀위들의 칼이 일제히 소산을 향해 짓쳐들어왔다.

그 질려 버릴 듯한 처절한 살기에 감응하듯이 튀어나간 것은 쌍맹이었다.

그런데, 아아! 그들은 차라리 소산의 묵아에게 당하는 것이 그나마 나았다. 사지가 베어졌을망정 목숨까지 빼앗기지는 않왔으니까.

일단 싸움에 돌입한 이상, 쌍맹에게 그런 인정은 추호도 없었다.

차차차창!

카카카캉!

격렬하게 병기 부딪치는 소리가 울리면서 곧바로 참혹한 비명 소리들이 터져 나오기 시작했다.

"크악!"

"으아악!"

베이거나 찍히거나 혹은 뭉개지거나, 일단 쌍맹의 쌍도끼에 걸리면 대개는 치명적이었다.

대륙상가의 소가주는 아예 혼비백산한 모습이었다.

이윽고 잔뜩 질린 모습이 되고 만 그가 주춤거리며 남궁진성과 모용의가 있는 쪽을 향해 물러났다.

그런 대륙상가의 소가주에 대해 남궁진성은 미미하게 눈살을 찌푸렸고, 모용의는 그를 맞아 급히 앞으로 나아가려고 했다.

바로 그때였다.

"멈추시오!"

쩌렁하게 밤하늘을 울리는 한소리 웅혼한 대갈이 있었다. 바로 무무였다.

무무의 그 일성 사자후에는 심후한 내력과 더불어 듣는 사람을 진정시키는 기이한 심력(心力)이 녹아 있었다.

쌍맹이 도끼를 거두고 천천히 원래의 위치로 돌아가 소산의 양쪽으로 버티고 섰고, 대륙상가의 살아남은 밀위들 역시 일시 살기를 억누르고 칼을 멈추었다.

그때 남궁진성의 날카로운 시선은 무무가 아닌 모용의를 향하고 있었는데, 모용의는 마침 한 걸음 내밀었던 발을 슬쩍 다시 거두어들이고 있었다.

남궁진성의 눈빛에 곧바로 못마땅하다는 빛이 서렸다. 그는 이 시점에서 모용의가 소림의 일권을 상대해 주기를 바라는 것이었다. 그가 생각하는 상황의 마무리는 어디까지나 남궁진성 자신과 무당의 일준이 해야만 마땅하다는 생각이었다.

그러나 남궁진성과 언뜻 눈길을 마주친 모용의는 일시 망설이는 기색이더니, 다음 순간 오히려 뒤로 한 걸음을 더 물러서고 말았다. 그에게 일권과 손속을 겨룰 의욕 내지는 용기가 조금도 없음을 그대로 드러낸 것이었다.

순간 남궁진성은 어이없다는 기색이 되고 말았다. 모용의에 대해 사내다운 호기가 부족하다는 평가를 평소에도 하고 있었던 바이지만, 이런 상황에서 이런 정도로까지 몸을 사릴 줄은 미처 몰랐던 까닭이리라.

남궁진성은 문득 보이지 않는 무엇에 등을 떠밀리듯 앞으로 한 걸음을 나섰다. 주변의 모든 시선들이 자신을 주목하고 있다고 느낀 때문이었다.

그러나 남궁진성은 곧 지금의 모든 상황이 오로지 그 자신을 위주로 해서 이루어지고 있는 것이라고 여기기로 했다. 그에게는 그것이 익숙했다.

필요하다면, 그리고 자신을 주목하고 있는 주변에서 원한다면 일권을 먼저 상대하고 나서 다시 일준을 상대해 줄 용의도 있는 것이다.

남궁진성은 천천히 앞으로 걸어나갔다. 대륙상가의 밀위들이 다친 자들을 부축하여 그 앞을 비켜섰다.

무무는 여전히 소산과 쌍맹의 뒤쪽에 서 있었다. 그러나 앞으로 걸어오고 있는 남궁진성의 쏘는 듯한 시선이 자신에게로 맞추어져 있자, 가만히 한쪽의 능운상을 돌아보았다.

마주치는 능운상의 눈빛은 맑았다.

그 눈빛에서 무무는 주변의 상황에 조금도 구애받지 않는 담담함 같은 것을 느꼈다.

무무가 가볍게 고개를 끄덕여 보였고, 능운상이 또한 그렇게 했다.

이어 무무는 드러나지 않을 정도의 아주 희미한 웃음기를 입가에 떠올리며 천천한 걸음걸이로 앞을 향해 나아갔다.

일부러 쌍맹 사이의 소산을 지나치면서 슬쩍 어깨를 부딪치며 무무는 눈빛에다 가만한 미소를 담았다.

멍해 있던 소산의 눈빛에 비로소 생기가 담겼다. 그것을 보고 무무의 입가에는 이윽고 완연한 미소가 떠올랐다.

남궁진성은 가볍게 미간을 찌푸렸다. 무무의 입가에 떠오른 의미 모를 미소 때문이었다.

그러나 이내 피식 실소를 지으며 습관적으로 검자루에 가 있던 오른손을 거두어 양손으로 팔짱을 끼었다.

적수공권인 상대에 대해 자신 역시 굳이 검을 쓸 의사가 없음을 보여주는 행동이었다. 물론 상대에게가 아닌 자신의 일거수일투족을 주목하고 있을 군웅들에게였다.

'남궁세가는 권과 검 모두에서 최고이다!'

그것은 남궁진성이 평소 가지고 있던 자부심 중의 하나였다.

사실 남궁세가의 무공은 천뢰제왕신공(天雷帝王神功)을 바탕으로 하여 펼쳐지는 절대검공인 제왕검형(帝王劍形)과 제왕무적검강(帝王無敵劍剛)으로 대표된다.

그러나 그러한 검공에 못지않게 남궁세가에는 능히 그 각각이 강호일절이라고 할 수 있는 권장지법(拳掌指法)과, 그 외에도 조법 금나수 등의 절학들이 숱하게 있다.

이를테면 구벽신권(九劈神拳)과 천뢰삼장(天雷三掌), 천뢰지(天雷指)와 한령신조(寒靈神爪), 그리고 금나수인 대연십구식(大衍十九式) 등이다.

'달마십팔수(達磨十八手)인가? 아니면 소림오권을 펼치려는 것인가?'

한 수를 겨루어보겠다는 건지, 아니면 여차하면 뒤로 몸을 빼겠다는 건지 영 의도를 알 수 없도록 일견 엉거주춤해 보이는 무무의 자세를 보며 남궁진성은 다소간 의아하게, 그러나 느긋하게 헤아려 보았다.

사실 무무의 그런 자세는 의외였다. 눈앞의 상대가 소림의 후기지수이며 팔왕 중의 권왕과도 손속을 나누었다는 바로 그 일권일진대, 상대는 지금 적어도 소림 칠십이종절기에는 드는 정도의 무공을 펼쳐야만 하는 것이었다. 적어도 남궁진성 자신이 누구인지 안다면 말이다.

그러나 한참이 지났는데도 무무는 그 애매하고도 유치한 자세에서 굳은 듯 움직이지 않고 있었다. 그리고 움직일 생각조차 없어 보였다.

"탓!"

한순간 남궁진성에게서 일갈이 터졌다.

와르릉!

가벼운 뇌성과 함께 한가닥의 강맹하기 이를 데 없는 장력(掌力)이 대기를 진동시키면서 무무를 향해 쏘아나갔다. 남궁세가의 천뢰삼장(天雷三掌)이었다.

물론 그 일격이 일 장의 거리를 격하고 상대에게 어떤 실질적인 타격을 주리라고는 남궁진성도 기대하지 않았다. 다만 일종의 기수식처럼 이제부터 승부를 시작한다는 상징성을 부여하기 위한 것에 지나지 않았다. 상대에게, 그리고 군웅들에게.

그러나 간단히 피하고 말 줄 알았던 상대는 의외로 정면으로 그의 장력을 맞받았다.

팡!

격돌에서 나는 소리는 가벼웠다. 그러나 격돌부터 되돌아오는 반발은 의외로 묵직했다.

순간 남궁진성은 퍼뜩 의문을 가져보지 않을 수 없었다.

상대는 여전히 그 엉거주춤한 자세를 취한 채 아주 가볍게, 그저 미미하게 흔드는 정도로 가볍게 오른 주먹을 움직였을 뿐이었다.

그런데도 이상하게도 그의 장력은 어떤 저항에 부딪쳤다. 그의 장력이 미처 상대에게 도달하기도 전, 중간쯤에서 어떤 저항에 부딪친 것이었다.

그러나 남궁진성은 더 이상 그 의문에 매달리지 않았다. 그러기에 그의 피는 이미 너무 뜨거워져 있었다.

팟!

한순간 남궁진성의 신형은 마치 꺼지듯이 그 자리에서 사라졌다.

동시에 벼락치는 소리가 겹겹이 중첩되며 일어났다.

콰릉!

콰르릉!

콰르르릉!

희끗거리는 신형이 무무를 가운데 두고 쾌속하게 회전하는 중에 강맹한 권풍(拳風)이 사방으로부터 무무를 향해 쇄도해 들었다. 바로 남궁세가의 무한보(無限步)와 구벽신권(九劈神拳)이 동시에 펼쳐진 결과였다.

그런 중에 다시 무수한 손 그림자가 일렁이고, 그 사이로 지풍(指風)들이 섬전과도 같이 난무했다. 번개처럼 빠르고 산악처럼 무거우며 구름처럼 변화무쌍한 남궁세가의 절학들이 세상 밖으로 온전히 그 위용을 드러내고 있는 것이었다.

무무는 마치 허우적거리고 있는 듯 보였다.

그러나 무무의 움직임은 다급하지 않았다. 느긋하지도 않았다. 그저 차분하였고 담담하였다.

무무는 굳이 권을 쳐내 상대의 그 벼락같고 파도 같은 공격들을 일일이 막아내지 않았다. 차라리 속수무책으로 두 주먹을 묶어두고만 있는 듯했다.

그럼에도 불구하고 무무의 권은 그 무수한 공격들이 미치는 곳 그 어디에도 있었다. 보이지는 않았지만, 소리들이 그것을 말해주고 있었다.

팡!

파파팡!

타다다닥!

누구도 단정하지 못했지만, 그것은 소림의 백보신권이었다. 지금 무무의 백보신권은 어제와는 또 다른 새로운 경지를 보여주고 있는 것이다.

백보신권에 대해, 글자 그대로 백 보(百步) 밖까지 권력을 보낸다는 해석을 하는 것은 그 의미가 잘못 와전된 것이다.

굳이 말하자면 그것은 일종의 심권(心拳)이다. 소림의 누구도 그런 말을 쓰지 않지만, 강호에서 흔히 말하는 검의 궁극 경지인 심검(心劍)에 대비해 하자면 그렇다는 말이다.

백보신권에서 백 보는 곧 깨달음의 거리이자 마음의 거리이다. 곧 깨달음의 크기에 따라 그것은 한 걸음이 될 수도 있고,

천 걸음이 될 수도 있는 것이다.

어느 순간, 마치 용음(龍音)과도 같은 거대일성이 터져 나왔다. 남궁진성이었다.

"차아앗!"

이어 거대한 폭음이 터져 나왔다.

콰아앙!

그리고 사람들은 이 장여 거리를 물러서서 우뚝 버티고 선 남궁진성을 볼 수 있었다.

그리고 그때 무무는 원래의 자리에 그대로 무심한 듯 머물러 있었다.

"아!"

"아아!"

사방에서 숨죽인 탄식들이 터져 나왔다. 아직 승패를 가릴 수는 없으되, 최소한 무무의 우세를 점쳐 볼 수는 있는 형세였다.

그때 군웅들 중 누군가 남보다 조금이라도 앞서기를 바라는 것처럼 소리쳐 감탄을 뱉어냈다.

"과연 일권이다!"

그리고 그것으로 일대의 분위기는 갑자기 남궁진성의 패배를 기정사실화하는 것으로 되고 마는 듯했다. 아니, 어쩌면 군웅들이 아닌 남궁진성 그 스스로가 그렇게 느꼈을지도 몰랐다.

순간 남궁진성은 가슴속에서 불길처럼 일어나는 격한 분노를 느꼈다. 그것은 그가 지금껏 경험해 보지 못했던 너무도 격렬하고도 강렬한 감정이었다. 도저히 통제할 수도, 참을 수도 없는.

남궁진성으로서는 이것이 최초의 패배였다.

그러나 남과의 비교에서 언제나 이겨왔기에, 또한 이기기를 강요받아 왔기에, 남궁진성은 한 번도 자신과 비교되는 상대에 대한 겸손과 인내, 그리고 상대의 재능과 능력을 인정하는 법을 배운 바 없었다.

또한 이 순간의 패배를 인정함으로써, 무적의 신화와 강호제일의 영웅이 되기를 꿈꿔오던 그의 패기와 열정이 한순간에 절망과 비참의 나락으로 전락하고 마는 것을 결코 인정할 수 없었다. 무엇보다도 그는 아직 검을 뽑아보지도 않은 것이다.

순간 남궁진성은 부르짖었다.

"아직 끝나지 않았다!"

십성의 공력이 담긴 남궁진성의 장소는 가까이 있는 군웅들의 귀를 아프게 할 정도였고, 저 멀리 구릉 너머 평야 끝까지 우르르 진동시켰다.

동시에 남궁진성의 검이 맑은 울음소리를 토해내며 검집을 벗어났다.

차아앙!

무무는 조용히 자세를 취했다. 아니, 그는 처음부터 그런 자세였다. 여전히 공수(空手)인 채로.

그때 능운상은 무무의 곁으로 조용히 다가섰다. 그런데 무무와 남궁진성의 승부가 아직 끝났다고 할 수 없으니, 능운상의 그 같은 행동은 자칫 오해받을 소지가 큰 것이었다.

그러나 능운상과 무무, 그들 두 사람 사이의 교감은 다만 가볍게 주고받는 엷은 미소만으로도 충분했다.

무무는 천천히 뒤로 세 걸음을 물러섰다. 능운상의 뜻을 있는 그대로의 순수한 호의로 받아들인 것이다.

허리에 걸린 상청검(上淸劍)을 검집째 풀어 가슴 앞으로 당겨 잡은 능운상이 정면의 남궁진성을 향해 가볍게 포권했다. 이제부터 무무를 대신하여 그가, 또한 검으로써 남궁진성을 상대하겠다는 정중한 선언이었다.

그런 능운상을 보는 남궁진성의 눈빛에서 불길 같은 투지가 이글거리기 시작했다. 이어 남궁진성은 거칠게 검자루를 고쳐 잡았다.

남궁진성의 곁으로 조용히, 그러나 바람처럼 빠르게 한 사람이 다가선 것은 바로 그때였다.

남궁단이었다. 그가 침중한 어조로 입을 열었다.

"승부는 이미 끝났다! 진정한 무인이라면 패배를 인정할 줄도 알아야 하는 법이다!"

남궁진성은 이를 한 번 악다물었다. 숙부이자 사부인 남궁단의 말이 무엇을 뜻하는지 이해를 못하는 것은 아니었다.

그러나 그것은 머리만의 이해였다. 남궁진성의 가슴속에는 지금 오직 절망과 분노만 가득할 뿐이었다. 그리고 한순간 그는 울분의 폭발을 견디지 못하고 다시 포효했다.

"죽인다!"

그러나 바로 다음 순간 남궁진성은 힘없이 맥을 놓고 말았다.

남궁단은 허물어지는 남궁진성의 신형을 침착하게 받아 들었다. 그리고 마침 가까이로 다가온 수하에게 남궁진성을 맡긴 다음 천천히 앞쪽으로 시선을 주었다.

남궁단의 시선은 먼저 능운상을 향하였다. 그러나 남궁단의 시선은 능운상에게서 머물지 않고 다시 무무에게로 향하였다.

무무가 잠깐 남궁단의 시선을 받은 다음에 슬쩍 눈길을 비켜 버리자, 남궁단의 시선은 다시 그 너머의 소산에게로 향하며 언뜻 이채를 띠었다.

이어 남궁단의 시선은 쌍맹과 염동에게로 차례로 옮겨졌다가 다시금 능운상에게로 돌아왔다.

능운상이 그제야 가볍게 허리를 숙여 선배를 뵙는 예를 차리자, 남궁단은 엷은 미소로써 그에 답례하고 나서 천천히 입을 열었다.

"자네는 혹시 나를 아는가?"

능운상이 또한 차분하게 대답하였다.

"이미 이십 년 전에 용비대회를 통해 천하에 대명을 떨치신 남궁단 대협을 모를 리 있겠습니까?"

"허허허! 자네는 당금 강호의 떠오르는 신성인데, 이제 보니 사람의 얼굴에 간단히 금칠을 하는 재주까지 갖췄군. 그러나 어쨌든 그리 말해주니 고맙네!"

"과분한 말씀이십니다."

남궁단이 잠시 잔잔한 눈길로 능운상을 바라보다가 다시 물었다.

"예기치 않게 약간의 불상사가 생기긴 했으나 기왕에 내친 걸음이니 기다렸다가 오늘 밤의 결전을 관전할 생각이네만, 혹시 자네와 자네의 일행이 불편해하지는 않겠는가?"

능운상이 가볍게 포권하며 답했다.

"딱히 불편하고 말고 할 것이야 있겠습니까? 실은 생각지도 못하게 군웅들이 운집하는 바람에 걱정이 작지 않았는데, 이제 대협과 오대세가에서 이 자리를 지켜주시겠다니 크게 안심이 되는 바입니다."

그 말에 남궁단은 잠시 깊은 눈길로 능운상을 바라보았다. 그리고 잠시 후, 남궁단은 아무 말 없이 몸을 돌려 뚜벅뚜벅 모용추 등이 있는 곳으로 걸어갔다.

그런데 남궁단은 오대세가의 인물들이 있는 곳에 도달해서도 멈추지 않고 한참이나 더 걸어갔다. 그런 그의 뒤를 모용추가 조용히 따랐고, 이어 나머지 오대세가의 무리들이 뒤따랐다.

그렇게 오대세가의 인물들이 멀찍이 물러나는 동안 사방에는 조용한 침묵이 감돌았다.

第八章
거사(擧事)

지존

석산평전

"왕부의 일은 어찌 되어간다던가?"

중후한 목소리는 주치의 것이었는데, 그는 지금 안문에게 묻고 있었다.

"기대 이상의 주목을 끌고 있습니다. 이 시간 황도의 모든 이목이 그쪽으로 쏠려 있습니다."

안문의 목소리는 변함없이 차분하였으나, 왠지 모를 열기가 느껴지고 있었다.

잠시 후, 안문이 한결 조심스러운 투로 다시 말했다.

"주군! 이제는 결정하셔야 할 때입니다."

주치가 무겁게 반문했다.

"음! 그래야겠지?"

안문이 곧바로 대답하지 않고 잠시 틈을 두었다가 문득 물었다.

"구문제독 서휘는 어찌하실 것입니까? 베오리까?"

그러자 주치가 혼잣말처럼 중얼거렸다.

"서휘! 서휘라……! 그대를 살려야 하는 것인가? 아니면 죽여야만 하는 것인가? 그대를 제대로 살린다면 나 또한 온전히 살 것이되, 그대를 죽인다면 나 또한 반은 죽은 것이라! 허허허! 서휘! 서휘! 내가 만약 그대를 살리기로 마음먹는다면, 그대는 나의 이런 마음을 과연 헤아려 줄 것인가?"

주치가 잠시 깊은 생각에 젖어들 때, 안문은 가만히 한숨을 불어 내쉬었다.

주치의 중얼거림에서 안문은 그가 이미 결심을 굳혀놓고 있다는 것을 짐작하였다. 그리고 그가 짐작한 주치의 결심은 그의 생각과 일치하는 것이었다.

그때 주치가 단호한 어조로 말했다.

"생(生)!"

안문이 기다렸다는 듯이 담담한 어조로 말을 받았다.

"서휘는 지극히 위험한 인물입니다."

"위험하다? 그렇지! 과연 그가 위험한 인물이긴 하지. 그 직책이 당금의 병권을 온전히 장악하는 구문제독인데다, 설령 그러한 직책이 아니라고 하더라도 중앙과 변방의 장수들로부터 하급병사들에게까지 두루 그 권위가 통하는 인물이 바로 그이지. 그뿐인가? 위인이 고지식하기 짝이 없어 황제가 직접 내리는 명령이 아니라면 그 어떤 협박과 회유도 결코 통하지 않을 인물이지. 하긴 그러기에 금상(今上)이 그 심약한 성정에, 깊은 병중에 있으면서도 서휘에 대해서만큼은 조금도 흔들리지 않는 절대적 신임으로 병권에 관한 모든 것을 위임해 두고 있는 것이 아니겠는가?"

"그런 그의 마음을 얻을 수 있으리라 보십니까? 만약 주군께 그럴 계산이 서 있지 않다면 서휘야말로 반드시 죽여야 할 인물입니다."

안문의 그 말에 주치는 문득 소리 내어 웃었다.

"허허허! 자네는 지금 내게 다짐을 두고자 하는 것인가? 내게 그를 얻고자 하는 결심을 반드시 세우라고 말이야?"

"소신이 어찌 감히……!"

"그리 돌려 말할 것 없네. 서휘를 얻지 못하고서는 거사의 승패 또한 장담할 수 없음이 아닌가? 하나 염려 말게! 내게도 계산이 아주 없지는 않으니 말일세!"

안문은 주치가 말한 계산에 대해 더 이상 묻지 않았다. 주치가 계산이 있다 하였으면 그것으로 되었다는 생각이었다.

주치는 짐짓 안문이 말하기를 기다린다는 듯이 가만히 안문을 응시하고 있었다. 그러나 안문이 계속하여 침묵을 지키고 있자, 그는 이윽고 가만한 어조로 물었다.

"서휘 이외에는 내게 그 생사 여부를 어찌할 것인지 미리 확인해 볼 인물이 없는가?"

안문이 선뜻 고개를 끄덕이며 대답했다.

"그렇습니다. 하늘의 명을 받아 대업을 이루려는 것인데, 어찌 세세한 것까지 미리 다 정해놓을 수야 있겠습니까?"

그때 주치의 눈빛이 번뜩하고 안광을 발하였다. 그러나 안문은 묵묵히 그 날카로움을 받아들였다.

그러자 주치는 천천히 눈빛을 거두며 깊은 한숨과도 같은 침음성을 흘려냈다.

"음!"

*　　　*　　　*

황제의 침궁(寢宮)은 중무장한 일천 금위군의 물샐틈없는 경호 속에 있었고, 더하여 눈에 보이지 않는 매복 일천이 더 있었다.

가히 나는 새도 근접하지 못할 철통의 경비가 펼쳐져 있는 것이다.

주치와 안문은 대리석으로 다듬어진, 침전으로 통하는 정원 가운데의 통로 입구에 서 있었다. 그 통로는 각종 기관과 매복으로부터 자유로운, 그래서 침전으로 통하는 유일한 길이었다.

통로의 양쪽으로는 한 팔 간격으로 금의위들이 삼엄하게 도열해 서 있었다.

주치의 시선은 저 안쪽으로 보이는 침전의 전각을 바라보고 있었다.

거기에 그의 장형(長兄)이 있었다.

만인지상의 몸이지만, 지금은 병마에 지쳐 자리보전하고 누워 있는 나약한 존재. 천하의 수많은 이들이 그의 쾌차를 바라지만, 또한 그만큼 많은 이들이 그의 죽음을 바라고 있는 존재. 그는 바로 황제였다.

"지금은 드실 수 없습니다!"

공손하면서도 단호한 목소리에 주치의 시선이 그제야 앞을 가로막고 선 자에게로 향했다. 그와도 익히 안면이 있는 금의위의 통령이었다.

"들 수 없다?"

"그러하옵니다."

"누구의 명인가?"

"그건……."

금의위 통령이 멈칫거리자 주치의 눈빛이 무거운 위엄을 뿌렸다.

"황상의 명이 아니라면, 누구도 내 앞을 막을 수 없다. 그대는 분명히 말하라. 그대가 방금 나 주치더러 침전으로 들 수 없다 말한 것이 황상께서 직접 명하신 것인가?"

금의위 통령이 대번에 위축된 기색이 되며 답했다.

"그런 것은 아닙니다만……."

"그럼 되었다. 그대는 길을 열어라!"

"전하! 하오나……!"

"내가 어떤 사람인지는 그대도 모르지 않을 것이다. 다시 말하지 않겠다. 비켜서라!"

그 거역하기 어려운 위엄에 금의위 통령의 눈빛에 일순 극심한 갈등이 스쳤다. 그리고 그는 무심결이다시피 언뜻 뒤에 선 장수 하나를 돌아보았다.

전신에 걸친 갑옷이 금방이라도 터져 나갈 듯한 체구. 투구 사이의 두 눈에서 이따금씩 불길을 뿜듯 쏘아내는 강렬한 안광. 스쳐 보았을 때는 잘 모르겠더니, 막상 주목해 보자 그 장수는 마치 금방 하늘에서 지상으로 하강한 천장(天將)과도 같은 위용을 지닌 자였다.

그 장수의 체구며 위용이 쌍맹의 그것과도 버금가겠다는 생각을 하던 중 문득 떠오르는 생각 하나에 안문은 놀람에 가득 찬 부르짖음을 내심으로 토하고 말았다.

'그렇군! 바로 그였군!'

만약 자신이 떠올린 것이 틀림없다면, 과연 바로 그자라면, 지금 침전 주변을 장악하고 있는 이천의 금의위보다 저 장수 하나가 더욱 막강하다고 안문은 감히 단언할 수 있었다.

저 장수 하나만으로도 침전은 그 누구도 근접할 수 없는 철벽의 철옹성이 되어 있는 것이다. 그의 이름이 바로 금괴(金怪)이기에.

팔종 중의 최고는 단연 천공(天公)인데, 그는 능히 고금제일을 다툴 만하다. 지백(地佰)과 인극(人克)이 나란히 그 아래에 있는데, 그들 둘 각자로는 천공을 당할 수 없되, 그들 둘이 합치면 능히 천공을 감당할 정도이다. 독제(毒帝), 화혼(火魂), 검신(劍神), 금괴(金怪), 무영귀(無影鬼)의 다섯은 서로 우열을 논하기 어렵되, 그들 중 둘이 합치면 능히 지백과 인극 중의 하나를 감당할 정도이다.

강호에 회자되는 가사(歌詞)를 떠올리며 안문의 생각이 찰나적으로 빨라졌다.

'금괴 이외에 그들은 또 누구를, 몇 명이나 끌어들였을까?'

그러나 막상 안문의 눈빛은 조금도 흔들리지 않고 오히려 깊숙이 가라앉아 있었다. 비록 놀라웠지만, 그렇다고 그가 이런 상황을 아주 고려하지 않고 있었던 것은 아닌 까닭이었다.

'명분이 부족하니 세력 싸움으로는 승산이 없다!'

그것은 안문이 주치를 일생의 주군으로 모시면서 처음으로 내린 판단이었다.

세력이란 늘 명분이 있는 곳으로 모이게 마련이다. 그렇다면 그것은 응당 순리적인 후계구도 선상에 있는 측, 즉 태자를 중심으로 하는 쪽의 몫이었다.

또한 명분과 세력이 모두 태자 측으로 쏠린다면, 그것을 견제하는 일은 굳이 주치가 아니더라도 누군가는 그 역할을 할 것이라고 안문은 판단했다.

그리고 결과적으로 볼 때, 과연 안문의 그러한 판단은 틀리지 않았다. 바로 오황숙 주활이, 오대세가와 팔왕 중의 다수를 끌어들이는 놀라운 수완을 부려냄으로써 그 쉽지 않은 역할을 훌륭하게 해내고 있지 않은가?

안문이 세력을 구축하는 대신에 승패를 건 것은 인물의 확보였다.

누구도 예상하지 못하는 인물. 그리고 결정적인 순간에 비록 일시적이라고 할지라도 그 어떤 상황에도 불구하고 한 번쯤은 전세를 완전히 뒤집어놓을 수 있는 그런 무소불위의 힘을 지닌 인물. 안문은 주치와 함께한 지난 세월의 대부분을 세력을 구축하는 대신 바로 그런 인물들을 얻는 데 전력하였다.

그리고 동원할 수 있는 모든 수단과 방법을 다 동원한 결과, 안문은 끝내 자신이 목표하던 바를 이루었다.

지난 이백여 년 동안을 강호무림의 하늘로 군림해 오고 있는 현존하는 전설, 바로 팔종(八宗)이었다. 비록 사 년간이란 시한부의 조건을 둘 수밖에 없었지만, 그래도 그들 중의 셋을 주치의 휘하로 끌어들인 것이다.

그것으로 안문은 하늘의 뜻이 한번쯤은 주치와 자신에게 있을 것임을 굳게 믿게 되었다. 그러기에 그동안 차기 황권을 놓고 벌어진 그 치열한 암투에서 철저히 소외된 채 묵묵히 때를 기다려 올 수 있었던 것이다.

그리고 이제 막 안문이 기다리고 있던 그때가 시작되려 하고 있었다.

아니, 사실은 단 한 번의 기회에 모든 것을 걸려는 그 건곤일척(乾坤一擲)의 계는 이미 시작되었다.

그 계가 성공한다면, 주치와 그는 천하의 누구도 거역하지 못할 가장 강력한 명분을 얻게 될 것이다.

비록 그것이 아주 잠시간의 명분에 지나지 않을 수도 있지만, 설혹 그렇다고 할지라도, 그것만으로도 충분히 천하의 모든 세력과 힘을 일거에 굴복시키고 휘하로 꿇어앉힐 계산이 안문의 심중에는 가득 들어 있었다.

"안으로 드십시오! 그러나 홀로 드셔야 합니다!"

금의위 통령의 날카로운 시선이 짧게 안문을 훑고 있었다.

주치가 곧바로 안문에게 명했다.

"자네는 가서 자네의 볼일을 보도록 하게!"

사실은 미리 정해진 수순이었다.

그러나 거침없이 금의위들이 도열해 늘어선 가운데를, 그리고 비록 모르는 상태이겠으나 어쨌든 팔종의 일인인 금괴의 앞을 너무도 태연히 지나치고 있는 주치의 모습을 보며, 안문의 눈빛에는 어쩔 수 없이 억눌린 긴장이 서렸다.

그러나 안문은 곧바로 뒤돌아서서 침궁을 나섰다.

그런데 안문이 막 침궁의 입구를 나섰을 때였다. 앞쪽에서 일단의 인물들이 급한 걸음걸이로 다가오고 있었다.

안문이 얼른 그늘 쪽으로 물러나며 허리를 숙였으나, 그들은 침궁으로 들어가는 것이 급한 듯 안문에게는 눈길조차 주지 않았다.

그러나 안문은 그들 중의 몇몇 인물들을 선명히 알아볼 수 있었다.

바로 삼황숙 주활이었다. 그리고 그 뒤를 따르는 인물들 중
에는 권왕, 창왕, 비왕, 투왕 등 팔왕 중의 네 사람이 있었다.

그들의 뒷모습을 보며 안문은 착잡한 탄식을 흘렸다.

'허! 구중심처 황궁에 오늘 밤 강호무림의 전설과 신화가 속
속 모여드는구나!'

"삼형이 침전으로 들었다는 것이 사실이냐?"

오황숙 주활은 침궁 안으로 들어서자마자 대뜸 호통부터 쳤
다. 그러나 그 매서운 호통에도 불구하고 금의위 통령의 기색
은 그다지 위축되는 데가 없어 보였다.

"그렇습니다."

"내 허락 없이는 아무도 침전에 들이지 말라 하지 않았더
냐?"

"저희들 금의위의 소임은 다만 폐하의 안위를 지키는 것일
뿐입니다. 위험 요소가 없다고 판단되는 한, 종친들의 침전 출
입을 임의로 막을 수는 없는 일입니다. 그것은 지금까지 오황
숙 전하께도 마찬가지였습니다."

"그대가 지금 나를 능멸하겠다는 것인가?"

주활이 그대로 금의위 통령의 뺨이라도 후려칠 것 같은 기
세인데, 그 곁에 섰던 관복 차림의 인물 하나가 재빨리 나서며
말리는 체를 했다.

"전하! 노여움을 거두시고 일단은 침전으로 드시는 것이 우
선인 듯합니다."

그러자 주활이 어깨를 앞세우고 나아가며 차갑게 말했다.

"비켜라! 침전으로 들 것이다."

금의위 통령은 고분고분히 앞을 비켜섰다. 그러나 주활이 지나가고 권왕과 비왕 등이 그 뒤를 따르려고 하자, 바로 그 앞을 막아섰다.

앞서 가다 그 광경을 뒤돌아본 주활이 두 눈을 부릅뜨며 호통 쳤다.

"무슨 짓이냐?"

금의위 통령은 여전히 차분한 어조였다.

"지금까지와 마찬가지로 침전에는 전하 홀로만 드실 수 있습니다."

"내 시위들은 침전 가까이에만 있게 할 것이니, 그대는 개의치 않아도 좋을 것이다."

"그럴 수 없습니다."

금의위 통령의 단호한 태도에 주활이 이윽고는 분노를 폭발시키고 말았다.

"이놈! 네가 정녕 죽기를 원하는 게로구나? 내가 마음만 먹는다면 네놈 하나쯤 가볍게 죽이고라도 길을 열지 못할 것 같으냐?"

그런데 사실 주활의 그 말이 엄포로만 하는 것은 아니었다. 지금 침궁에 배치된 금의위들 중 적어도 오 할은 그의 명령을 듣게 되어 있었고, 더욱이 다른 모든 것을 떠나 지금 이 자리에는 당금 강호무림의 신화라는 팔왕 중 네 명이 모여 있었다.

그러니 그가 마음만 먹는다면 지금 당장이라도 아예 침전 전체를 장악하지 못할 일도 없는 것이다.

그러나 바로 그때 주활은 전혀 예상하지 못했던 기묘한 광경 하나를 보아야만 했다.

그 장수는 이미 몇 차례 본 적이 있는 데다, 또한 유별나게 큰 체구로 인해 눈에 익은 자였다. 그런데 주활은 지금 그 장수에게서 그가 갑자기 이 모든 상황의 중심에 서 있는 듯하다는 뜻밖의 느낌을 받고 있었던 것이다.

그때 권왕 등 팔왕 중의 네 사람의 시선 또한 일제히 그 장수에게로 집중되고 있었다.

그것은 참으로 기묘한 대치였다. 그들이 대치하고 있다는 것을 느낀 그 순간부터, 갑자기 턱하고 숨이 막힐 만큼의 긴박감과 팽팽함을 느끼게 만드는.

더욱 기이하여 놀랍기까지 한 사실은 권왕 등으로부터는 점차 주위를 무겁게 내리누르는 무형의 거대한 기세가 뿜어지고 있는 데 비해, 그 기세의 한가운데에 들어 있는 그 장수는 오히려 가장 태연해 보인다는 점이었다.

그런데 주활이 언뜻 보기에 그 장수의 그러한 태연함은 은연중 오히려 권왕 등의 기세를 압도해 가고 있는 듯하였다. 무엇보다도 권왕 등의 딱딱하게 굳어진 안색이 그것을 말해주고 있었다.

그때 주활은 문득 어떤 가정(假定) 하나를 떠올렸다.

그가 이곳 침궁을 비롯해 나아가서는 황궁 전체에 대해 사실상 장악하고 있다고 여겼던 것이, 또한 그렇기에 유사시에는 언제든 자신이 모든 상황을 주도할 수 있을 것이라고 생각했던 것이, 어쩌면 커다란 오판일 수도 있겠다는 가정이었다.

'그렇구나! 황후와 태자 측에서 이토록이나 무기력하게 황상의 주변과 황궁을 내게 내어준 것에 대해, 나는 좀 더 깊이 의심을 해봤었어야만 했다.'

그러나 그것은 다만 지나친 억측인지도 몰랐다. 어디까지나 가정해 볼 수 있는 상황 중에서 최악의 경우인 것이다.

어쨌든 주치가 이미 침전에 들어 있는 이상, 지금 가장 급한 일은 바로 그쪽이었다. 일단은 황제의 신변을 확보해야만 하는 것이다.

황제의 신변을 확보한다는 것은 어떠한 경우에도 최소한의 명분이 될 수 있는 일이었다. 그리고 그 최소한의 명분만 확보한다면, 지금껏 구축해 놓은 세력으로 대업을 이루기에 부족함이 없다는 자신이 주활에게는 있었다.

물론 주치가 이미 들어가 있는 침전에 단신으로 들어가야 한다는 상황이 주활에게 결코 내키는 일은 아니었다. 주활에게 그런 상황은 어떤 본능적인 두려움 같은 느낌을 주는 데가 있었다.

그러나 그가 주치를 두려워할 이유는 없었다. 주치는 이미 예전의 주치가 아니었고, 그 또한 예전의 주활이 아닌 것이다.

더구나 침전 안이라면 그는 오히려 안전하고, 또한 절대적으로 유리했다. 침전 안에는 그를 위한 비밀스러운 안배가 있기 때문이다.

일체의 바깥출입을 금한 채 침전 내에서만 상주하며 황제의 수발을 전담하고 있는 네 명의 환관, 어전통감을 위시한 그 네 명 중에 포함되어 있는 두 명의 무태감.

언제 있을지, 어쩌면 아예 없을지도 모를 비상 상황에서 최후로 황제의 신변을 경호해야 하는 무태감의 임무 특성상, 그들은 황실과는 무관하며, 아울러 지극히 비밀스러운 경로와 과정을 통해 엄선된 소수만이 키워진 이후, 자연스러운 과정을 통해 태감이 되게 된다.

그리하여 그들은 그 비밀의 경로와 과정 선상에 있는 극소수의 인물들을 제외하면, 오로지 황제만이 아는 극비의 존재들이 되는 것이다.

따라서 그 많은 태감들 중에서도 누가 무태감인지는 무태감인 본인들 외에는 무태감 서로 간에도, 그리도 태감들의 우두머리 격인 어전통감까지도 알지 못하는 비밀이었다. 심지어는 어전통감 자신이 무태감의 직분을 겸하고 있을 수도 있는 일이었다.

다만 비전의 방법으로 수련한 그들의 무공은 강호무림의 절정고수와도 능히 비견될 정도라는 사실 정도가 태감들 사이에 알려져 있을 뿐이었다.

주활 또한 누가 무태감인지에 대해서는 알지 못하고 있었다. 그러나 두 명의 무태감이 침전 안에 있으며, 유사시 결정적인 순간에 그들이 그의 명령을 따르게 되어 있다는 사실만큼은 확실하였다.

생각이 거기에까지 이르자 주활의 얼굴에는 비로소 여유가 감돌았다. 설령 침궁 전체의 판세가 상대에게 넘어가 있다고 치더라도, 침전 내부만큼은 그의 장악하에 있는 것이나 마찬가지인 것이다.

찰나간에 긴 염두를 굴린 주활이 이윽고 입을 열어 상황을 정리했다.

"좋다! 그대들은 이곳에서 기다리고 있으라!"

그 말에 권왕 등이 잔뜩 끌어올리고 있던 내공을 슬며시 거두었고, 그럼으로써 장내의 긴박한 대치 또한 슬그머니 풀어졌다.

허리를 곧게 편 당당한 걸음걸이로 침전을 향해 걸어가는 주활의 뒷모습을 바라보고 있던 권왕은, 문득 그 거구의 장수에게로 다시 시선을 돌렸다.

그리고 권왕의 표정은 금세 허탈하게 변하고 말았다.

그때 금의위 통령과 함께 침전으로 통하는 대리석 통로를 가로막고 선 그 장수는, 체구는 크되 어딘지 모르게 미욱해 보이는 데가 있는 그저 금의위 소속의 장수 중 하나일 뿐이어서 좀 전 팔왕 중 네 명의 기세를 한꺼번에 받으면서도 사뭇 여유 있어 보이던 그 기이한 기도를 조금도 찾아볼 수가 없었던 것이다.

*　　　　*　　　　*

"형님!"

앞쪽에 서 있는 주치의 뒷모습을 향해 입을 여는 주활의 목소리에는 어쩔 수 없는 엷은 떨림이 있었다.

주치가 돌아보지 않은 채 나직이 답했다.

"활이냐?"

"예! 형님!"

주활이 대답하면서 힐끗 황제의 침상 머리맡에 선 어전통감을 보았다. 이어 어전통감이 그를 향해 가볍게 허리를 숙여 보이는 것을 보고는 다시 침전 안을 일별하였다.

침전의 방문 옆에 하나, 그리고 침상에서 다섯 걸음 정도 떨어진 좌우에 각각 태감 하나씩이 깊숙이 허리를 숙인 채 서 있었다.

주활이 무심결에 가만히 숨을 들이켰다. 굳어졌던 그의 안색이 다소간 풀어지는 듯 보였다.

"형님께선 천하를 주유 중이시라고 들었는데, 어느 틈에 또 황궁에 와계시니 참으로 신출귀몰이라고 해야겠습니다."

"하하하! 나의 행적이야 잠시도 너의 이목에서 벗어나지 못했을 터인데, 그리 말하는 것은 새삼스럽지 않으냐?"

"형님도 참! 오랜만에 만난 인사치곤 말씀에 가시가 있어 보입니다."

주활이 농처럼 웃으며 말하는데, 주치는 문득 웃음기를 거두었다. 이어 담담한 표정으로 된 주치가 가만히 주활을 응시하였다.

주활은 대번에 긴장된 얼굴이 되고 말았다. 그러나 그는 이내 자신의 긴장을 깨달은 듯 지레 인상을 굳히고 말았다.

그때 주치가 담담한 어조로 입을 열었다.

"너는 이 추악한 황권 다툼에 뛰어들지 말았어야 했다. 그러기엔 너는 배포와 과단성이 부족한 아이다. 어릴 때나, 지금이나 마찬가지로."

주활이 반발하듯이 말을 뱉었다.

"과거의 형님이라면 모르되, 지금의 형님은 제게 그런 말씀을 하실 입장이 못 되는 것 같습니다만? 그리고 저 또한 과거의 제가 아님을 아셔야만 할 겁니다."

주치가 가만히 주활의 눈을 응시하다가 문득 나직이 소리내어 웃으며 반문했다.

"하하하! 너는 혹시 지금의 내게 아무런 힘이 없다는 것을 말하고자 하는 것이냐? 또한 그동안 네가 대단한 세력을 이루어놓았음을 자랑하고자 하는 것이냐?"

주활은 곧바로 대답하지 못했다. 물론 그는 주치가 말한 그대로의 생각을 가지고 있었다. 그러나 막상 주치가 스스로의 입으로 그러한 사실들을 적시하자, 왠지 모를 의혹과 경계가 불쑥 솟았던 것이다.

그때 주치의 잔잔한 목소리가 이어졌다.

"너는 지난 수년간 강호의 무리들까지 대거 끌어들인 바 있으니, 팔종의 이름 또한 들어보았겠구나?"

"팔종……?"

그렇게 되뇌며 주활의 두 눈이 슬며시 커졌다.

"그들 중의 셋이 내 수하에 있다고 하면, 너는 지금의 상황이 이해가 되겠느냐?"

"아아!"

순간 주활은 자신도 모르게 경악의 탄식을 흘려내고 말았다.

"아무래도 너는 아직까지 잘 이해가 되지 않는 모양이구나."

그러면서 주치는 찬찬히 설명이라도 하듯이 덧붙였다.

"너와 태자 측근의 외척들이 서로를 견제하며 각자의 세력을 불리는 데 진력할 때, 나는 다만 그 몇 사람을 얻기 위해 모든 힘을 다 쏟았다. 즉, 지금의 내게 그나마 내세울 힘이 있다고 한다면, 그 몇 사람이 전부라고 할 것이다. 하면 이러한 사실은 또한 내게 마지막의 수단이라고 할 것인데, 내가 지금 네게 그 비장의 수를 말해주고 있음에도 너는 여전히 네가 지금 처해 있는 상황이 어떤 것인지 짐작하지 못하겠느냐?"

"음!"

주활이 무거운 침음성을 토해냈다. 그러나 그는 곧 반발하듯이 말을 받았다.

"지난 십여 년간 죽은 듯이 엎드려 지내는 줄로만 알았는데 와중에도 그런 비장의 수를 준비했다니, 과연 형님답습니다. 그러나 역시 형님은 그 마지막 비장의 수를 너무 빨리 꺼낸 것 같습니다!"

"호오?"

"형님께서 팔종의 셋을 휘하에 두신 것이 진정 사실이라고
해도, 작금의 판도를 크게 바꾸기엔 이미 늦었습니다. 불가능
하다는 말씀입니다. 우리가 지금 강호무림의 천하제일인을 가
리고자 하는 것이 아니라, 천하의 주인을 가리고자 하는 것인
바에는, 그것이 어찌 몇몇 개인이 가진 무공의 고하로만 결정
이 된다고 하겠습니까? 결국은 전쟁에 비견되는 싸움이며, 그
러기에 그에 부족하지 않은 금력과, 무력과, 권력이 모두 포함
된 세력의 싸움임을 형님께서도 모르지는 않을 것입니다. 그
럼에도 만약 형님께서 팔종을 부려 이 자리에서 저를 죽이고,
또한 황상을 제압한다고 해도, 그 위세는 다만 이곳 침전에만
한정될 뿐입니다. 당장에 침전 바깥에 있는 수천의 금의위를
어떻게 할 것이며, 또한 팔종만은 못하다 해도 팔왕을 위시한
제 휘하의 숱한 무림고수들은 또 어떻게 할 것입니까? 그들 개
개인이야 물론 팔종의 인물들과는 용과 지렁이처럼 비교조차
할 수 없을지 모르나, 그들의 수가 수천이며, 더욱이 활과 각종
의 병장기로 중무장 한 정예군들이니, 아무리 천하무적의 절
대고수라고 해도, 팔종이 신이 아닌 다음에는, 다만 몇 명만으
로 그들 모두를 감당하지는 못할 것입니다. 뿐만 아니라 다시
일각이 지나기 전에 황궁 밖에 대기하고 있는 수만의 병사들
이 새로이 당도할 것이니, 그때에 형님께서는 결코 활로를 찾
지 못할 것입니다."

주활의 짧지 않은 말을 주치는 차분히 듣고만 있었다. 그러다 이윽고 주활의 말이 끝나자 그가 문득 소리 내어 웃으며 말했다.

"하하하! 어릴 때부터 너는 우리 형제들 중에서 가장 영민하다는 소리를 들었었지. 그렇다. 과연 너의 그러한 판단과 분석은 대체로 옳다고 할 수 있겠다. 그러나 문제는 그것이 절대적으로 옳다고 할 수는 없다는 데 있다. 또한 그것은 내가 너에 대해 영민하되 이런 싸움에 끼어들기에는 그 배포와 과단성이 부족하다고 평가하는 이유가 되기도 하는 것이다."

"으음!"

주활이 자신도 모르게 흠칫하며 가느다란 침음성을 흘렸으나, 주치는 담담한 어조로 말을 이어갔다.

"무릇 큰 승부를 치르는 자는 단 한 번의 기회를 기다려 가진 힘을 다 써야 하는 법이다. 기회란 결코 두 번 다시 없기 때문이다. 지금의 형세에서 너와 외척들이 가진 힘과 세력은 마치 길고도 거대한 뱀과 같다고 할 것이다. 그러나 아무리 길고 거대한 뱀이라도 머리가 잘리면 단숨에 죽고 마는 법이다. 비록 지금 나의 힘은 보잘것없으나, 단숨에 뱀의 머리를 자를 기책(奇策)과 수단을 가지고 있는 것이다."

그때쯤 주활의 안색은 창백한 빛을 띠어가고 있었다.

주치가 잠시 틈을 두었다가 다시 덧붙였다.

"네가 내게 이토록 자세한 얘기를 들을 수 있는 것은, 지금쯤 이곳으로 오고 있을 누군가가 당도할 때까지의 시간 여유가 조금 있는 덕분이다."

주활이 안색을 확 변화시키며 외치듯이 물었다.

"누가, 왜 이곳으로 온다는 말씀이오?"

그에 대한 주치의 대답은 여전히 담담하기만 했다.

"이제 그가 당도할 시간이 거의 되었으니, 안타깝게도 더 이상 너에게 대답해 줄 여유가 내게는 없을 듯하구나."

순간 주활은 등골을 타고 쭉 흘러내리는 오싹함에 흠칫 놀라며 뒤로 서너 걸음을 물러서고 말았다.

그렇게 주치와의 거리를 벌리고 나서야 안도하는 기색이 된 주활이 반사적이다시피 냉소를 흘리며 말했다.

"흐흐흐! 이제 보니 형님은 이미 살심(殺心)을 품고 침전에 드신 것이로군요? 하면 그것은 곧 명백한 역심(逆心)일 터!"

이어 주활이 주위를 돌아보며 외쳤다.

"여봐라! 무태감들은 뭣들 하고 있느냐? 역도(逆徒) 주치를 당장 제압하라!"

그 순간 황제의 침상으로부터 다섯 걸음 좌우에 섰던 두 명의 태감이 그야말로 귀신같은 움직임으로 주치를 향해 미끄러져 나왔다.

치릿!

가벼운 소리와 함께 그들의 허리에서 좁고 얇은 백색의 요대가 풀려 나오면서, 마치 검처럼 빳빳하게 형체를 갖추며 주치의 양쪽에서 각기 목과 가슴을 겨누었다.

그런 것은 그야말로 눈 깜빡할 사이에 이루어졌다.

"역도 주치는 순순히 포박에 응하라!"

호통 치는 주활의 목소리에 숨길 수 없는 흥분이 담겼다.

그러나 주치는 의외로 태연하여서 처음의 담담한 표정이 조금도 변하지 않고 있었다.

주활의 표정으로 알지 못할 한 조각의 불안감이 퍼뜩 스치는 바로 그 순간, 주활의 그런 불안감을 현실화시키기라도 하듯이 새로운 목소리 하나가 사태에 끼어들었다.

그 나직한 목소리에서는, 목소리를 내는 그 자체만으로도 무척이나 힘에 겹다는 느낌이 완연하게 배어났다.

그러나 한편 그 목소리에는 은은한 노기와 함께 감히 거스르기 어려운 위엄이 배어 있었다.

"너희들은 지금 짐의 앞에서 대체… 무슨 짓거리들을 벌이고 있는 것이냐?"

침상에 모로 누운 그는 퀭하니 뜬 두 눈과 선명히 도드라진 광대뼈의 윤곽, 그리고 얼굴 가득 회색 죽음의 그림자가 짙게 드리워진 모습이었다.

그는 바로 만인지상의 존재인 황제였다.

그 몇 마디의 말을 하고는 몹시 힘에 겨운 듯 한참이나 숨을 고른 후에야 황제는 다시 입을 열었다.

"너희들에게는 황제의 자리가 그토록 허술해 보이느냐?"

이어 황제는 나직이 누군가를 불렀다.

"비감(秘監) 게 있느냐?"

바로 그때였다.

텅!

챙!

돌연 두 명의 무태감들이 주치에게 겨누고 있던 연검을 바닥으로 떨어뜨리며 목을 움켜잡았다. 이어 그들은 두 눈을 부릅뜬 채 목이 타는 듯 두어 번 입을 달싹이다가 그대로 쓰러지고 마는 것이었다. 쓰러진 그들의 얼굴은 어느새 짙은 회색으로 물들어 있었다.

절명이었다. 제대로 비명도 지르지 못한 즉사였다.

"아아!"

이어 흘러나온 주활의 탄식 소리는 마치 비명과도 같았다. 경악과, 그리고 이어서는 절망에 가득 찬.

그때 내내 미동도 없이 묵묵한 침묵으로 황제의 침상머리를 지키던 어전통감이 처음으로 입을 열고 있었다.

"오늘 두 분 황숙 전하들로 인해 무태감과 비감이라는 황상의 경호에 관한 두 가지의 소중하기 이를 데 없는 비밀들이 한꺼번에 깨지고 말았군요."

"비감이라니? 대체 그것이 무엇이란 말인가!"

주활이 호통이라도 치는 듯이 외쳤다.

그러자 어전통감은 가벼이 질책하는 것처럼 말을 받았다.

"황상의 경호가 어찌 사람들이 짐작하는 범위로만 이루어지는 것이겠습니까?"

그런데 어전통감의 말이 끝나는 바로 그 순간이었다.

"윽?"

억눌린 듯 답답하게 흘러나오는 희미한 비명 소리 하나가 있었다. 주활이었다. 그가 천천히 무릎을 꿇고 있었다. 부릅떠진 그의 두 눈은 경악과 극통으로 인해 부르르 떨리고 있었다. 그러나 이내 그의 두 눈에서는 빛이 사라졌고, 이윽고 그의 몸은 엎드리듯이 바닥으로 늘어지고 말았다.

"무슨 짓이냐?"

황제의 힘겨운 호통이 또한 경악으로 떨리고 있었다.

그러나 황제의 호통을 받은 어전통감은 아무런 대답을 하지 않았다. 아니, 하지 못했다. 그때쯤 그 또한 스르르 무너지고 있었으니까. 쓰러지는 순간 어전통감의 이마에 맺힌 한 점 붉은 핏방울이 유난히도 선명하였다.

또 한 번의 비명조차 지르지 못한 절명이었다.

그리고 그것이 또 다른 누군가의 살수에 의한 것이라면 그야말로 귀신과도 같이 신묘하며 아울러 지독히도 깨끗한 솜씨라고 하지 않을 수 없었다.

"이것은 역시 너의 짓이냐?"

길게 세 호흡쯤이나 뒤에 나온 황제의 그 질문은 굳이 지목하지 않아도 당연히 주치를 향한 것이었다. 이제 침전에는 그들 두 사람밖에 없었으니까. 적어도 황제가 알고 있는 한에는.

"형님은 아직도 저를 모르십니까?"

차분함을 조금도 잃지 않은 주치의 말에 황제는 잠시 침묵을 지켰다. 그 침묵에는 비탄과 절망, 그리고 무기력과 포기가 연이어 새겨지고 있었다.

그리고 이윽고 황제는 모든 것을 체념한 듯한 투가 되고 말았다.

"그렇구나. 네가 지금 이 자리에 나타났다는 것은, 필경 너에게 확실한 방도가 생겼다는 뜻이겠구나."

그러나 황제는 다시금 마지막 반발이 일기라도 하듯이 힘겹게 반문했다.

"그러나 대체 어떻게……?"

가만히 황제를 응시하며 주치가 천천히 입을 열었다.

"지금 이곳에는 저의 수하 하나가 함께 있습니다. 인극(人克)이라는 자인데, 좀 전에 제가 활에게 말한 바 있던 팔종으로 불리는 무림의 절대고수들 중 일인입니다. 그는 침전 밖의 수많은 매복과 기관, 그리고 이천 금의위의 철통같은 경계를 간단히 무용지물로 만들고서 이곳에 들어왔으며, 방금 소리도 형체도 없이 오제(五弟)와 어전통감을 죽인 자이기도 합니다. 또한 지금 이곳 침전의 공간 전체를 아예 외부와 완전히 차단시켜 일체의 소리가 바깥으로 새어나가지 않도록 하는 놀라운 능력을 발휘하고 있기도 하지요."

"음!"

"형님! 제 수하에 그런 절대의 고수가 세 명이 있다고 말씀드린 바 있습니다만, 저는 그들 중의 다른 하나를 조카에게로 보냈습니다."

순간 황제의 입에서 다시금 절망의 탄식이 새어 나왔다.

"아아!"

그때 주치의 안색은 시종 담담하던 것에서 문득 차갑고도 단호한 것으로 변해 있었다.

"저라는 사람이 한 번 하고자 결심한 일에 대해서 어찌 대처하는 사람인지는 형님께서 누구보다도 잘 아실 터! 저는 이미 시작하였으니, 이제 형님께서는 어찌하시겠습니까?"

"으음! 너는 내가 어찌하기를 바라는 것이냐?"

"모든 것을 하늘의 뜻이라 여기시고 제게 양위(讓位)를 하십시오."

주치의 그 말에 대해 황제는 잠시간 침묵하고 나서야 허탈한 기색으로 다시 입을 열었다.

"양위라……. 하나 양위라는 것이 그리 간단히 이루어지지 않는다는 것은 너도 모르지 않을 터인데?"

"이제 곧 구문제독 서휘가 이곳으로 올 것입니다."

"서휘가……?"

"그에게 이렇게 말씀하십시오. 하늘의 뜻에 따라 삼제(三弟) 주치에게 양위를 한다고. 그리하면 모든 것이 순리에 따라 원만하게 풀릴 것입니다."

순간 황제가 길게 탄식했다.

"아아! 너와 나는 같은 배에서 난 친형제인데, 네가 어찌 나에게 이처럼 악독하게 대할 수가 있느냐?"

주치가 더욱 차갑게 얼굴을 굳히며 냉정하게 말했다.

"그렇습니다. 저는 참으로 독한 사람입니다. 또한 이미 전

부 아니면 전무의 각오를 세웠으니, 이제 와 못할 일이 무엇이
겠습니까?'

"으으음!"

"형님께서는 선택하셔야만 합니다. 형님 혼자 죽을 것인지,
아니면 형님과 저, 그리고 또한 태자와 서휘까지 모두 죽을 것
인지."

"아아! 너는 어찌하여 그렇게까지 하려고 하느냐?"

"조부께서 나라를 일으키신 이후 이 나라는 아직까지 모든
면에서 안정되지 않고 있습니다. 사방의 변방에서는 외세들이
나날이 들끓고 있으며, 시급히 처결해야 할 내정의 일들이 태
산같이 쌓여만 가고 있다는 것은 형님께서도 모르시지 않을
것입니다. 만약 병약하고 무능한 황제였던 형님의 뒤를 이어
또다시 나이 어린 조카가 제위를 물려받는다면, 이 나라의 앞
날은 과연 어떻게 될 것입니까? 벌써부터 온갖 비리와 부패,
그리고 횡포를 일삼고 있는 외척들인데, 이제 그들이 본격적
으로 창궐한다면 그 해악은 또 어떻게 감당을 할 것입니까? 제
가 황위를 물려받아야만 하는 이유는, 천하의 혼란을 막아 국
정을 안정시키고 백성의 안위를 지키기 위함입니다. 그것이
곧 하늘의 명이며 순리라고 믿기 때문입니다."

"이미 동생을 죽였으며, 다시금 형에게 죽음을 강요하고 있
으며, 나아가 조카에게 돌아갈 황위를 찬탈하고자 하는 패륜
을 두고 어찌 순리라고 할 수 있느냐?"

"그것이 패륜이라고 할지라도 다만 작은 일일 뿐입니다. 그

러나 제가 하고자 하는 일은 천하만민을 위하고자 하는 것이니 더할 수 없이 큰일이고, 곧 천명이라고 할 것입니다."

황제가 길게 한탄했다.

"아아! 치(治)야! 치(治)야! 너의 그 말은 다만 독단이자 궤변일 뿐이로구나!"

그러나 그때 주치는 입을 굳게 다물고서 번뜩이는 눈빛으로 침상의 황제를 내려다보고 있었다. 그의 눈빛은 추호도 흔들리지 않았으며, 또한 너무도 차가워서 올려다보며 마주하고 있는 황제의 낯빛은 새하얗게 질려 버리고 말았다.

억겁과도 같이 무거운 잠시의 침묵이 지나간 후, 황제가 힘겹게 입을 열었다.

"그 아이 융(隆), 자네의 장조카만은 살려주겠다고 약속해주게!"

그에 대해 주치의 대답은 단호하고도 분명했다.

"약속합니다!"

그리고 두 사람 사이에는 다시 죽음같이 무거운 침묵이 흘렀다. 그 무거움은 당연히 황제의 것이었다. 주치의 얼굴은 다시 담담한 것으로 돌아가 있었다.

다시 한참 만에 황제는 미약한 목소리를 흘려냈다.

"아우!"

"예, 형님! 말씀하십시오."

"정녕 융을 살려주겠는가?"

주치의 얼굴로 아주 잠깐, 표정이라고 할 어떤 그림자가 스쳤다. 그러나 그는 금방 엷은 미소를 입가에 떠올리며 말했다.

"이 아우를 믿으십시오!"

그제야 황제는 얼굴에다 일말의 안도하는 기색을 떠올렸다.

"아아! 고맙네. 자네의 그 한마디면 충분하네. 사실은 처음부터 이 자리에 가장 잘 어울리는 사람은 바로 자네였었지. 이제야말로 이 자리가 진정한 주인을 맞게 되는가 보네!"

                    *   *   *

밤늦은 시각.

구문제독 서휘는 즉시 입궁하라는 어명을 받았다.

첩지에 찍힌 어인(御印)이 진짜이냐 가짜이냐 하는 것은 차후의 문제였다. 어떤 경우이든 그에게 입궁하라는 명이 내려졌다는 사실은 곧바로 황궁에서 모종의 긴박한 사태가 벌어졌다는 의미임을 직감하기 때문이었다.

서휘는 즉각 팔십일만 금군(禁軍)을 관장하는 구로(九路)의 수장(首將)들에게 밀지를 띄웠다.

나는 지금 어명을 받고 입궁하는 길이니 군사들을 비상 대기시켜라! 만약 내가 자시까지 궁에서 나오지 않거든 즉시로 군사를 움직여 궁으로 진입하되, 우선 침전과 태자궁을 장악하여 페하와 태자전하의 안위부터 확보토록 하라! 각로(各路)별 세부행동지침은 그대들이 이미 숙지하고 있는 그대로이다.

서휘가 흰 수염을 휘날리며 몇 명의 부장들과 함께 막 침궁에 당도하였을 때, 언뜻 주변 정황에서는 그가 우려하였던 조짐들이 없어 보였다.

　그러나 금의위들과 또한 한쪽에 무리를 이루며 은연중에 금의위들과는 대치의 형세를 이루고 있는 일단의 무림인들이 내뿜는 팽팽한 경계와 긴장에서, 지금 침전 안에서 어떤 긴박한 일들이 벌어지고 있을 것이라는 짐작을 해볼 수 있었다.

　서휘가 곧장 침전으로 향하려고 하자 금의위의 통령이 그의 앞을 가로막아 섰다.

　"멈추십시오!"

　그에 서휘가 대뜸 호통을 치려다가 문득 눈에 들어오는 자가 있어 걸음을 멈추었다. 금의위 통령의 뒤에 버티고 선 장대한 체구의 장수였다.

　'금의위 휘하에 이런 장수가 있었던가? 가히 일당천의 기세라 할 만한 대단한 위용이다.'

　그러나 그 장수가 바로 무림의 전설인 팔종 중의 금괴라는 사실을 서휘가 알 리 없었다.

　서휘가 한 번 더 금괴를 주목하여 보고 나서 천천히 허리에 차고 있던 검을 빼 들었다.

　스르릉!

　맑고 청명한 소리와 함께 엷은 푸른빛을 띠는 검신이 모습을 드러냈다.

"자네는 금의위의 통령으로서 이 검을 모른다고 하지는 않겠지?"

금의위 통령이 무겁게 대답했다.

"음! 청룡검(靑龍劍)……!"

"황상께서는 내게 이 청룡검을 하사하시면서 언제, 어느 때, 어느 곳에서라도 황상을 뵐 수 있는 권한을 주겠노라고 하신 바 있네. 나는 이제 청룡검의 권위를 빌어 황상을 뵙고자 하거니와, 누구를 막론하고 나를 가로막는 자가 있다면 즉참(卽斬)을 할 것이네. 자, 어떻게 하겠는가? 자네는 길을 열겠는가? 아니면 청룡검 앞에 목을 늘이겠는가?"

서휘의 잔잔한 말에 서린 서릿발 같은 위엄과 서슬에 결국 견디지 못한 금의위 통령이 한 걸음 옆으로 물러서고 말았다. 이어 서휘가 그대로 어깨를 밀고 들어가자, 금괴 또한 길을 열지 않을 수 없었다.

연이어 서휘가 빠른 걸음으로 기치창검과 활 등으로 중무장한 금의위 군사들의 사이를 홀로 걸어가는데, 그 살벌하고도 삼엄한 기세 속에서도 조금도 주눅 드는 모습을 찾아볼 수 없어서 과연 천하의 병권을 한 손에 주무르는 구문제독으로서의 당당한 위풍이 흘러넘쳤다.

침전 안으로 들어서면서 서휘가 가장 먼저 본 것은 등을 돌리고 선 한 사람의 뒷모습이었다. 그리고 그는 금방 그것이 바로 삼황숙 주치라는 것을 알아볼 수 있었다.

지그시 입술을 깨물며 서휘가 물었다.

"폐하를 수발하는 내관들은 모두 어디로 가고 전하 홀로 이곳에 계십니까?"

주치가 천천히 몸을 돌리며 차분한 음성으로 대답했다.

"황상께서 내관들을 모두 물리시고, 오로지 제독과 나 두 사람만을 보자고 하셨소."

순간 서휘는 침전 내에 필경 어떤 곡절이 생겼음을 짐작하였다. 그러나 그로서는 황제를 뵙는 것이 우선이었기에, 조심스러운 걸음으로 황제의 침상 가까이로 다가가서 무릎을 꿇었다.

"폐하! 신 구문제독 서휘이옵니다!"

감고 있던 두 눈을 힘겹게 뜨며 서휘를 바라보는 황제의 눈길에 일시 짙은 비탄과 절망, 그리고 안타까움이 스쳤다.

잠시 묵묵히 서휘를 바라보고 있던 황제가 이윽고 입을 열어 힘겨운 목소리를 흘려냈다.

"서휘는 들어라!"

"하명하시옵소서! 폐하!"

"짐의 병이 깊어 이제 당장의 앞일을 기약할 수 없게 되었도다. 이에 짐은 아우 치(治)에게 양위코자 하노라!"

순간 서휘의 두 눈이 경악으로 부릅떠졌다.

"폐… 폐하!"

그러나 가늘게 떨리는 황제의 목소리가 다시 이어지고 있었으므로, 서휘는 다시 머리를 조아릴 수밖에 없었다.

"지금 이 시간부터는 치(治)가 이 나라의 황제이니, 그 연호를 덕흥(德興)이라고 하라!"

"폐하!"

서휘의 목소리가 이윽고는 약한 울먹임을 담았다. 언뜻 고개를 들어보니 힘없이 두 눈을 감고 마는 황제의 창백한 얼굴은 완전한 체념을 담고 있었다.

황제의 감긴 눈꼬리가 문득 파르르 떨렸다. 그리고 서휘는 그 눈가로 비치는 엷은 습기를 볼 수 있었다.

순간 서휘는 격한 고갯짓으로 뒤쪽의 주치를 휙 돌아보았다.

그러나 주치는 여전히 담담한 얼굴이었다. 그가 차분한 어조로 입을 열었다.

"이제는 제독의 결정을 들어보아야 할 차례로군!"

잠시 틈을 두었다가 주치가 다시 말했다.

"그대는 나를 인정할 것인가? 아니면 거역할 것인가?"

순간 서휘의 얼굴로는 극심한 갈등의 기색이 스쳤다. 그러나 그는 곧 기색을 가다듬으며 조용하게 반문했다.

"제가 어떤 대답을 한들 황숙께서는 그것을 진정으로 믿을 수 있겠습니까?"

그 물음에 대한 주치의 대답은 동문서답이었다.

"흠! 여전히 황숙이라! 그렇다면 제독의 그 질문에 대한 나의 대답 여부에 따라서, 나는 제독의 새 황제가 될 수도 있겠

고, 혹은 대역무도의 모반을 획책한 역적이 될 수도 있겠군?'

순간 서휘의 안색은 더할 수 없이 딱딱하게 굳어졌다. 그러나 그는 굳이 대답하지 않았다. 침묵으로써 과연 자신의 뜻이 그와 같음을 시위하는 것이었다.

주치가 문득 입가로 빙그레 엷은 웃음기를 떠올렸다. 그러나 이어지는 그의 말은 사뭇 단호하기만 했다.

"나는 제독을 믿네. 시대적 상황을 읽는 제독의 안목과 식견, 그리고 가치관을 믿네. 만약 내가 제독을 믿지 못했다면, 나는 애초부터 이 일을 도모하지도 않았을 것이네."

그때 서휘는 문득 깊숙한 눈빛이 되어 있었다. 잠시 후, 그가 잔잔한 목소리로 입을 열었다.

"전하의 그러한 말씀은 참으로 납득하기가 어렵군요. 저는 지금까지 오로지 황상께만 일편단심을 바쳐 왔을 뿐, 전하를 포함하여 다른 누구에게 만분지 일의 마음도 나눈 바가 없습니다. 좀 더 솔직히 사실을 말한다면, 저는 황상과 나라의 안정을 위하여 전하와 오황숙 전하를 제거할 궁리를 한 적도 여러 번 있었습니다. 만약 그때 황상께서 제게 조금의 언질만 비치셨다면, 어쩌면 전하께서는 오늘 이 자리에 서 있지 못했을지도 모릅니다."

주치가 나직이 소리 내어 웃으며 고개를 끄덕였다.

"하하하! 그랬겠지. 제독이라면 반드시 그런 궁리를 해보았을 것이며, 상황(上皇)께서 명을 내리셨다면 과연 조금의 주저함도 없이 나와 활(闊)을 제거하였을 것이라는 점을 또한 믿네."

웃으며 하는 말 중에도 주치는 상황(上皇)이라는 말을 굳이 넣음으로써 자신이 금황(今皇)임을 은연중에 과시하였다.

그러나 서휘는 그러한 점에 대해서는 별반 개의치를 않는다는 표정으로 다시 물었다.

"한데도 어찌 저를 믿는다고 하십니까?"

"그에 답은 이미 한 것 같네만! 그리고 그 전후 사정이야 어찌 되었건, 중요한 것은 상황께서 이미 내게 양위한다고 선언을 하셨다는 점일세. 그럼으로써 나는 확신하는 바이네. 이제부터 제독이 반드시 내게 충성하리라는 것을!"

"반드시 충성할 것을 확신한다⋯⋯?"

서휘가 일시 묘한 표정이 되어 혼잣말로 중얼거리다가 문득 허허로이 웃으며 다시 말했다.

"허허허! 전하께서는 어찌 그리 확신하십니까? 지금 이 시점에서 제가 전하께 반드시 충성해야 할 명분과 이유가 대체 어디에 있다는 것입니까? 또한 전하께서도 이미 직시하신 바 있듯이, 지금 이 순간 제가 마음먹기에 따라서는 전하의 도모함은 한순간에 물거품으로 화할 수도 있는 일일 텐데요?"

그때 주치가 또한 웃음으로 말을 받았다. 그러나 그 웃음소리는 사뭇 날카로웠다.

"하하하! 그대는 과연 황제의 충신인가?"

"어인 말씀이십니까?"

"사실을 말하자면, 이 나라야말로 그대가 세운, 그대의 나라라고 해도 과언이 아니지 않은가? 만약 그대가 애초부터 천자의 자리에 욕심이 있었다면, 이 나라의 태조는 나의 조부님이 아니라 바로 그대가 되었을 것이라는 사실을 다른 사람은 몰라도 나는 알고 있네. 그럼에도 그대가 스스로 만인지상이 되기보다는 일인지하가 되는 쪽을 선택한 것에 대해 나는, 사람마다 하늘로부터 부여받은 천분(天分)이 다르기 때문이라고 이해하고 있네. 그러나 비록 충성을 받는 쪽보다는 충성을 바치는 쪽을 선택했다고는 해도, 그 충성의 대상이 결코 황제 일개인이 아니라는 것은 능히 짐작할 수 있네. 그대가 지금껏 충성을 바쳐 온 것은, 그리고 앞으로도 충성을 바칠 대상은, 황제가 아니라 바로 나의 조부와 그대가 모든 것을 다 바쳐 일으킨 이 나라 자체가 아니던가?'

순간 서휘는 길게 탄식했다.

"으음!"

주치의 중후한 목소리가 이어졌다.

"그러기에 나는 확신하는 것이네. 지금의 이 상황에서 그대가 반드시 나를 택할 것이라고. 나를 선택할 수밖에 없는 것이라고."

그때 서휘가 문득 허리를 곧게 폈다. 이어 어깨를 펴고 가슴을 내밀었다. 그러자 비록 노구였지만, 그의 전신에서는 이때까지 보지 못했던 새로운 위엄과 기세가 풍겨져 나왔다.

주치는 그런 서휘를 마주하고 섰다. 그리고 그에게서 뿜어져 나오는 장대하고도 웅대한 기도를 담담히 받았다. 그렇게 찰나 같기도 하고, 영원 같기도 한 시간이 흘렀다. 그리고 어느 한순간 서휘의 무릎이 천천히 굽혀졌다.

바닥에 부복한 채 서휘가 장중히 복명했다.

"신(臣) 서휘, 상황께서 내리신 양위의 명을 친히 들었으니, 신하 된 자로 어찌 감히 추호의 어김이라도 있을 수 있겠습니까?"

이어 서휘는 바닥에 세 차례 이마를 찧으며 외쳤다.

"신 서휘! 황제 폐하를 뵈옵니다!"

그때 주치의 얼굴로는 길게 안도하는 기색이 지나가고 있었다. 그러나 이내 그의 전신에는 줄기줄기 근엄한 위엄이 서렸다.

"구문제독 서휘는 들어라!"

주치의 나직한 목소리에 서릿발 같은 위엄이 서렸다. 서휘가 즉시 복명했다.

"하명하시옵소서! 폐하!"

"명하노니, 그대는 지금 즉시 황군(皇軍)을 일으켜 궁 내외의 질서를 굳건히 잡고, 제반의 어지러움을 신속히 안돈시켜라! 동시에 조정의 중신들을 긴급히 입시케 하여 만약의 급한 일들에 대비케 하라!"

"존명!"

"그 일을 위하여 짐은 그대에게 황실종친을 비롯한 만조백관의 생사여탈권을 줄 것이다. 또한 그대에게 한 명의 호위를 내리노니, 그 한 명이면 능히 일천 정예 병력의 호위를 받는 것보다 나아서 어떤 험한 상황에서도 그대의 안위를 지킬 수 있을 것이다."

"성은이 망극하옵니다! 폐하!"

서휘가 침전을 나가고 난 뒤, 주치는 비로소 긴 한숨을 내쉬었다. 그야말로 폭풍노도와 같은 순간들이 지나간 것이다.

그러나 그에게는 아직 마무리지어야만 할 일이 남아 있었다. 누구에게도 시킬 수 없는, 그래서 스스로의 손으로 직접 행할 수밖에 없는.

주치는 천천히 황제의 침상으로 다가섰다.

비록 두 눈을 감고 있었지만, 황제 역시 주치의 다가섬을 느꼈는지 감은 두 눈의 눈꼬리가 파르르 떨렸다.

황제를, 아니, 이제는 그저 늙고 병든 범부일 뿐인 그의 형을 잠시 내려다보고 있던 주치가 무겁게 입을 열었다. 그의 목소리는 아주 가는 떨림을 담고 있었다.

"형님! 이제 그만 그 무겁고도 고단한 짐을 내려놓으십시오. 이제부터는 이 아우가 대신 져드리겠습니다."

순간 황제의 두 눈이 부릅떠졌다. 그러나 그 두 눈에는 이미 어떤 위엄도 없었다. 다만 빛 잃은 두 눈 가득 절망과 공포가 담겨 있을 뿐이었다.

주치는 비단이불을 끌어당겨 황제의 얼굴 위로 덮었다. 그리고 얼굴 부위를 대중하여 두 손바닥으로 지그시 눌렀다.

이불 속에서 미약하나마 절박한 몸부림이 있었다. 그러나 이내 잠잠해졌다.

잠시 후, 두 손의 힘을 풀면서 주치는 가만히 두 눈을 감았
다. 그리고 그는 선 채로 죽은 듯이 깊은 침묵 속으로 침잠해
들어갔다.

침궁 주변으로 작은 소란이 일고 있었다.

기치창검에 활과 쇠뇌로 무장한 백인대(百人隊) 규모의 단
위를 이룬 군사들이 수를 헤아리기 어려울 정도로 몰려들고
있었다.

사방에서 몰려드는 그들의 기세는 마치 노도와도 같아서 침
궁을 지키고 있던 금의위가 당황을 추스르고 항전의 대오를
갖추려고 할 즈음에 그들은 이미 수천인지 수만인지 모를 대
군을 이루고 있었다.

"금의위는 무기를 버리고 순순히 투항하라! 이는 어명이니,
불응하는 자는 신분고하를 막론하고 즉시 척살할 것이다!"

사방을 포위한 병사들이 하나같이 외치니, 그 소리가 마치
천둥소리와도 같아서 구중천 황궁의 밤하늘을 쩌렁하게 울렸
다.

그 항거불능의 기세에 정원의 목석과 지하의 기관들에 의지
하여 매복한 자들까지 포함하여 이천의 금의위들은 대번에 응
전의 의지를 잃어버렸다.

그것은 그때까지도 주활을 기다리고 있던 권왕을 위시한 일
단의 무림인들 또한 마찬가지였다.

대세는 이미 누구도 감히 돌이킬 수 없는 지경으로 확연히 기울고 만 것이다.

탱!

챙그렁!

누군가를 시작으로 해서 잇따라 수천여 개의 병장기들이 속속 바닥으로 버려졌다.

그리고 금의위들과 무림인들은 순순히 투항을 했다. 자칫 대항하는 시늉이라도 했다가는 곧바로 소나기 같은 화살세례를 받을 터이니, 아무리 높은 무공을 지녔다고 해도 지금과 같은 상황에서는 별반 소용이 없는 일이었다.

다만 그런 중에도 권왕을 비롯한 팔왕 중의 세 사람은 용하게도 장내를 빠져나갔다. 그리고 또 한 사람, 금괴 또한 그 유난스러운 체구에도 불구하고 마치 원래부터 없었던 듯 종적도 없이 모습을 감추었다.

격변은 비단 황궁뿐만이 아니라, 황궁을 중심으로 한 황도 곳곳에서 일어나고 있었다.

뒤늦게 오황숙과 태자 측의 세력들이 곳곳에서 저항을 시도하였으나, 그때까지 철저히 중립 내지는 무간섭의 원칙을 지키고 있던 구문제독 서휘가 설마 그처럼 특별한 이유도 없이 갑작스럽게 군사를 일으킬 것을 누구도 짐작하지 못한 데다, 더욱이 동원된 병력의 규모가 가히 국가 간의 전쟁도 치를 만한 것이었으므로 애초부터 저항이 가능한 상황이 아니었다.

오황숙 주활의 왕부와, 황궁 인근에 주둔하고 있던 주활과 태자 측의 세력들이 파죽지세로 무너졌다.

한편 황궁이 이중 삼중으로 폐쇄된 가운데, 조정의 중신들이 속속 입궐하였다. 그리고 그들은 비로소 삼황숙 주치가 양위(讓位)라는 절대적인 명분을 얻었음을 알게 되었다.

그들로서는 전혀 상상치 못하게도 천하쟁패의 구도에서 완전히 소외된 것으로 믿고 있었던 주치가 일거에 상황을 뒤집어 버린 것이었다. 그것도 단 한 번에. 다시는 돌이킬 수 없도록 결정적으로.

나름대로 정세를 분석하고 예단하며, 또한 대부분 각자의 판단과 이해관계에 따라 태자 편, 혹은 주활의 편에 줄을 대고 있던 자들은 한순간에 변해 버린 엄청난 사태에 경악하고, 혹은 어이없어하고, 또 혹은 분해하였다.

안문은 병사들의 정중한 호위를 받으며 침전으로 들었다.

그때쯤 구문제독 휘하의 장수들은 안문이 바로 주치의 모사라는 것을 알게 되었으므로 그에 대해 감히 소홀하지 못하였다.

주치는 여전히 황제의 침상 곁을 지켜 선 채였다. 그때 안문이 들어와 복명하자 그는 돌아보지 않은 채 무겁게 말했다.

"형님께 어린 조카를 해하지 않겠다고 약속했네!"

그 순간 안문은 그 자리에 무릎을 꿇고 바닥에다 머리를 찧으며 결연히 외쳤다.

"죽여주십시오! 폐하! 신이 감히 독단을 부려 폐하로 하여금 허언을 하시도록 만들었습니다."

주치는 아무 말도 하지 않았다. 묵묵히 침묵을 지킨 지 한참 만에야 그가 다시 입을 열어 말했다.

"일어나라! 안문! 어쩌면 이 또한 하늘의 뜻일진대, 내 어찌 그대를 탓할 수 있으랴!"

이어 주치가 문득 물었다.

"지금 시각이 어찌 되었나?"

"이제 막 자시로 접어들었습니다! 폐하!"

"음!"

주치가 가볍게 탄식하며 서쪽의 먼 하늘을 바라보았다. 그 쪽은 바로 숭덕왕부가 있는 방향이었다.

잠시 후, 침전을 나서면서 안문이 급하게 소리쳤다.

"속히 어의를 불러라! 상황께서 위중하시다!"

第九章
기로(岐路)

지존
석산평전

자시(子時).

숭덕왕부 앞 너른 평원에는 지금 수많은 군웅들의 눈이 지켜보는 가운데 바야흐로 천하를 경동시킨 화제의 대결이 시작되려 하고 있었다.

오랜 묵상에서 깨어난 예령은 마차에서 내려 공지 앞쪽에 횟가루로 그려진 오 장 반경의 원을 향해 천천히 나아갔다.

같은 시각.

군웅들이 운집한 곳으로부터 오 리(五里) 정도 떨어진 하나의 야트막한 구릉 위.

"얘야! 네 생각에는 도왕이 과연 저곳에 모습을 나타낼 것

같으냐?"

마치 바로 가까이에서 보는 것처럼 오 리 밖의 모든 상황들이 자세히 보인다는 듯이 창로한 목소리 하나가 그렇게 말했다.

노인은 곱게 빗어 올려 쪽을 진 머리 가운데에다 여인네들처럼 은잠(銀簪)을 꽂았는데, 그 모습이 조금도 어색하거나 이상하지 않고 오히려 기이한 기품이 서려 보였다.

노인의 불그스레한 홍안에서는 언뜻 미려한 빛이 감돌아서 그야말로 옥골선풍이라는 말이 어울릴 듯했고, 더욱이 동안이라 그 나이를 짐작하기가 어려웠다.

지금 멀리 군웅들 너머를 바라보는 노인의 눈빛은 마치 맑은 날 먼 하늘 빛처럼 은은한 눈부심으로 빛나고 있었다.

"태조부(太祖父)님께서 한낱 무림인들의 원한 다툼에까지 이처럼 관심을 두시는 까닭을 소손은 여전히 잘 모르겠습니다."

단아한 기품이 느껴지는 중에도 마치 투정을 부리듯, 혹은 어리광을 부리는 듯하는 그 목소리는 노인의 곁에 선 여인의 것이었다.

궁장 차림을 한 중년의 여인이었다.

여인은 높이 틀어 올린 머리와 몸에 붙인 한눈에도 귀해 보이는 몇 가지 보석들이 아니더라도, 몸에 밴 기품과 위엄만으로도 구중궁궐 지체 높은 신분이라는 것을 능히 짐작해 볼 수 있을 듯하였다.

그런데 여인은 지금 그러한 기품과 나이에도 불구하고 노인에 대해 마치 나이 어린 손녀가 할아비를 대하듯 하고 있었는데, 노인의 기이한 풍모 때문인지 여인의 그런 모습이 그다지 부자연스럽게 여겨지지는 않았다.

"허허허! 너는 이제 곧 태후의 신분이 될 것이고, 또한 적어도 향후 십 년간은 어린 융(隆)을 대리하여 천하를 다스려야 할 것이다. 그렇다면 또한 분명히 천하의 일부분인 무림의 사정에 대해서도 소홀히 해서는 안 될 터, 오늘 밤 저처럼 수많은 무림인들이 초미의 관심을 보이는 일에 대해서는 대충의 구경을 해두는 것도 나쁘지는 않을 것이다."

"하지만… 지금 궁의 사정은 참으로 예민하기 이를 데 없어서 잠시도 눈을 떼기 어려운데……."

"허허! 궁에서 일어나는 사정들이야 이미 완벽하게 너의 계산하에 들어와 있지 않느냐?"

"그것이 어찌 미숙하기 짝이 없는 소손의 계산이기야 하겠습니까? 모든 것이 다 태조부님의 안배인걸요. 한데 말씀이 나온 김에 여쭙는 것이온데……!"

"음?"

"태조부님께선 언제까지 작금의 상황들을 그저 흐르는 대로만 두고 보실 것입니까?"

"흠! 그러고 보니 너는 아마도 나의 처사에 대해 다소간의 답답함을 느끼고 있는 모양이로구나!"

"만부당하신 말씀이시옵니다. 소손이 어찌 감히 그 같은 불

경을 저지를 수 있겠습니까?'

"아니다. 너의 처지와, 또한 현재 감당하고 있는 상황들의 중압감을 보자면 그런 답답함은 오히려 당연하다고 할 것이다."

"소손의 좁은 생각일지는 모르겠으나, 우리가 일찍이 결단만 내렸더라면 오늘날의 크고 작은 혼란들은 애초에 생기지도 않았을 것이라는 생각을 하지 않을 수 없습니다. 사실 지금이라도 태조부님께서 하명만 하신다면, 그깟 주활 따위가 언감생심 황위를 노려볼 엄두라도 내게 둘 것이며, 그깟 서휘 따위가 황명이니 중립이니 운운하며 감히 태자 옹립의 대의명분을 소홀히 하도록 둘 것입니까?'

"허허허! 그럴 것이다. 과연 그럴 것이다. 우리의 힘은 이미 오래전부터 차고 넘칠 정도였으니, 그들 몇몇의 가벼운 걸림돌들을 치우고 융을 용상에 앉히는 일쯤은 지금 당장이라도 마치 손바닥을 뒤집는 일처럼 수월히 행할 수 있을 것이다. 그러나 그런 것이 아니다. 노부가 이루고자 하는 것은 그런 것이 아니니라!'

"태조부님……?'

"너는 선 황조가 무너질 당시, 노부가 진정 막을 수 없었다고 생각하느냐?'

"아!'

"아니다. 노부가 막고자 했다면 능히 막을 수 있었을 것이다."

"아아! 한데 왜⋯⋯?"

"당장에는 막을 수 있다고 해도, 무너지는 황조를 그저 떠받칠 수 있을 뿐, 다시 바로 세우기는 불가능하다고 생각했기 때문이다. 세상의 이치란 그런 것이다. 힘이 있다고 해서 때를 기다리지 않고 조급히 취한다면, 그 당장에는 다 이룬 것처럼 보이나, 얼마 지나지 않아 화가 돌아오게 되어 있는 것이다. 그것이 순리란 것이다."

노인이 잠시 지긋한 눈길로 궁장여인을 바라보다가 문득 나직이 소리 내어 웃으며 말을 이었다.

"허허허! 노부 또한 나이 백을 한참이나 넘기고 나서야 겨우 그러한 이치에 관심을 둘 수 있었는데, 지금의 네게야 어찌 통하기를 바랄 수 있을까?"

"송구할 따름이옵니다."

"나는 너와 융을 시작으로 하여 우리 가문의 천하가 향후 천년을 이어가기를 바라고 있다. 그것을 위하여 지금까지 늘 순리의 편에 서왔으니, 이제 모든 것이 저절로 막바지를 향해 치닫고 있는 지금에 와서 조금이라도 역리를 취할 까닭이 없는 것이다."

"태조부님의 말씀 가슴 깊이 명심하겠사옵니다!"

노인이 잠시간 빙그레 웃으며 여인에게 자애로운 눈길을 주고 있다가 문득 미소를 거두며 다시 입을 열었다.

"사실 노부가 오늘 밤 이곳에 온 이유 중에는 이 일에 한 가지 뭔가 석연치 않은 점이 있어 보이기 때문이기도 하다."

궁장여인이 두 눈에 반짝 이채를 떠올리며 진정으로 궁금하다는 듯이 물었다.

"태조부님의 무공은 고금을 통틀어 제일이시고, 신기묘산은 은둔현자의 전설적 비맥(秘脈)이라는 귀곡(鬼谷)조차도 감히 비기지 못할 것입니다. 그리고 지금 저곳에서 벌어지고 있는 따위의 일이야 강호도상의 다반사라고 해야 할 것인데, 거기에 태조부님께서 조금이라도 신경을 쓰실 만한 무슨 특별함이 있겠습니까?"

노인이 가볍게 탄식하며 대답했다.

"허허! 네가 참으로 간단히 노부의 얼굴에다 금칠을 입히고 마는구나. 그러나 너의 말은 지나치다. 무공에 있어서도, 심기에 있어서도 노부는 결코 제일이라고 할 수 없다."

그에 궁장여인이 금방 조심스러운 표정이 되고 말자, 노인은 다시금 빙그레 미소를 떠올리며 말을 이었다.

"허허! 그리 안색을 굳힐 것까지는 없느니! 천하는 한없이 넓고, 기인이사는 바닷가의 모래알보다 많다고 하였으니, 천하의 그 누구도 감히 제일을 자부할 수는 없다는 정도의 말로 들으면 될 터이다."

궁장여인의 표정이 슬그머니 풀리는 것을 보면서 노인이 다시 덧붙였다.

"노부가 석연치 않다고 한 것은, 어쩌면 그저 근거없는 느낌 같은 것인지도 모르겠다. 다만 노부가 오랫동안 잊고 지내왔던 어떤 느낌을 일깨우는 무언가가 지금 저곳에 있는 것만 같은… 그 느낌이란 뭐랄까… 긴장 같은 것이라고 할까?"

궁장여인이 언뜻 놀라는 기색이 되며 반문했다.

"긴장이라고 하셨습니까?"

"음! 게다가 이곳이 주치의 왕부라는 게 또한 왠지 석연치가 않구나!"

"그것은 혹시 태조부님께서 여전히 주치를 높이 평가하시는 때문이 아니겠습니까? 하오나 차라리 주활이라면 모르되, 지금의 주치에게서야 무슨 주목할 점이 있다고 하겠습니까?"

"허허허! 노부 또한 그렇게 여기고 싶다만, 주치 그 아이에게는 왠지 모르게 위험하다는 느낌을 지울 수가 없구나!"

"하나 그는 방금 전까지도 한가하게 주유천하의 흉내나 내다가, 이제야 자신의 왕부로 돌아오지 않았습니까? 더구나 쓸데없이 무림의 소란거리를 꼬리처럼 달고서 말입니다."

"노부가 마음에 걸려 하는 것이 바로 그 점이다. 하필이면 이런 민감한 시기에, 하필이면 주치 그 아이가 자신의 주변으로 저처럼 천하의 이목을 집중시키고 있느냐 하는 말이다."

그때였다. 멀리 군웅들 속에서 함성이 일고 있었다.

"도왕(刀王)이다!"

"와! 도왕이 나타났다!"

북쪽으로부터 하나의 신형이 마치 야조(夜鳥)처럼 날아오더니, 두어 번 허공을 오르락내리락하는 사이에 어느덧 예령의 앞쪽으로 내려섰다.

그는 바로 도왕이었다.

"영악하기 짝이 없는 계집아이로다!"

도왕의 첫마디에는 짙은 분노가 서려 있었다.

아마도 일전에 안문 등이 숭덕왕부를 장소로 정한다면 번거로움을 피할 수 있겠다고 하며 그와 예령의 승부를 중재한 바있는데, 막상 오늘에 이르러 보니 천하의 이목이란 이목은 죄다 이곳으로 집중된 것에 대한 분노일 터였다.

도왕의 분노에 대해 예령은 아무런 대응도 하지 않았다.

이제 와서는 그녀도 도왕도 어차피 다른 선택의 여지란 조금도 없는 것이었다. 다만 서로의 검과 도를 맞대는 수밖에는. 그리고 누군가 한쪽이 다른 한쪽의 목숨을 취하는 것 외에는.

"갈!"

도왕의 외침이 쩌렁하니 대기를 뒤흔들 때, 예령은 자신을 향해 날아오는 한 자루의 구환도를 보았다.

그러나 그것은 분명 도이되 이미 도가 아니었다. 그것은 비록 도의 형상을 하고 있었으나, 기실은 거대하게 뭉쳐진 도기(刀氣)였다. 말 그대로 도의 산, 도산(刀山)이었다. 그 일초에 도왕은 자신의 일생정화를 다 쏟아 넣은 것임에 분명했다.

콰아아아!

그 거대한 도산은 숫제 일대의 허공을 통째로 밀어내며 예령을 향해 덮쳐 오고 있었다.

'아아! 무상결!'

찰나에서 다시 찰나를 쪼갠 시간 속에서 숱하게 일어났다가 스러져 가는 생각의 편린들 속에서 예령은 문득 그렇게 무상결을 떠올리고 있었다.

그러나 그것은 절실함이 아니었다. 절박함은 더더욱 아니었다. 다만 욕심없이 담담한 바람일 뿐이었다.

일생일대의 비무를 앞두고 그녀는 혼신의 힘을 다해 무상검결을 참오하였었다. 그러나 제사초인 파천황결(破天荒訣)의 이치에는 확연히 통하였으나, 결국 제오초 무상결의 오의에는 근접조차 하지 못하였다.

그리고 현재 그녀의 내공 수준으로는 극성으로 파천황결을 펼친다고 하더라도, 또한 단 일초로 모든 것을 가름하려는 도왕의 일생정화를 감당하기에는 역부족이었다.

예령의 담담함은 한순간 체념으로 되었다가 다시금 담담해졌다.

그런데 그러던 어느 순간 예령은 자신의 마음이 비롯되는 무엇도 없이 갑자기 환해지고 가벼워진다고 여겼다.

그리고 바로 다음 순간, 그녀는 마치 거짓말처럼 한가닥의 깨달음을 접하게 되었다.

'아아!'

바로 무상결의 이치였다.

그토록 전심전력으로 매달릴 때에는 잡힐 듯 잡힐 듯하다가 이내 먼 곳으로 멀어져 버려 그런 경지가 과연 존재하기나 할까 하고 의구심이 들도록 만들더니, 전혀 생각하지 않고 기대하지도 않던 어느 한순간 불현듯 마음이 환해지고 가벼워지더니 그 요원의 경지는 마치 신기루처럼 그녀에게 깨달음으로 다가와 있는 것이다.

그리고 그녀는 마침내 알 수 있었다. 그동안 그녀의 깨달음을 가로막고 있던 것이 바로 그 깨달음을 향한 그녀의 집착이었다는 것을. 불현듯 깨달음을 얻고 보니 그 실체는 너무도 단순하여, 그간 그녀의 집착이 외려 그 단순함을 복잡함으로 얽어버렸다는 것을.

검심일체(劍心一切)!

그것이 바로 궁극의 검의(劍意)인 무상결(無上訣)의 실체였다.

예령의 검에 희미한 빛이 떠올랐다. 그리고 그때 이미 그녀를 짓누르고 있는 도왕의 거대한 도기(刀氣) 속에서, 그 빛은 곧바로 눈부시게 휘황한 광채로 화했다.

화악!

그것은 소리없는, 그러나 눈부신 빛의 발진이었다.

바로 예령의 검에서 발현된 눈부신 빛은 도기의 산 한가운데를 가르며 그대로 쏘아져 나갔다.

그 놀라운 모습은 마치 눈부신 빛으로 이루어진 한 마리 물고기가 웅장한 폭포의 거센 물줄기를 거슬러 올라가는 듯했다. 유연하게, 그리고 강인하게.

그러나 그 빛은 안타깝게도 얼마 나아가지 못하여 멈추고 말았다.

위이이잉!

검기와 도기의 격렬한 대치를 말해주듯이 일순 일대의 공간이 부르르 진저리를 치며 울부짖었다.

그때 예령의 심정은 간절함으로 가득했다.

'아아! 부딪칠 것이 아니라, 초월해야 하거늘! 조금만… 조금의 내력만 더 받쳐 준다면 경계를 넘어설 수도 있을 터인데!'

이제 승부는 어떻게 되어도 좋겠다는 심정이었다. 다만 검의 궁극을 보고 싶었다. 그녀가 추구해 오던 검의 궁극이, 그녀 자신의 손에서 펼쳐지는 그 순간을.

그런데 그 간절함이 하늘에 통했음인가?

예령은 문득 그녀의 검으로 흡수되는 어떤 기의 존재를 느꼈다. 그랬다. 그것은 그녀의 내력이 아니라, 분명 외부에 존재하는 어떤 기운이었다.

사방의 대기 중에 미세하게 녹아 있는, 미상의 어떤 힘들이 돌연 그녀의 검으로 흡수되고 있는 듯했다. 천천히, 그러나 사실은 폭발적으로.

예령은 당황하거나 거부하지 않았다. 다만 있는 그대로의 현상에 순응했다. 그러한 현상조차도 그녀 자신의 깨달음의 일부분이라고 여겼다.

콰우우웅!

한순간 예령의 검이 감히 바라볼 수 없을 정도의 눈부심을 발산하였다. 동시에 거침없이 앞으로 나아갔다.

사실은 앞으로 나아간 것이 아니라 그대로 공간의 경계를 넘어간 것이었다. 그러기에 그 거대한 도기의 산은 예령의 빛의 검이 나아가는 데 전혀 저항하거나 방해가 되지 못하였다.

"아아! 광검이다!"

능운상은 자신도 모르게 부르짖고 말았다.

동시에 능운상은 자신의 뇌리를 통렬히 관통하고 지나가는 어떤 짜릿함에 부르르 전율하고 말았다.

광검(光劍)! 그것은 곧 태극혜검의 궁극적인 실체이기도 했다.

눈부신 빛으로 화한 예령의 검은 공간을 단축하며, 시간마저 단축하며 그대로 도왕마저 관통하고 지나갔다. 그 모든 것들은 다만 빛이 번쩍하는 순간에 이루어졌다.

미처 경악을 떠올리기도 전에 빛을 잃어버린 도왕의 두 눈. 서서히 무너지는 도왕의 신형. 자신의 검에 충만하였던 기운들이 일시에 흩어져 버리는 느낌. 그러한 것들에 대해 예령은 마치 관찰자가 된 듯이 망연히 바라보다가 문득 하얗게 의식의 끈을 놓치고 말았다.

경악, 뇌리를 꿰뚫린 듯한 희열, 그리고 허탈감. 그같이 서로 상반되어 어울리지 못하는 감정들을 추스르고 정리할 틈도 없이 능운상은 그대로 신형을 날렸다. 막 쓰러지고 있는 예령의 몸을 받아 안기 위해서였다.

그러나 그런 촉박함으로 인해 능운상은 바로 그때에 또 다른 한 사람이 쓰러지는 예령을 보고 크게 어깨를 움찔거리는 장면을 미처 보지 못했다.

그때 소산은 괴로움, 서운함, 답답함, 쓸쓸함, 그러나 그중 명확히 그 어떤 것도 아닌 복잡한 심정이 되어 있었다. 그러던 중, 가만히 그의 손을 잡아오는 작고 따뜻한 손길에 대해 소산은 다시 한 번 움찔하고 말았다.

소소였다. 소소는 웃고 있었다. 다소곳하며 따뜻한 미소로. 소산이 이전에도 여러 번 보았을 미소였다.

그러나 그녀의 그 익숙한 미소가 그처럼 위안이 될 수 있다는 점을 소산은 이제야 비로소 알게 되었다.

소소를 보며 소산은 가만히 고개를 끄덕였다. 그때 그의 얼굴에도 엷은 미소가 떠올라 있었다. 비록 소산 자신은 미처 알지 못했지만.

"검후(劍后)다! 검후의 탄생이다!"

군웅들 중에서 누군가 그렇게 외쳤다.

그 외침은 뒤따른 다른 소음들에 이내 묻혀 버리고 말았으나, 그 신선한 충격과 경외는 이미 군웅들의 뇌리에 각인처럼 박혀든 다음이었다.

노인. 당금 천하에서 그를 아는 사람은 없을 것이다. 그의 진실한 이름이 무엇인지. 그의 나이가 얼마나 되었는지.

그러나 당금 천하에서 그를 모르는 사람 또한 없을 것이다. 그는 바로 지백이었으니까.

지백(地伯)!

천공(天公)과 더불어 이 시대의 전설인 팔종 중에서도 최고를 다투는 인물이다.

사실 지백이라는 이름은 천공이 부각되기 이전부터 강호에 회자되어 왔었다. 백여 년 전, 천공이란 이름이 세상에 나오기 이전까지 지백이야말로 천하에서 가장 강한 이름이었던 것이다. 그때쯤의 지백에 대해서는, 그가 구파일방을 중심으로 무림 정도의 세력을 규합함으로써 사실상의 무림통일 직전까지 갔었다는 얘기가 있기도 하였다.

천공의 내력이 어떤 것인지에 관해서는 또한 알려진 바 없다. 그러나 마치 신룡(神龍)처럼 그가 나타나자마자, 천하의 마도(魔道)는 한결같이 그를 추종했다.

그러나 천공은 막상 단 하나의 방파도, 단 한 명의 수하도 휘하에 두지 않았다. 전해지는 말로 그때 천공의 관심은 오로지 무의 궁극을 향해 가는 데만 있었다고 한다. 그가 노년이 되어서야 세상에 나온 이유 또한 자신의 무를 검증할 적수를 찾아서라고 하였다.

그런 말이 사실이라면, 천공이 지백에게 승부를 청한 것은 당연한 수순이었을 것이다. 그러나 두 거인들이 승부를 벌였을 것이라는 추측들 중 신빙성이 있다고 할 만한 것은 없다. 다만 어느 순간 두 사람은 동시이다시피 세상에서 몸을 감추었고, 이후로 전설이 되었다.

그리고 두 사람의 사라짐을 기다리기라도 했다는 듯 이후로 얼마간씩의 시차를 두고 일대의 무학종사들이 새로이 강호로 나왔으니, 그들이 곧 팔종의 나머지 인물들이었다.

지백의 곁에 있던 궁장여인, 황후는 지금 없었다. 그녀는 바로 좀 전에 황궁으로부터 전령이 가지고 온 보고를 듣고 급히 궁으로 돌아갔다.

그때가 하필이면 막 예령의 무상결이 처음으로 세상에 시현되는 시점이었다. 그러기에 또한 스스로를 한 사람의 무인으로 자부하는 지백으로서는 차마 그 광경을 보지 않을 수 없었던 것이다.

그러나 군웅들 중에서 누군가 검후의 출현을 외칠 즈음에, 지백은 문득 그가 놓쳤던 한 가지를 뒤늦게 떠올렸다.

"좀 전에 전령이 고하기를 침전으로 든 자가 황숙이 아니라 황숙들이라고 하지 않았나?"

그런데 그 중얼거림에 대해 허공중에서 문득 차가운 목소리 하나가 대답을 하고 있었다.

"분명 그렇게 말했습니다."

차갑고도 분명한 목소리였다. 또한 아무런 감정도 섞이지 않은 지독히도 메마른 목소리였다.

"그렇다면 설마 주치가……?"

다시 혼잣말처럼 중얼거리다가 지백이 단호한 어조로 명령했다.

"무영(無影)! 가서 왕부 내에 주치가 있는지 확인하고 오라!"

"존명!"

허공에서는 나직하나, 추호의 여지도 없이 절대적인 복종의 염이 담긴 복명이 있었다.

　그때 달빛으로 희뿌연 공간의 어느 일부가 무언지 모를 묘한 모호함으로 가볍게 일렁이는 듯했다. 그러나 그 어느 곳에서도 방금의 차갑고도 메마른 목소리를 낸 존재를 찾아볼 수는 없었다.

*　　　*　　　*

　왕부 앞 넓은 평원의 어둠과 대기를 가득 울렸던 함성과 탄식과 탄성의 여운들이 채 사라지기도 전에, 일대를 가득 채웠던 군웅들이 마치 썰물처럼 빠져나간 지는 이미 꽤 오래되었다.

　그들이 빠져나간 자리는 스산했고, 차가운 밤공기가 그들이 떠난 자리를 대신 채우고 있었다.

　예령은 여전히 혼절에서 깨어나지 못하고 있었다. 마치 무한히 깊은 잠에 빠진 것처럼 보였다.

　"언니는 지금 완전한 무기력 상태에 빠져 있어요. 그러나 위험하지는 않아요. 조용히 안정을 취하는 것만으로도 충분히 회복이 될 수 있으니까요. 다만 다소간의 시간은 걸릴지 몰라요. 몇 시진 혹은 며칠이 될지도."

　예령을 진맥한 소소가 그렇게 말하였기에 사람들은 크게 걱정까지는 하지 않았다.

　염동은 요즘에 들어 소소에 대해 특별한 호감을 가지게 된 모양이었다. 마치 자신의 손녀라도 삼은 양, 시간이 날 때마다 소소에게 이런저런 말을 시키고 들으며 흐뭇해하는 모습일 때가 많아졌다.

지금도 염동은 소소의 곁에서 이런저런 얘기들을 주고받으며 연신 '허허!' 하고 너털웃음을 터뜨리기도 하고, 혹은 '허!', '호오?' 하고 다소간 과장되어 보이는 추임새를 넣기도 하고 있는 중이었다.

하긴 소소가 가지는 인상이나 성품 자체가 그런 측면을 다분히 포함하고 있는 것이었다. 시간이 지날수록 느끼지 못하는 사이에 사람을 끌어들이는 묘한 정신적 매력 같은 것 말이다.

또한 그러기에 지금도 소소의 곁에는 염동 외에도 쌍맹과 당고, 그리고 무무까지 한데 모여 이런저런 얘기꽃을 피우고 있는 것이 아니겠는가.

소산과 능운상은 다른 사람들과 떨어져 예령이 누워 있는 마차를 지킬 겸, 그 근처에 있었다.

두 사람이 하릴없이 눈길을 주고 있는 평원 저 끝까지도 달빛은 하염없이 비치고 있었다. 희뿌연 그 빛 속에 아스라한 대지의 풍경들은 마치 꿈속같이 몽롱하였다.

"아우는 요즘 들어 예 낭자에 대해 어찌 그토록 무심히 대하는가?"

어둠 속의 아득한 지평선 즈음에 무료한 시선을 두고 있던 능운상이 문득 그렇게 물었다.

그러나 그저 망연한 표정이 될 뿐, 소산은 대답이 없었다.

그런 소산을 잠시 안타까이 바라보다가 능운상이 다시 물었다.

"혹시 이전과 다르게 그녀가 아우를 무정하게 대한다고 여기기 때문인가?"

소산이 그제야 마지못한 듯 대답했다.

"저는 잘 알지 못하겠습니다."

착잡한 표정인 소산에 대해 능운상이 문득 빙그레 미소를 떠올리며 말했다.

"도가(道家)의 제자인 주제에 우형 역시도 여인에 대해서라면 숙맥이라고 할 것이지만, 그래도 아우보다는 십여 년 이상 세상을 더 살아본 입장이 아닌가? 그래서 주제넘게 해보는 말이네만, 요즘에 아우를 대하는 예 소저의 태도는 결코 진심이 아닐 걸세."

그때 소산은 다시 무심한 듯한 기색으로 돌아가 있었기에, 능운상은 잠시 틈을 두었다가 다시 반문했다.

"혹시 이런 말 들어보았는가?"

"......?"

"여인들이란 때로 자신의 진심과는 사뭇 다르게 반대의 행동을 한다는 말!"

"들어보지 못했습니다."

마지못해 대답하는 소산의 표정이 순진해 보였기에, 능운상이 나직이 소리 내어 웃고 나서야 다시 말을 이었다.

"하하하! 사실 나 또한 경험한 바는 없네. 그러나 내가 그동안 만나본 강호의 선배 고인들 중에 특히 세상사에 여러모로 경륜이 깊으신 분들께서 해주신 말씀이니 그리 틀린 말은 아닐 걸세."

능운상이 다시금 빙그레 미소를 떠올리며 말을 계속했다.

"내가 볼 때, 지금의 예 소저야말로 그렇네. 그렇지 않고는 지금까지 얼마나 진심을 가지고 아우를 대해온 예 소저이거늘, 갑자기 그처럼 무정하게 변할 수는 없는 일이 아닌가?"

소산이 그제야 약간의 관심이 동한다는 듯 사뭇 무거운 표정이 되며 물었다.

"혹시 능형은 그러한 점에 대해 달리 아시는 바라도 있습니까?"

"허! 내가 딱히 아는 것이 있었다면, 이제야 이런 얘기를 하겠는가? 다만 짐작하건대 그녀는 아마도 아우에 대해 어떤 혼란을 겪고 있는 중인지도 모르겠네."

"혼란이라면……?"

"글쎄! 이를테면 아우에 대한 그녀의 감정이 어떤 계기로 갑작스러운 변화를 겪고 있는 것은 아닐까?"

소산이 신중한 기색으로 잠시 생각에 잠기는 듯하다가 이내 가만히 고개를 가로저었다.

"지금 남녀 간의 감정을 염두에 두고서 하시는 말씀이라면,

애초부터 예 소저가 저에 대해 무슨 감정을 가지고 있었겠습니까? 혹시 소 대형이나 능 형에 대해서라면 또 몰라도…….”

순간 능운상은 묘한 표정이 되며 곧바로 반문했다.

“예 소저가 나에게 어떤 감정을 가지고 있다? 자네는 정말로 그리 생각하는가?”

“…….”

“그래, 아마도 그럴 수도 있을 것이네. 나 또한 예 소저와 나 사이에 서로에 대해 느끼는 어떤 감정이 있다고는 생각하네.”

순간 소산의 표정은 언뜻 무거워졌다. 그것을 슬쩍 살피고 나서, 능운상이 가볍게 소리 내어 웃으며 다시 말했다.

“하하하! 그러나 오해하지는 말게. 그것은 결코 남녀 간의 정감 같은 것은 아니니까. 굳이 말하자면, 다만 같은 목표를 가지고 비슷한 길을 걷는 사람으로서 가지는 정감일 뿐일세. 이를테면 무무 형과 나 사이에 공유하는 감정과 같은 것이고, 내 사부님과 소림의 굉조 선사님께서 공유하고 계시는 감정과도 같은 바로 그런 종류의 감정일세. 그리고 소 대인과 그녀의 사이는…….”

그 대목에서 다시금 힐끗 소산의 표정을 살피고 나서 능운상은 말을 이었다.

“내가 보기에 그것 또한 아닐세. 소 대인은 몰라도, 적어도 예 소저는 아닐세. 설혹 예 소저에게 그를 생각하는 마음이 있다고 하더라도, 그것은 다만 그의 연륜과 위엄에 일시 의지해 보고자 하는 마음일 뿐, 남녀 관계로서 느끼는 감정은 결코 아닐 것이라고 나는 믿네."

소산은 묵묵히 생각에 잠긴 모습이었다. 그가 입을 연 것은
두 사람 사이에 한참이나 침묵이 흐른 뒤였다.

"그런 말씀으로 저를 위로하시려는 것을 보니, 그동안 제가
능 형께 못난 모습을 많이 보였던 모양이로군요."

그에 능운상이 크게 당혹스러워하며 손까지 내저었다.

"이보게, 산 아우!! 나는 결코 그런 뜻으로 말을 하는 게 아
닐세!"

그러나 그때 소산의 기색은 침울하게 가라앉아 있었다. 그
리고 잠시 틈을 두었다가 다시 입을 여는 그의 표정에는 힘겨
워하는 기색이 완연하였다.

"저는 잘 모르겠습니다. 어느 것이 그녀의 진심인지. 저는
다만 마지막까지 그녀가 하고자 하는 대로 해주고 싶을 뿐입
니다."

능운상이 조심스럽게 물었다.

"그녀가 하고자 하는 대로라니……? 그건 또 무엇을 두고
하는 말인가?"

"그때 개봉의 장원에서 그녀가 제게 말한 것을 능 형도 듣지
않았습니까? 그녀는 이미 제게서 원하던 것을 모두 얻었으니,
저만 괜찮다면 이제 모든 관계를 해지하지 않을 이유가 없다
고 하였지요!"

순간 능운상은 안타까이 탄식하며 말했다.

"어허! 이 사람아! 그런 것은 결코 그녀의 진심이 아닐 것이

라고 내 이미 말하지 않았는가? 예 소저나 자네나 참으로 뛰어난 사람들인데, 어쩌면 그런 쪽에서만큼은 그렇게도 똑같이 꽉 막힌 것인지… 참으로 답답하기 짝이 없네!'

그러다 능운상은 문득 또 다른 무엇을 생각했는지 언뜻 표정을 굳히며 다시 물었다.

"그리고 마지막이라니……? 자네 혹시……?"

그러자 소산이 문득 차분한 기색으로 대답했다.

"날이 밝는 대로 떠날 생각입니다."

그에 능운상이 무겁게 탄식하며 말했다.

"허! 자네는 어찌 그리 조급한가? 설령 마음의 결정을 이미 내렸다고 하더라도, 그동안의 정리를 보아 예 소저와는 최소한 한마디 작별의 인사는 나누어야 할 것이 아닌가?"

능운상은 나무라고 타이르는 어조가 되었다가, 금방 다시 달래는 투가 되었다.

"이렇게 하세! 예 소저가 깨어날 때까지만 기다려 보기로 말일세. 나와 무무 형 또한 머지않아 각자의 사문으로 복귀해야 할 처지이긴 하나, 다만 며칠간이라도 더 우리가 함께 지낼 수 있기를 바라는 것이 나의 작은 원(願)일세. 그리고 한 가지 더 진정으로 바라는 것이 있다면… 예 소저가 깨어난 뒤, 아우가 그녀와 서로의 마음을 터놓고 얘기를 나눠보기를 바라는 것일세."

그러나 소산은 다만 쓴웃음을 짓고만 있었다.

그 고소에서 능운상은 소산의 떠나겠다는 결심이 이미 단단히 굳었음을 새삼 읽을 수 있었다.

잠시 후, 소산이 담담한 기색으로 입을 열었다.

"염 공봉과 당고는 저와 함께 떠날 것입니다만, 소소와 쌍맹은 능 형께서 무당으로 돌아가실 때까지만이라도 함께 있도록 하는 것이 좋겠습니다."

그 말에 대해 능운상은 굳이 이유를 묻지 않았다. 소산의 그 말이 예령에 대한 염려에서 비롯되었으며, 예령이 깨어날 때까지만이라도 그들로 하여금 그녀를 보살피도록 하려는 마지막 배려라는 것을 능히 짐작할 수 있었으니까.

다시 잠시의 침묵이 흐른 후, 능운상은 문득 몸을 일으켜 아무 말 없이 저쪽 천막을 향해 걸어갔다. 소산 또한 묵묵히 능운상의 뒷모습을 보고만 있었다.

소산은 알고 있었다. 그것이 예령과의 작별의 자리를 만들어주려는 능운상의 마지막 배려라는 것을.

예령은 기이한 상태에 빠져 있었다.

지금 그녀는 눈조차 뜨지 못할 만큼 완전한 무기력 상태에 빠져 있었는데, 마치 어떤 질기고도 투명한 막에 층층이 갇힌 듯하였다. 그리하여 당장에는 그 어떤 방법으로도 그러한 상태에서 빠져나올 수가 없을 것 같았다.

그러나 그녀는 그러한 갇힘에 대해 구속이라는 느낌은 조금도 가지지 않고 있었다. 오히려 무한히 자유롭다는 느낌을 가졌다. 너무도 자유로워서 어쩌면 지금 자신의 의식이 육신에서 빠져나와, 육신과는 다른 공간에서 노닐고 있는 게 아닌가 생각되기도 했다.

무한한 자유로움과 완전한 무기력 상태.

그런 상반됨이 완전한 공존을 이루고 있는 기이한 상황은 문득 예령에게 그녀가 평소에는 거의 생각해 보지 못했던—혹은 무의식중에라도 생각이 나지 않도록 억눌러 놓았던—전혀 의외의 것들을 돌아보도록 하고 있었다.

돌이켜 보면 그녀에게 있어서 최고의 가치는, 아니, 유일한 가치는 늘 검의 완성으로만 귀결되어 왔다.

그 외의 다른 가치들은 다만 검의 완성을 위한 수행 과정 내지는 희생시켜도 좋은 것으로 당연히 치부되어 온 것이다. 여인으로서의 존재와 가치조차도.

'후~!'

예령은 자신도 모르게 의식의 저 건너편으로부터 한가닥의 까닭 모를 탄식을 끌어올렸다.

아무리 그럴 만한 당연성이 있었다고는 하지만, 지금까지의 그녀는 지독히도 이기적이었다는 생각을 문득 떠올렸기 때문이었다. 그리고는 또한 흠칫 놀라고 말았다.

그것은 그녀의 자의식이 일으키는 최초의 반란이었다. 철든 이후로 그녀는 스스로의 가치관에 대해 조금이라도 회의를 가져본 적이 단 한 번도 없었으니까.

마차 안으로 누군가 들어온다고 느낀 것은 바로 그때였다.

'소 공자!'

보이는 것은 아니었다. 그녀는 지금 자신이 눈을 감고 있을 뿐 아니라 오감이 모두 잠자고 있었고, 심지어는 의식마저도 없는 상태라는 것은 알고 있었다.

그럼에도 불구하고 그녀는 순간적으로 너무도 확연히 느낄 수 있었다. 마차 안으로 들어선 사람이 바로 소산이라는 것을.

육감일까? 아니면 초의식(超意識) 같은 것일까? 이 순간 소산의 존재감은 너무도 생생하게 올올이 그녀에게 전해지고 있었다.

그런 생생함은 감각과는 확연하게 다른 정신적인 측면이었다. 이 순간 그녀의 정신은 너무도 맑고 청명한 상태였고, 그런 중에 소산만이 지니고 있는 독특한 존재 감들이 조금의 포장도, 여과도 없이 있는 그대로 한 올 한 올 낱낱이 전해져 오는 듯했다.

그때 마침 소산이 무어라고 중얼거리고 있었다.

그런데 그의 목소리는 너무도 나직하였고, 또한 처음부터 누가 듣기를 바라고 하는 중얼거림이 아닌 듯 그 발음이 모호하였다.

그러기에 만약 그녀가 정상적인 보통의 상태였다면 바로 곁에서도 결코 그 말이 무슨 말인지를 알아들을 수가 없었을 것이다.

그러나 지금 소산의 그 중얼거림은, 아니, 그 의미는 너무도 선명하게 그녀의 맑은 정신 속으로 전해지고 있었다.

"나는 오래도록 본래의 나와 당신이 결코 무관하지 않다고 여기고 있었습니다. 그런데 막상 당신을 만나고 나자, 당신에게 본래의 나라는 존재는 흔적조차 남아 있지 않다는 것을 알게 됐습니다. 그러나 소산으로서 당신과 함께했던 시간들은 참으로 가슴 설레고 행복했습니다.”

소산의 중얼거림은 착잡한 심정을 추스르는 듯 잠시 멈추었다가 다시 이어지고 있었다.

“이제 나는 본래의 나로 돌아갑니다. 이제부터의 나는 더 이상 소산이 아니니, 그럼으로써 당신과의 인연 또한 흔적조차 없이 사라지는 것이지요. 마지막으로… 마지막으로 나는 당신이 행복하기를 진심으로 기원하겠습니다.”

순간 예령은 그녀만의 공간에서 긴 탄식을 흘리고 말았다.

'아아!'

마차를 나가는 소산에게서 잔잔한 슬픔이 그녀에게로 전해지고 있었다. 공감될 듯하나 이해는 되지 않는, 참으로 모호한 슬픔이었다.

그런데 어느 한순간 그 모호한 슬픔은 갑자기 그녀의 가슴을 후벼 파는 듯이 애끓는 것으로 변하였다. 그러나 여전히 이유조차 알 수 없는 절절함으로 인해 예령은 그만 원망의 염(念)을 가지고 말았다.

'아아! 소산! 당신은 원래 이토록 냉정한 사람이었군요!'

이어 그녀에게는 마치 폭풍이 휘몰아치는 것과 같은 극심한 혼란이 찾아왔다.

당장에 무언가를 해야만 할 것 같은 절박함이 마구 들이닥치는 가운데, 막상 해야 할 그것이 무엇인지에 대해서는 도무지 짐작조차 할 수 없는 것이었다.

뒤이어 도저히 벗어날 수 없을 듯한 엄청난 허탈감, 그리고 허전함이 몰려왔다. 그리고 다시 지독히도 우울한 상태가 왔다. 그리고 또 다른 한순간, 거짓말처럼 혼란이 가시고 그녀는 지극히 차분한 상태로 되었다.

그러한 감정의 변화란 것은, 그것들이 바로 예령 자신의 정신세계 속에서 일어난 것임에도 불구하고 참으로 이해할 수 없는 현상이었다.

문득 예령은 자신의 혼란에 대해 차근히 그 근원들을 되짚어가고 있었다.

그런데 보통 때 같았으며 도저히 정리되지 않았을, 아니, 일일이 기억조차 하지 못하였을 수많은 형상들과 사건들과 감정들과 느낌들이 마치 한여름 밤하늘의 은하수가 쏟아지는 것처럼 그녀의 정신 속을 수놓으며 스쳐 지나가는 것이었다. 그 하나하나가 또렷한 궤적을 남기면서.

시간은 찰나처럼, 혹은 영원처럼 스치고 있었다.

그러던 어느 한순간. 예령은 문득 이제껏 모호하기만 하였던 것들 중의 하나가 어떻게 된 까닭인지는 모르겠으되, 지금 그 분명한 실체를 드러내고 있다는 것을 문득 발견하게 되었다.

어이없게도 그것은 소산이라는 존재에 대한 것이었다. 그리고 그 존재에 대한 그녀 자신의 진실된 마음이었다.

그동안에는 알지 못했던, 혹은 굳이 자세히 알려고 해보지 않았던 그것들은 지금 차분하게, 또렷하게, 그리고 사뭇 낯설게 그녀 앞에 마주 서 있었다.

소산에 대한 그녀의 마음이 어떤 것이었는지. 소산이 그녀 자신에게 있어 얼마나 커다란 존재였는지. 소산이 그녀에게 얼마나 진심으로 배려를 해주었는지, 또 헌신적이었는지. 언제부터인가 소산에 대해 느끼게 된 거북함과 불편함의 원인이 무엇이었는지, 그 외에 그녀가 소산에게 가졌던 좋고 나쁜 감정들의 진정한 실체가 과연 무엇이었는지.

돌이켜 보면 그녀는 언제부터인지 모르게 소산에 대해 마음의 부담을 느끼고 있었던 것이었다. 그리고 나아가서는 그런 그녀 자신에 대해 주체하기 어려운 화가 났던 것이었다.

아마도 그것은 소산이 그녀에게 베푼 무상겁결의 은혜와 그 외의 무조건적인 호의에 대한 은연중의 부담이었던 같았다. 아울러 어느 때부터 급속한 정신적 성숙을 보이더니, 어느덧 그녀를 압도해 가는 소산에 대해 무언지 모를 부자연스러움과 거리감을 느끼기 시작했던 것 같았다.

'아아! 나는 참으로 바보 같았구나! 이러한 마음들이 나에게 있었다는 것을 왜 몰랐을까? 왜 이제야 알게 되었을까?'

자책에 이어 그녀에게는 새로운 의식의 흐름이 생겨나고 있었다. 그러한 새로움은 처음에 어색하고 낯설고 미약했다. 그러나 그것은 곧 걷잡을 수 없는 폭발을 일으켰다. 의식과 가치 기준과 감정의 대폭발이었다.

무상검결! 검의 완성!

영원히 절대적일 것 같았던 그 명제들이 이제 더 이상은 그녀가 자신의 모든 것을 다 걸어야만 하는 목표는 아닌 것으로 되고 있었다. 더 이상 그녀의 전부가 될 수는 없는 것으로 되고 있었다.

마침내 예령은 부르짖었다.

'소산! 당신에게 꼭 말해야 할 것이 있어요!'

그러나 그녀는 곧바로 절망하고 말았다.

'아아!'

지금 그녀는 너무도 애타게 소산을 필요로 하고 있었지만, 소산은 그녀의 곁에 없었다. 그는 이제 그녀를 떠나려 하고 있는 것이다.

도저히 돌아나갈 수 없는 암흑의 나락으로 빠져드는 듯한 참담한 절망감에 예령은 그만 스스로의 의식 공간을 굳게 닫아버리고 말았다.

*　　　*　　　*

소산이 떠날 결심을 밝혔을 때, 우선 무무가 놀라고 섭섭한 마음을 감추지 못하였다.

이어 소산이 염동과 당고, 두 사람과만 함께 떠날 것이라고 말하자 소소의 얼굴 표정이 확연히 굳어졌다. 소소가 다른 누구의 말에 대해 그처럼 뚜렷하고도 명확한 반응을 표시하는 것을 사람들은 그때 처음으로 보았다.

"제 의사에 대해서는 조금도 묻지 않는군요?"

서운하다는 기색이 그대로 배어나는 소소의 말에 대해 소산이 담담하게 말했다.

"어쩌면 이제부터의 상황은 이전보다 훨씬 더 분주해질지도 모르오. 나와 당고, 그리고 염 공봉이야 이제 가문으로 돌아갈 것이니 그러한 분주함을 피할 수 있을 것이나, 소 매와 쌍맹은 만약의 경우에 아무래도 스스로를 돌보기에 어려움이 있을 것이니 역시 당분간은 능 형과 무 형의 보호를 받는 것이 좋겠다는 생각이오."

그러자 소소의 굳은 안색에는 차가움까지 더해졌다.

"이제 보니 산 오라버니는 참으로 솔직하지 못하시군요. 사실은 예령 언니가 걱정되어서라고 왜 솔직히 말씀을 하지 못하시죠?"

순간 소산은 당황스러운 기색이 되고 말았다.

언제나 온화하던 소소가 그처럼 차갑게 따져 말하는 것도 그랬지만, 그의 본심이 그처럼 적나라하게 밝혀져 버린 것에 대한 당황이었다.

소산이 쓰게 웃으며 말했다.

"부탁하겠소! 소 매!"

소산으로서는 사뭇 어렵게 꺼낸 말이었다. 그러나 그에 대한 소소의 대답은 의외로 단호한 거절이었다.

"그럴 수는 없어요!"

"음!"

"예령 언니가 아직 깨어나지 않고 있다는 건 저도 마음에 걸리기는 해요. 하지만 언니는 이제 곧 깨어날 것이고, 더욱이 능 공자와 무 공자가 계시고, 또 이제 곧 황숙께서도 오실 것이니 크게 걱정할 일은 없다고 생각해요. 그러니 이제부터 저는 제 마음이 가는 대로 하겠어요."

무엇 때문인지 소소는 다소간 흥분을 한 것처럼 보였다.

그때 한쪽에서 지켜보고 있던 염동이 슬쩍 끼어들었다. 그리고 그는 짐짓 심통난 어린 손녀를 달래는 늙은이의 말투를 흉내 냈다.

"마음이 가는 대로라……? 그래, 우리 착한 소소 낭자의 마음은 과연 어디로 가고 있누?"

그러자 소소의 기세는 대번에 누그러지고 말았다. 더하여 그녀는 여린 두 뺨에다 엷은 홍조까지 떠올리고 마는 것이었다.

"저는… 저는 당고 언니와 함께 가겠어요."

순간 염동은 짐짓 어리둥절한 표정을 짓다가는 곧 나직이 소리 내어 웃고 말았다.

"허허허허!"

왠지 흔쾌하게 들리는 웃음소리였다. 이어 염동은 슬쩍 쌍맹 쪽을 돌아보고 나서 말했다.

"그렇다면 쌍맹 또한 결단코 여기에 남으려고 하지 않을 것은 불문가지의 일이로군!"

그 말에 소소가 다시 가볍게 당혹스러운 기색이 되더니 문득 코웃음을 치며 목소리를 높였다.

"흥! 어쨌든 당고 언니에게는 제가 반드시 필요하다고 생각해요. 그동안의 관찰로 저는 언니에 대해 많은 것을 알게 되었고, 대강의 치료법까지 생각해 두었으니, 이제부터 본격적으로 치료를 시작한다면 언니는 분명 지금보다는 훨씬 나아질 수 있을 거예요. 그리고 무엇보다도……."

말끝을 흐린 소소의 표정이 순간적으로 다시 변화를 보이고 있었다. 금방 기세를 높이더니 또 금방 다시 쑥스러워하는 모습이 되는 것이었다.

사뭇 변덕스럽다고 해야 할 그런 모습들에서, 그녀는 지금까지의 소소가 아닌 완전히 다른 사람이라도 된 듯하였다.

그때 염동이 슬쩍 추임새를 넣고 있었다.

"무엇보다도……?"

염동의 표정에 호기심과 함께 약간의 짓궂음이 들어가 있는 것을 보고, 소소가 가볍게 미간을 찌푸리며 못다 한 말을 마저 이었다.

"무엇보다도 당고 언니 또한 저와 함께 있기를 원할걸요!"

"호오?"

소소가 마주하고 있는 것은 여전히 소산이었지만, 이제 대화는 마치 염동과 소소가 하는 것처럼 되고 있었다.

그때 소소가 문득 약간의 곤란하다는 기색이 되며 말을 잇고 있었다.

"애매하고 복잡한 부분들이 있어 자세히 설명하기는 어렵지만, 당고 언니와 저 사이에는 음… 함께 있어야만 하는… 음! 그러니까… 어떤 운명적인 부분이 있어요."

"허! 운명적이라……? 그렇다면 우리 소소 낭자와 당고 낭자는 앞으로도 계속 함께 있어야만 하겠군?"

염동이 약간의 장난기를 섞어 슬쩍 떠보듯이 물어보는 말이었다. 그러나 그때 소소는 문득 진지한 기색이 되었다.

"당고 언니가 완전히 치료될 때까지는 그럴 생각이에요."

그러자 이번에는 염동이 또한 슬며시 정색이 되며 다시 물었다.

"당고 낭자가 완전히 치료된다? 그것이 과연 가능한 일인가?"

"어렵겠지만 노력해야죠!"

그 간단하고도 단호한 소소의 대답에 염동은 그만 할 말을 잃은 듯 입을 다물고 말았다.

그때 소소가 다시금 가벼운 코웃음을 쳤다.

"흥!"

그리고 염동과 소산이 그녀의 코웃음에 담긴 의미가 무엇인지 미처 헤아려 보기도 전에, 소소는 바람 소리가 나도록 휙 돌아서더니 저쪽의 마차를 향해 횡하니 걸어가 버렸다.

사뭇 매정하게까지 보이는 소소의 뒷모습에 눈길을 주고 있던 염동이 문득 소산을 보며 묘한 웃음을 흘렸다.

그 때문에 소산 또한 영문도 모르면서 덩달아 어색한 실소를 떠올리고 말았다.

"산 오라버니가 저보고 언니 곁에 남아달라고 부탁을 했는데, 제가 그렇게 하지 못하겠다고 했지요. 지금까지는 어떤 부탁이든 다 들어드렸지만, 이제부터는 제 뜻대로 해야겠다고 했어요. 언니는 그런 제가 섭섭하신가요?"

그것은 의식없는 예령을 바라보며 하는 소소의 독백이었다.

"훗! 하지만 산 오라버니의 부탁이 아니더라도 제가 언니를 아주 몰라라 하고 떠나 버릴 수는 없지요. 저 대신 백아를 언니 곁에 남겨두도록 할게요. 백아가 저의 분신이나 마찬가지라는 거 아시죠?"

그러다 소소는 문득 우울한 기색이 되며 다시 대답을 듣지 못할 질문들을 쏟아냈다.

"언니는 산 오라버니가 언니께 연정을 가지고 있다는 것을 알고 있나요? 이번에도 언니는 언젠가 제가 비슷하게 물었을 때처럼, 다만 우정이고 호의일 뿐이라고만 하실 건가요? 언니는 검에 모든 것을 바친 사람이니, 그런 것에는 조금도 마음을 나눌 수 없다고만 하실 건가요?"

소소가 문득 입가에 미소를 떠올렸다. 서글픈 미소였다.

"훗! 정말 그랬으면 좋겠어요. 작별 전에 언니에게 한 번만 더 그런 대답을 들을 수 있다면, 앞으로는 언니께 미안한 마음을 가지지 않아도 될 것 같거든요."

그리고 소소는 금세 다시 질문하는 입장으로 돌아갔다.

"제가 그에게 연정을 가지고 있느냐고요?"

가만히 한숨을 내쉬며 소소는 자신의 질문에 대해 스스로 대답했다.

"전 이제 그것을 연정이라기보다는 운명 같은 것이라고 생각하기로 했어요. 저와 그, 그리고 당고 언니, 우리 세 사람이 가진 어쩔 수 없는 운명. 음! 그리고 또 어쩌면 언니까지도……."

소소의 독백이 문득 자조적인 어조로 되었다.

"운명은… 운명이라면, 사람의 힘으로는 어쩔 수가 없는 것이겠죠? 언제이건 반드시 그렇게 되고야 마는… 그런 것이 운명이겠죠? 혹시 언니와 제게는 지금으로서는 도저히 예측할 수 없는, 언젠가 완전을 이루어야만 하는, 미래의 어떤 운명이 아직 남아 있는지도 모르죠. 그것은 제가 언니께 백아를 남기는 또 다른 이유이기도 해요."

소소는 천천히 자신의 왼쪽 가슴에서 백아를 떼어내 예령의 왼 가슴 위에다 붙여주었다.

백아는 서너 번 날개를 파닥였으나, 이내 다소곳해지며 원래부터 예령의 일부였기라도 한 것처럼 엷은 백색의 나비 문양으로 동화되었다.

소소가 가만히 한 번 백아를 쓰다듬어 주고 나서, 예령의 귓가에다 입을 가져다 대며 속삭였다.

"이제 정말 작별이에요, 언니! 안녕히! 우리에게 남은 운명이 있다면, 다시 만날 그때까지 부디 안녕히……!"

"이별은 미루지 않는 법이라고 하더군요. 저희는 이제 그만 가겠습니다."

무무와 능운상을 향해 그렇게 말하고 나서 소산은 간단하게 뒤돌아섰다. 뒤이어 염동과 소소, 그리고 쌍맹이 가볍게 손을 들어 보이고, 혹은 목례를 하고는 소산의 뒤를 따랐다. 스쳐 가며 능운상과 무무의 얼굴을 훑는 당고의 눈길은 늘 그랬던 것처럼 무심하기만 하였다.

떠나는 이들은 멀어지도록 아무도 뒤돌아보지 않았다.

그 모습이 마치 그들 중 아무도 조금의 서운함도 느끼지 않는 듯 보여 능운상은 차라리 묘한 배신감 같은 것을 느껴야 했다.

그러나 능운상과 무무, 두 사람의 어깨는 어느새 아래로 처져 있었다.

작별이라고는 해도, 방금까지 함께 있을 때까지는 그래도 절실하다고 할 것까지는 아니더니, 갑자기 실감되는 그 빈자리들의 허전함이 무겁게 어깨를 누르고 있었다.

"가주! 이제 어떻게 할 것이오? 정말 이대로 가문으로 돌아갈 것이오?"

염동의 물음에 소산은 아무 생각 없는 사람처럼 대답했다.

"아직 잘 모르겠습니다."

"허허허! 그렇군요. 한 치 앞을 알 수 없는 것이 인생일진대, 어찌 내일의 일을 알 수 있겠소? 내일의 일이야 또 내일에 가서 다시 생각해 봐도 괜찮을 것이오. 허허허!"

농을 하듯이 허허거리며 웃는 염동에게서 소산은 왠지 모르게 잔잔한 위안을 받는 것 같은 심정이 되고 있었다.

그때 염동이 문득 흥얼거리기 시작했다. 즉흥적인데다, 제 멋대로의 가락이었다.

"강호에는 신기한 일이 많다네! 기인이사도 참으로 많다네!"

흥얼흥얼 넘어가던 염동의 노래는 곧 소산에게도 그리 낯설지 않은 소리로 이어지고 있었다.

"팔종 중의 최고는 단연 천공(天公)인데, 그는 능히 고금제일을 다툴 만하다네. 지백(地佰)과 인극(人克)이 나란히 그 아래에 있는데, 그들 둘 각자로는 천공을 당할 수 없되, 그들 둘이 합치면 능히 천공을 감당할 정도라고 한다네. 독제(毒帝), 화혼(火魂), 검신(劍神), 금괴(金怪), 무영귀(無影鬼)의 다섯은 서로 우열을 논하기 어렵되, 그들 중 둘이 합치면 능히 지백과 인극 중의 하나를 감당할 정도라고 한다네. 그들은 정말로 승부를 가려본 것일까? 정말로 가장 강한 사람은 과연 누구일까?"

그때 염동의 엉터리 음률에 참지 못한 소소가 기어이 웃음을 터뜨리고 말았다.

"호호호! 이제 그만 좀 하세요!"

한편 그때 소산은 묘한 얼굴이 되어 있었다. 어찌 보자니 그저 망연한 듯도 했고, 또 어찌 보자니 약간의 홍조가 비치는 것이 은근한 열의가 떠올라 있는 듯도 보였다.

第十章

애증(愛憎)

지존 석산평전

　황제의 붕어 소식과 더불어 삼황숙 주치가 새로운 황제로 등극한다는 소식은 빠르게 퍼져 새벽이 오기 전에 이미 황도 전역으로 퍼져 나갔다.

　그런 와중에 태자와 황후의 갑작스러운 실종 소식은 제대로 사람들의 관심에 오르지도 못하여, 그저 아는 사람만 아는 사건으로 유야무야되고 말았다.

　원래라면 그 또한 천하를 발칵 뒤집어놓을 큰일일 것이나, 더욱 큰일들에 묻혀 버리고 만 것이다.

　무엇보다 황후와 태자는 더 이상 이전과 같은 지위라고 말하기 어려웠으므로, 사람들은 그들의 행방 혹은 생사유무에 대해 적극적 관심을 가지는 것에 대해 두려움을 느끼지 않을 수 없었을 것이다.

신 황제의 즉위는 국상(國喪) 이후로 미루어졌으나, 덕홍 원
년의 치세는 이미 시작되었다.

천하의 대세는 바뀌었고, 그에 따른 크고 작은 피의 숙청이
시작되고 있었다. 그동안 주도적으로 태자를 옹립하려는 입장
에 섰거나, 혹은 오황숙 주활의 편에 섰던 인물들에 대한 대대
적인 정리 작업이 시작된 것이다. 가볍게는 원지유배(遠地流
配), 대개는 죽음이 결정되었다.

그로써 십 년을 끌어오던 천하쟁패는 마침내 막을 내리게
되었다.

*   *   *

새벽이 밝아올 즈음 멀리서 커다란 함성이 울렸다. 그리고
얼마 지나지 않아 일단의 군사들이 왕부로 들이닥쳤다. 그 진
두(陣頭)에는 안문이 서 있었다.

왕부의 대문이 활짝 열리고 식솔들이 몰려나왔다. 안문이
크게 소리쳐 주치의 황위 등극 소식을 간단히 전하자, 일순 곳
곳에서는 격동과 희열에 찬 환호성이 터졌다.

안문이 능운상과 무무에게로 온 것은 왕부의 들뜬 분위기가
대강 가라앉고 난 다음이었다.

간단히 상황을 파악한 안문은 먼저 예령의 상태에 대해 크
게 염려하였으나, 능운상에게서 간단히 상황을 듣고 나서는

적잖이 안도하는 기색이 되었다. 그리고 그제야 보이지 않는 소산 등을 찾았다.

이어 능운상이 지난밤 있었던 대강의 상황을 추가로 설명하자, 안문은 곤혹스럽다는 기색이 되었다.

"소 공자 등이 새벽에 출발했다면 아직 멀리는 가지 못했을 것이오. 지금 바로 사람들을 풀어 행적을 쫓도록 할 것이니, 예 소저와 두 분 공자들은 먼저 황궁으로 들기로 합시다."

능운상이 언뜻 당혹스러운 표정이 되며 무무를 힐끗 쳐다보고 나서 완곡히 말했다.

"여러 가지의 사정들을 살피건대, 저희들도 이제 그만 사문으로 돌아가야 할 듯싶습니다."

그러자 안문은 곧바로 정색을 하였다.

"예 소저를 위시하여 여러분들 모두를 황궁으로 들게 하라는 말씀이 있으셨소. 그리고 그분의 말씀은 이제 지엄한 황명인 것이니, 천하의 누구도 감히 거역하지 못할 것이오."

그 말에 능운상과 무무의 얼굴은 그대로 굳어지고 말았다.

안문의 말은 한 치의 여지도 없는 사실이었다. 아무리 가벼운 말일지라도 그것이 일단 황제의 입 밖으로 뱉어진 것이라면 그대로 황명인 것이다.

잠시 능운상과 무무의 안색 변화를 살피던 안문이 문득 가볍게 미소 지으며 다시 말했다.

"그동안의 정리를 보아서라도 이대로 헤어지기는 서운하다고 할 것인데, 더욱이 두 분 공자는 마땅히 그분을 알현하고 하례를 드려야 하지 않겠소?"

그리고 안문의 표정은 다시 사뭇 의미심장한 것으로 되었다.

"새 황상께서는 이미 두 분 공자들의 사문에 대해 각별한 관심을 표하신 바 있는 것으로 알고 있소. 하니 지금 두 분의 작은 성의가 앞으로 무당과 소림에 어떤 커다란 복연(福緣)으로 이어질지 누가 알겠소?"

그때 능운상은 언뜻 안문에 대해 기존에 가지고 있던 능수능란하다는 인상에 더하여, 그에게는 전혀 익숙하지 않은 일종의 정치적인 여유와 관록 같은 것을 새삼스레 느껴야만 했다.

하긴 안문이 의도적으로야 그런 인상을 주려고 하지는 않았다 하더라도, 자리가 곧 사람을 만든다고 하지 않았던가. 그는 이미 권력의 한가운데에 서 있는 것이다.

문득 무무의 눈이 갑작스러운 놀람을 담고 동그래졌다. 한순간 능운상이 안문을 향해 가볍게 고개를 숙이는 것을 본 때문이었다.

능운상이 부드럽고 겸손한 성품인 줄은 무무 또한 익히 알고 있는 바이나, 한편 그에게는 누구에게도 결코 함부로 고개를 숙이지 않는 강단과 기개가 있음을 잘 알고 있는 터였다. 그런 능운상이 지금 안문에게 고개를 숙여 보인 데 이어, 포권지례까지 취하고 있었다.

"그렇게 말씀하시니 소생들은 참으로 조심스럽기 이를 데

없습니다. 물론, 일개 강호야인에 불과한 소생들의 입장으로서 새 황상을 뵙는다는 것은 일생일대의 광영이라고 할 것입니다. 그러나 안 공께서 아시는 바와 같이, 소생들은 비록 작고 하찮긴 하나 그래도 나름의 법도와 규율을 가진 사문에 묶인 몸이라, 이러한 큰일에 대해 사문의 존장께 여쭈어보지 않고서는 감히 함부로 행할 수 없는 처지임을 헤아려 주셨으면 합니다."

능운상의 말이 거기에까지 이르렀을 때 안문이 나직한 헛기침으로 짐짓 공감을 표하였다.

"흠!"

능운상이 더욱 정중한 어조로 말을 이었다.

"그동안의 정리를 보아서라도 안 공께서 소생들의 어려운 처지를 살펴주시기를 청합니다. 마침 황도에도 개방의 지부가 있으니, 그곳을 통하여 소생들이 사문에 사정을 고하고 지침을 받는 데는 그리 많은 시간이 걸리지는 않을 것입니다."

그때 무무가 더욱 동그래진 눈으로 능운상을 향해 뭐라 말을 꺼내려 하였다.

"능 형……!"

그러나 능운상은 슬쩍 무무의 소매를 잡아당겨 그의 참견을 막았다.

그런 두 사람의 모습을 보며 안문이 빙그레 웃으며 물었다.

"하면 지금 나보고 예 소저만을 모시고 가란 말이오?"

능운상이 바로 대답했다.

"예 소저가 비록 위급한 상해를 입은 것은 아닐지라도 아직 까지 깨어나지 못하고 있는 터에 마침 안 공께서 오셨으니, 덕 분에 소생들로서는 걱정을 덜고 홀가분하게 되었다고 할 것입 니다."

그러자 안문이 가만히 시선을 맞추며 새삼스럽다는 듯이 능 운상을 바라보았다. 이어 그는 짐짓 곤란하다는 듯 가볍게 허 허거리며 중얼거렸다.

"허허! 이것 참!"

무무가 내내 속으로만 품고 있던 궁금증을 뱉어낸 것은 안 문이 군사들로 하여금 마차를 몰게 하여 왕부를 떠나고 난 다 음이었다.

"능 형! 정말로 사문에다 지침을 달라 고할 요량이오?"

그에 대해 능운상은 멋쩍은 미소부터 지었다.

"그냥 핑계였을 뿐이오!"

"하면 금방 독촉이라도 당하게 되면, 그때는 또 어떻게 하려 고……?"

무무가 언뜻 미간을 찡그리고 마는데, 능운상은 오히려 빙 그레 웃는 얼굴이 되었다.

"아마 그런 일은 없을 듯싶소!"

"허! 어찌 그리 마음 편한 소리만 하시오?"

그러자 능운상이 이윽고는 나직이 소리 내어 웃고 말았다.

"하하하! 저라고 마음이 편할 리는 없지만, 너무 걱정할 일도 아닐 것이오. 왜냐하면 이 일에 대해서는 저쪽에서도 금방 잊어버리고 말 테니 말이오."

"그건 또 무슨 말씀이오?"

"우리가 무슨 대단한 사람들이라고, 이제 막 새로운 시대를 맞아 눈코 뜰 새 없이 바쁠 그들이, 기껏 우리가 황궁을 방문하고 안 하고 하는 일 따위에까지 신경을 쓸 여가가 있겠소? 더욱이 안 공이 어떤 인물인데, 내 말이 다만 임시의 핑계라는 것을 알아채지 못했겠소?"

"아!"

무무가 짧은 탄성부터 뱉고 나서 다시 물었다.

"한데도 그는 어찌하여 순순히 그리하라고 하였을까요?"

"그것은 아마도 주 대인… 아니, 이제는 새로운 황제가 되신 그분께서 진정으로 보기를 원하는 사람 중에, 적어도 우리 두 사람은 포함되어 있지 않기 때문이 아니겠소?"

"아! 그렇다면 혹시 예 소저를……?"

"아마도 그럴 것이오."

"하면 우리는 예 소저를 홀로 보내서는 안 되는 것이 아니었소?"

"그것은 우리가 감히 관여할 수 있는 문제가 아닐뿐더러, 또한 우리가 걱정할 문제도 아닐 것이오. 그간 겪어보았듯이, 새 황제는 결코 소인배가 아니오. 그러니 어떠한 경우에도 결코 소인배의 행동 따위는 할 인물이 아니지요. 더욱이 그들 사이에는 오직 그들 스스로만이 풀 수 있는 결코 단순치 않은 사정들이 있는지도 모르겠소."

"단순치 않은 사정이라니… 그건 또 무슨 말씀이오?"

"그런 것을 당장에 무 형께 설명하기는 참으로 어려우니, 앞으로 시간을 두고 찬찬히 얘기를 하도록 하리다."

"허! 기왕에 말을 꺼냈으면 끝을 맺어야 하는 것이지, 사람을 이리 답답하게 만드는 법이 어디 있소?"

무무가 짐짓 조급증을 내고 말자 능운상이 또한 짐짓 싱겁게 웃으며 손사래를 쳤다.

"하하하! 글쎄 그것이 설명한다고 해서 당장에 이해가 될 일이 아니라니까요?"

　　　　　*　　　　　*　　　　　*

의식의 깨어남과 함께 와락 엄습해 드는 낯선 느낌들로 인해 예령은 크게 당황하고 말았다.

그리고 그러한 느낌들이 그녀가 낯선 곳에 와 있다는 것에 앞서, 그녀가 혼자가 되어 있다는 것 때문이라는 사실을 깨닫고는 더욱 당황스럽지 않을 수 없었다.

혼자라는 것. 그것은 검을 잡는 것을 숙명으로 받아들인 이상, 또한 숙명적으로 익숙해져야만 하는 것일 수밖에 없었다.

사실 지금까지도 살아오는 동안에도 철이 들고 난 이후로는, 조부인 예둔과도 떨어져 그녀 혼자인 때가 훨씬 더 많았다. 그런데 이런 불안감이라니… 이런 허전함이라니… 이런 외로

움이라니…….

그러던 한순간 예령은 짙은 암흑의 나락으로 화해 자신을 덮쳐 오던 참담한 절망의 기억을 떠올렸다.

그리고 그 암울한 기억의 끝 자락에 매달려 오는 한마디의 애절한 부르짖음은 그녀의 뇌리를 온통 뒤흔들고도 모자라 이윽고는 전신을 부르르 진저리치게 만들었다.

'소산! 당신에게 꼭 말해야 할 것이 있어요!'

그것은 예령 자신의 부르짖음이었다. 바로 그녀가 스스로의 의식 공간을 닫기 직전에 참담하게 부르짖었던 한마디였다.

예령은 갑자기 조급한 마음으로 되었다. 참을 수 없는 조급함이었다.

"다들 어디에 있나요? 저는 그들에게로 가봐야겠어요!"

예령이 깨어났다는 별궁 나인의 전갈을 듣고 급히 별궁을 찾은 안문이 그녀에게서 들은 첫마디는 그랬다.

"소저께서는 꼬박 하루 만에 깨어나신 겁니다. 어의가 말하기를, 좀 더 안정을 취하는 것이 좋다고 하였으니 당분간은 마음을 편히 하고 휴식을 취하도록 하십시오. 그렇지 않아도, 소저께서 조금의 불편도 느끼지 않도록 모든 정성을 다해 모시라는 폐하의 각별한 당부가 계셨습니다."

예령이 조급해하는 기색 중에도 크게 의아해하며 물었다.

"폐하의 각별한 당부라니… 그게 대체 무슨 말씀이십니까?"

그에 안문이 예령이 미처 알지 못하고 있는 사실들에 대해 대강의 설명을 해주었다.

　그런데 예령은 처음에는 다분히 놀라는 표정이더니, 안문의 말을 다 듣고 난 다음에는 오히려 차분한 기색이 되었다.

　"그랬군요. 그런 일이 있었군요."

　그렇게 예령은 그간의 그 엄청난 격변들에 대해 아주 간단히 수긍해 버리고 마는 듯했다. 가볍게 한숨을 쉬고 나서 그녀는 다시 말을 이었다.

　"그러나 저는 일개 강호의 여인일 뿐입니다. 비록 강호에서 우연한 기회에 폐하와 짧은 인연을 맺었다고 하더라도, 그것 때문에 이런 대접을 받기에는 과분하다고 할 것이며, 저 또한 불편할 따름입니다. 하니 폐하께서 굳이 저를 만나고 싶어하신다면, 지금이라도 바로 황상을 알현케 해주십시오. 인사를 드린 연후에 저는 곧바로 궁을 나가고자 합니다."

　안문이 나직이 탄식하며 말했다.

　"허허! 소저께서는 어찌 이리 조급히 서두십니까?"

　예령이 착잡한 미소를 지으며 대답했다.

　"저는 다만 제게 편한 강호로 돌아가고자 하는 것뿐입니다."

　안문의 안색이 문득 미미하게 어두워졌다. 유심히 보니 예령의 눈빛이 공허하고도 텅 빈 듯했기 때문이었다.

　안문으로서는 자세한 내막을 알 수 없으되, 그 같은 예령의 눈빛은 바로 체념의 눈빛이었다.

　사실 안문에게는 예령에게 꼭 해야만 할 말이 있었는데, 예령의 심정이 그래서는 그가 하고자 하는 말을 하기에 적당하다고 할 수가 없었다.

그러나 미룰 수는 더욱이 없는 말이었다. 그것이 바로 황제인 주치를 대신해서 전해야 할 말이기 때문이었다.

잠시 망설이다 결국 안문은 표정을 가다듬은 뒤 진중하게 입을 열었다.

"황상께서도 한시라도 빨리 소저를 만나고 싶어하십니다. 그러나 목전의 긴박하고도 막중한 일들 때문에 벌써 며칠째 눈도 붙이지 못하고 계실 정도이니, 곁에서 뵙기에 제가 다 안타까울 정도입니다. 사실……."

안문이 가늘게 한숨을 내쉬는 것으로 숨을 돌린 다음에 문득 정색을 하며 말했다.

"황상께서는 소저에 대해 각별한 마음을 가지고 계십니다. 곧 소저께서 곁에 머물러 주기를 바라고 계십니다."

순간 예령은 크게 놀라고 당황스러운 심정이 되고 말았다.

소치가, 아니, 황제가 그녀에 대해 호감을 가지고 있다는 사실에 대해서는 어느 정도 짐작하고 있던 바였다. 그리고 그녀 또한 그에 대해 존경하고 우러러보는 마음을 가지고 있었던 것이 사실이었다.

그러나 지금 그녀의 마음은 단 한 점의 모호함도 없이 너무나 확연해져 있었다. 황제의 그녀에 대한 호감과 그녀가 황제에 대해 가졌던 존경은 결코 남녀의 관계로 진전되어서는 안 되는 것이다.

그때 안문이 한결 가라앉은 목소리로 다시 말을 꺼내고 있었다.

"사실 이 일은 소저의 조부님께서도 이미 반승낙을 하셨던 일이기도 합니다."

순간 예령이 소스라치듯 놀라며 반문했다.

"할아버지께서 어떻게……?"

"그때 개봉에서 이런 사정들에 관해 제가 말씀을 드렸었습니다."

"아아!"

예령이 무거운 탄식을 토했다.

이러한 종류의 일에 대해 조부인 예둔이, 막상 그녀의 뜻은 물어보지도 않고서 다른 사람에게 그런 언질을 주었으리라고는 도무지 믿기 어려운 일이었다.

그러나 한편으로 생각해 보건대, 있을 수 있는 일이라는 생각도 드는 것이었다.

그때의 사정은 워낙 절박했었고 조부의 입장에서는 죽음의 순간에 구해주어 유일한 혈육인 손녀를 만나게 해주고, 그럼으로써 가문의 마지막 비원인 무상검결의 원본을 전해줄 수 있도록 해준 은혜가 그 어떤 것보다 크게 여겨졌을 것이었다.

또 다른 한편으로 죽음을 앞둔 조부로서는 손녀가 더 이상은 험난하기 그지없으며 그 끝조차 보이지 않는 검후의 길을 걷기보다는, 여인으로서의 최고의 영화가 보장되는 황제의 여인이 되기를 갈망했을 수도 있는 것이다.

생각이 그런 데까지 이르자 예령은 내심 다시금 탄식하지 않을 수 없었다.

'아아! 그랬던가? 그때의 그 말씀이 바로 지금의 경우를 두고 하신 것이란 말인가?'

조부 예둔이 임종을 앞두고서 '은혜를 가벼이 여기지 말고, 언젠가 기회가 주어진다면 대신 보답을 해드렸으면 좋겠다'고 했던 그 말이 문득 떠오른 때문이었다.

차라리 말문을 닫아버린 예령을 한동안이나 지켜보던 끝에, 안문은 조용히 별궁을 물러났다. 아무래도 얼마간의 시간은 필요할 것이기 때문이었다.

삼 일이 흘렀다.

그동안 예령은 마치 스스로를 폐(閉)해 버린 것 같았다.

정좌를 풀지 않은 채 한마디의 말도 하지 않았으며, 또한 한 모금의 물도 넘기지 않았다.

안문은 이윽고 초조해하고 있었다. 예령이 그렇게까지 강하게 부정을 할 것이라곤 미처 생각지 못한 일이었다.

안문을 더욱 곤란하게 만들고 있는 것은 황제의 태도였다. 황제는 예령에 대해 어떻게 하라는 언급을 전혀 비치지 않고 있었다.

'그녀 스스로 결정을 내려주기를 기다리고 계신 것이리라!'

안문은 그렇게 생각하며 지난 삼 일을 기다렸었다. 그러나 이대로 더 이상은 곤란했다. 예령의 침묵과 단식이 길어질수록, 그녀의 마음은 더욱 강한 부정으로 굳어질 것이기 때문이었다.

황제가 예령과의 둘만의 자리를 마련하라고 한 것은 바로 그럴 즈음이었다.

"그대의 말을 듣기 전에, 짐의 말을 먼저 하겠다."

예령의 예를 받고 나서 황제는 불쑥 그 말부터 했다.

그런 황제에게서 예령은, 그가 소치일 때의 연륜과 위엄과 중후함이 잘 어울려 있던 모습에서, 이제 제황으로서의 권위만이 오롯이 부각된 모습으로의 변질된 느낌을 마치 낯선 첫인상처럼 대하고 있었다.

그때 황제는 진지한, 그러나 그의 의사와는 관계없이 저절로 우러나오는 듯한 삼엄한 위엄으로 가득 찬 눈빛으로 예령을 직시하며 말을 잇고 있었다.

"그대를 짐의 여인으로 삼으려 한다. 젊어서 이미 성혼한 처지이기에 비빈(妃嬪)의 자리밖에 주지 못하는 것이 안타까우나, 이것 하나만은 약속할 수 있다. 이후로 짐에게 여인은 오직 그대 하나뿐일 것이다. 그대는 황제의 유일한 여인이 되는 것이다."

황제는 그렇게 자신의 마음을 표현했다.

비록 부드럽고 감미로운 것은 아니었지만, 선 굵은 그의 성품으로 볼 때 그로서는 하기 어려운 고백이었을 것이다. 그 몇 마디의 말을 끝내고 난 다음, 진중한 위엄보다는 차라리 잔잔한 긴장을 담고서 예령의 대답을 기다리고 있는 황제의 눈빛이 그러한 짐작을 가능케 해주고 있었다.

예령의 대답이 나오기까지는 그리 오래 걸리지 않았다.

"죄송해요. 그러나 전 그 말씀을 따를 수 없어요."

의외로 차분하고 담담한 목소리였다. 그런 덕분에 황제 또한 순간의 감정들을 추스르며 비교적 담담하게 반문을 할 수 있었는지도 몰랐다.

"무엇 때문인가?"

"바보 같게도 전 얼마 전에야 알 수 있었어요. 제가 이미 마음을 준 사람이 있다는 사실을."

순간 황제의 얼굴이 굳어졌다.

예령은 지금 황제가 아닌 다른 누군가에게 자신의 마음을 이미 주었음을 분명히 선언하고 있었다. 감히 황제의 앞에서. 바로 방금 전 그녀를 자신의 여인으로 삼겠다고 말한 황제의 앞에서 말이다.

잠시의 시간이 흐른 뒤에야 황제는 어렵게 다시 입을 뗐다.

"이미 마음을 준 사람이 있다? 허허허! 그래, 그자가 누구인가?"

예령은 여전히 차분하기만 했다. 황제의 시선을 담담하게 받아들이며 그녀는 또렷하게 말했다.

"소산입니다!"

순간 황제는 신음과도 같은 침음성을 내뱉지 않을 수 없었다.

"으음!"

그것은 어이없음이었다. 그리고 그것은 이내 놀라움과 당황으로 변해갔다.

"소산이라고? 소산이란 말인가?"

그렇게 혼잣말로 되새겨 중얼거리고 난 다음에야 황제는 비로소 밀려드는 분노와 맞닥뜨리게 된 모양이었다.

불을 뿜는 듯한 뜨거운 눈빛, 그리고 벌겋게 달아오른 얼굴빛에서 황제의 분노가 거칠게 타오르고 있었다.

황제가 분노를 추스르고 진정된 안색으로 되돌아온 것은 한참의 시간이 더 지난 후였다.

"만약에… 그대가 소산에게 마음을 주었음에도 불구하고, 그가 그대에게 마음을 주지 않는다면… 그때에 그대는 어떻게 하겠는가?"

황제의 그 물음에 예령은 잠시 망연한 기색이 되는 듯 보였다. 그런 예령을 깊숙한 눈길로 바라보다가 황제가 다시 덧붙였다.

"소산은 지금 그대의 곁에 없다. 혼절하여 있는 그대를 두고 떠난 것이다. 그것은 결국 그대를 향한 소산의 마음이, 그대가 소산에 대해 가지고 있는 만큼은 절실하지 않다는 것을 말해주는 것이 아니겠는가?"

그때 예령은 문득 한가닥의 미소를 떠올렸다. 처음에는 엷었으나, 이내 배시시 피어나는 미소였다.

흉중에 억눌린 분노가 아직 그대로인 중에도, 황제는 그녀의 미소가 눈부시다고 생각했다. 그리고 아마도 천하에 그녀

만큼 예쁜 미소를 만들어낼 여인은 다시없을 것이라는 생각을 새삼 하게 되었다.

미소가 그대로 머물고 있는 채로, 수줍은 듯이, 또 조금은 들뜬 듯이 예령이 말했다.

"설혹 저에 대한 그의 마음이 절실하지 않다고 해도 그건 제게 그다지 중요하지 않아요. 제게 진실로 중요한 건, 바로 제 마음이 이미 그에게로 가 있다는 사실이에요. 저는 그것만으로 충분해요. 넘칠 만큼!"

황제의 표정이 일순 망연한 빛으로 될 때, 예령의 맑은 목소리가 다시 잔잔하게 흘렀다.

"폐하께서 선조부(先祖父)와 제게 베풀어주신 은혜를 생각한다면 폐하의 그 어떤 말씀이라도 감히 거역해서는 안 될 것이나, 그저 무지하고 몽매한 강호여인의 가여운 소원이라고 여기시어 떠나고자 하는 저의 뜻을 부디 가납하여 주십시오! 폐하!"

간절한 소원을 말하며 이윽고 바닥에 부복(俯伏)하는 예령을 바라보는 황제의 얼굴은 딱딱하게 굳어들었다.

잠시간의 무거운 침묵이 흐른 후. 황제는 천천히 예령에게서 돌아섰다. 그리고 무거운 걸음걸이로 별궁을 나섰다. 그런 황제의 등에는 미처 다 삭이지 못한 분노가 여전한 격렬함을 띠고 서려 있었다.

안문의 곁을 지나치며 황제가 나직이 명했다.

"별도의 명이 있을 때까지 그녀를 별궁에 연금하라!"

황제의 나직한 목소리는 가늘게 떨리고 있었다.

그 목소리에서 안문은 황제가 아닌, 한 명의 사내로서의 주치의 거친 분노를 볼 수 있었다. 지금 황제의 분노는 어쩌면 질투의 색깔을 닮아 있었다.

황제가 가고 난 뒤, 예령은 몸을 일으켜 다시 차분하게 정좌의 자세로 돌아가고 있었다.

안문이 진정 안타까운 마음으로 말했다.

"예 소저! 소저를 원하는 황상의 마음은 참으로 진심이십니다. 또한 폐하께서는 일단 마음먹은 것을 포기하실 성품이 결코 아니십니다. 그렇다면 천하의 그 누가 있어 감히 천자의 뜻을 거역할 수 있겠습니까? 만약 폐하께서 진정으로 노하신다면, 그 화가 소저께뿐만 아니라 결국에는 소산 공자에게까지 미치게 되리라는 것을 어찌 모르십니까?"

예령의 표정이 잠시 어두워졌다. 그러나 그녀는 이내 담담한 안색으로 돌아가며 말했다.

"그래도 저의 뜻은 변하지 않아요. 아니, 변하려 해도 제 마음이 그렇게 되지를 않으니 저로서도 이미 어쩔 수가 없는 일이에요."

예령의 말이 그런 데까지 이르렀을진대는, 안문으로서도 더 이상 설득할 말이 있을 수 없었다.

잔뜩 흐려진 얼굴로 이윽고 안문의 입에서는 한소리 무거운 침음성이 흘러나왔다.

"으음!"

동시에 안문은 문득 황제의 마음이 어떤 색깔인지에 대해 다시금 생각해 보는 심정으로 되었다.

어쩌면 황제가 예령에게 보인 열의는, 다만 그가 앞으로 곁에 두게 될 수많은 여인들 중의 하나로서일 뿐이었는지도 몰랐다. 한 여인에게 모든 열정을 다 바치기에 아무래도 황제는 너무도 계산적이었고, 또한 냉철하였으니까.

그러나 지금 시점에서 안문에게 확실하게 된 것이 하나 있었다. 이제 황제가 예령에 대해 열망하게 되었다는 점이다.

그 의미는, 비록 이전까지는 그렇지 않았는지는 모르되 지금부터는 분명히 그렇게 되었다는 것이다.

그러나 그 열망의 원천은 이제 더 이상 예령에 대한 순수한 열의가 될 수는 없었다. 다만 만승지존으로서의 당연한 자존심이자 소유욕일 것이며, 나아가 황제가 아니라 한 사내로서의 질투심이자 집착일 것이다.

그 모든 것은 바로 예령의 거부로부터 비롯되었다.

그녀는 감히 황제를 거부하고, 다른 사내를 선택한 것이다. 황제는 그것을 결코 용납하지 못할 것이다.

황제 이전의 한 사내로서도 주치의 인물됨은 중후한 심성 가운데서도 오만하다고 해야 할 정도로 위엄과 권위를 중시하는 성품이었다.

하물며 이제 그는 인간세상에서 가장 고귀한 신분인 천자의 신분이 아니던가.

그러니 누군가에게 자신이 원하는 것을 빼앗긴다는 것은 결코 있을 수 없는 일이었다.

마음에 둔 여인이 스스로 품에 안겨들지 않는다면, 그가 가진 무소불위의 권력과 힘을 직간접적으로 사용하기를 조금도 주저하지 않을 것이다.

연금당하고 있다고 해서 예령에게 달라진 것은 거의 없었다. 그녀의 주변에는 여전히 그녀의 식사와 일상을 살피는 나인들이 배치되어 있었다.

또한 매시진 어의가 와서 그녀의 상태를 살피고 갔다. 다만 예령 스스로는 그러한 모든 것들에서 철저히 자신을 소외시키고 있었다.

그렇게 시간의 흐름에서조차 철저히 벗어나 있던 어느 때, 예령은 문득 깊은 묵상에서 스스로 깨어났다.

언제부터인지 그녀의 왼쪽 가슴 위에서 일어나는 미미한 진동 때문이었다. 그리고 그 진동이 동반하는 희미한 온기 때문이었다.

관심조차 제거된 무심한 눈길을 자신의 왼쪽 가슴 위로 옮기다가 예령은 문득 놀라 나직한 탄성을 흘리고 말았다.

"아아! 백아, 네가 어떻게……?"

그것은 놀람보다는 차라리 감격이었다. 처절한 고립무원의 암흑 속에서 전혀 생각지 못했던 익숙함을 만난 반가움.

바로 백아였다. 그리고 백아가 소소의 분신이나 마찬가지라는 것을 잘 알고 있기에 예령은 눈물겹도록 살가운 느낌을 가지게 되는 것이었다.

그런데 바로 그 순간 백아는 파라락 날아오르더니, 그대로 밖을 향해 날아갔다.

"백아!"

예령이 황급히 외쳤으나, 백아의 비행 속도는 마치 섬광처럼 빨라 이미 그녀의 시야에서 사라지고 없었다.

방금 전의 반가운 마음이 채 가시기도 전이라, 예령은 싸하니 몰려드는 아쉬움과 허전함으로 인해 스스로를 주체하지 못할 지경에 이르고 말았다.

그녀의 뇌리 한편으로 아득한 기억의 편린들이 마치 아지랑이처럼 아른거리며 떠오른 것은 바로 그때였다. 그것은 목소리였다.

'전 이제 그것을 연정이라기보다는 운명 같은 것이라고 생각하기로 했어요. 저와 그, 그리고 당고 언니, 우리 세 사람이 가진 어쩔 수 없는 운명. 음! 그리고 또 어쩌면 언니까지도. …언니와 제게는 지금으로서는 도저히 예측할 수 없는, 언젠가 완전을 이루어야만 하는 미래의 어떤 운명이 아직 남아 있는지도 모르죠. 그것은 제가 언니께 백아를 남기는 또 다른 이유이기도 해요. …이제 정말 작별이에요, 언니! 안녕히! 우리에게 남은 운명이 있다면, 다시 만날 그때까지 부디 안녕히……!'

"아아! 소 매!"

예령의 탄식이 약한 울먹임으로 젖어들었다.

그랬다. 그것은 바로 소소의 목소리였다. 언제 들었는지 알 수 없는.

혹은 그녀가 지금 처해 있는 외롭고도 절박한 처지가 만들어낸 허상인지도 몰랐다.

하지만 소소의 곁에서 잠시도 떨어지지 않아야 할 백아가 방금 전 그녀에게 있었지 않은가. 그렇다면 그녀가 알지 못하는 어떤 순간에, 정말로 소소는 그런 말을 했었는지도 몰랐다.

생각을 추스른 끝에 예령은 차라리 안도하였다.

고립무원의 처지에서 문득 돌아갈 곳이 생긴 편안함. 그리고 한편으로 자신에게 소소가 그런 정도의 소중한 존재였음을 새삼 깨달았다는 점에서도, 예령은 한가닥의 온기가 시린 가슴을 데워주는 느낌을 받는 것이었다.

비로소 원래의 담담한 기색으로 돌아가며 예령은 나직이 중얼거려 보았다.

"운명! 그래, 진실로 운명이라면 언젠가 우리가 다시 만나도록 이미 정해져 있는 것이겠지!"

가만히 두 눈을 감는 예령의 입가로 희미한 미소가 자리 잡았다. 비록 슬퍼 보였지만, 차분한 미소였다.

『지존석산평전』 4권 끝

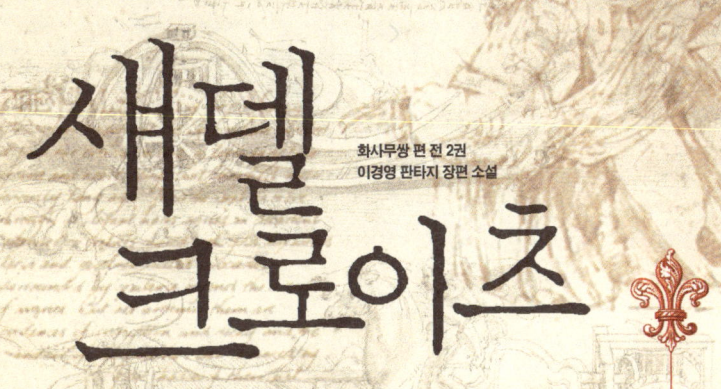

섀델 크로이츠

화사무쌍 편 전 2권
이경영 판타지 장편 소설

『가즈나이트』의 명성과 신화를 넘어설
이경영의 판타지의 새로운 상상력!

자신만의 독특한 세계관을 창조한 작가
이경영의 새로운 도전과 신선한 충격.

바란투로스의 특수부대 섀델 크로이츠의 리더 파렌 콘스탄.
야만족을 돕는 안개술사를 물리치기 위해 아시엔 대륙에서 온
불을 뿜는 요괴 소녀 카샤.
너무나 다른 두 사람이 운명의 길에서 만나다.
친구란 이름으로 시작된 모험, 그 앞에 놓인 난관과 운명의 끈은
어떻게 될 것인지……

"질투가 날 만도 하지.
요괴가 산신령을 엄마로 두는 건 흔한 일이 아니거든.
괜찮다, 파렌. 본좌가 아는 요괴들 전부 본좌를 질투하고 부러워하니까."
소녀는 손에 잔뜩 받은 빗물을 훌쩍 마셨다.
파렌은 그 순수함에 웃음을 흘렸다.
그는 지금까지 자신이 봤던 그녀의 기이한 행동들을 어렴풋이나마 이해할 수 있을 것 같았다.
그렇게 친구가 된 둘은 그 길로 긴 여행을 떠나게 된다.

본문 중에-

세상을 보는 또 하나의 창 - inthebook.net
유행이 아닌 자유추구 - chungeoram.net

B o o k   P u b l i s h i n g   CHUNGEORAM

학교에서는 가르쳐주지 않는
10대들을 위한 **인생수업**

작가 : 이빙 | 역자 : 김락준

10대들을 위한 나침반 같은 인생 교과서!
사회 초입에 들어서게 될 청소년들에게 들려주는
100가지 인생 이야기

내 인생의 방향잡기!
여행길에 오르기 전에 접해보자!

100가지 이야기, 100가지 명언

사람은 태어나면서부터 각기 다른 모습으로, 각기 다른 사고로 "인생" 이라는
여행길에 오르게 된다. 내가 지금 서 있는 이 위치에서 그리고 사회라는 공간에서
한 사람의 몫을 당당하게 해낼 수 있는 역량을 키워나가기 위해서는 어떠한 생각을
가지고 있어야 하는 걸까.

늦지 않게 준비하자! 스스로의 마음가짐이 자신의 미래를 결정한다!

설레는 마음으로 떠난 길일지라도 기존에 생각하고 있던 것과는 다르게 흘러가는
사회의 모습에 당혹스럽기도 할 것이다.

그러한 곳에 발을 들여놓기 위해 첫 발걸음을 막 뗀 청소년이라면 학교에서는
미처 배우지 못한 상황에 더욱이 큰 혼란스러움을 느낄 수밖에 없다.
시간이 흐를수록 사회가 한 인간에게 요구하는 것은 다양하고 세밀해지고 있다.
그러한 사회 속에서 자신만이 앞으로 나아가지 못해 제자리걸음을 하게 된다면 어떠할까.
미리 대비를 하지 않는다면 당신 역시 그러한 현상에 빠지는 또 한 명의 사람이 되고 말 것이다.

책장을 넘기는 순간, 책과 당신의 공감대가 형성된다!

적응을 위해 도움이 될 만한
인생의 지혜와 경험, 깨달음이 한가득 담겨있다.
그 속에 담긴 100가지 이야기 그리고 그와 관련된 100가지의 명언은
가슴 깊이 새겨 놓고 되뇌어 보기에 충분하다.

Book Publishing CHUNGEORAM

세상을 보는 또 하나의 창 - inthebook.net
유행이 아닌 자유추구 - chungeoram.net

공부하는 감각의 차이가 자녀의 미래를 결정한다.
이 시대가 필요로 하는 명품 인재 만들기!

Luxury Study habit

올바른 습관이 명품 자녀를 만든다

명품
공부습관
87가지

저자 : 친위
역자 : 오혜령

 ## 똑소리 나는 부모의 똑소리 나는 자녀 교육법!

어린 시절의 습관은 평생을 결정한다.
제대로 바로잡지 못한 나쁜 습관은 자녀의 미래에 검은 그림자를 드리울 수도 있다.
대부분의 부모들은 아이의 잘못된 습관을 발견하면 언성을 높이는 경향이 있다.
하지만 그것이 문제 해결의 방법이 아님을 당신은 이미 알고 있을 것이다.
지금 당신은 적절한 대안을 찾지 못해 힘겨워 하고 있지는 않은가.
내 아이가 명품 인생으로 살아가길 희망하는 부모라면 이 책에 귀를 기울여 보자.

내 아이가 세상의 중심에 우뚝 설 수 있게 하는 방법!

이 책은 잘못된 공부습관과 대인관계 형성 등의 문제 등을
87가지 이야기를 통해 알아보고 그에 걸맞는 올바른 해결책을 제시해주고 있다.
이 한 권의 책을 통해 똑소리 나는 부모가 되어보자.
그리고 내 아이가 최고의 명품으로 거듭날 수 있도록 노력해보자.
이 책은 분명 당신에게 꼭 맞는 효과적인 자녀교육서가 될 것이다.

세상을 보는 또 하나의 창 - inthebook.net
유행이 아닌 자유추구 - chungeoram.net

Book Publishing CHUNGEORAM

Rhapsody Of Cardinal

카디날 랩소디

송현우 판타지 장편 소설

놀라운 경험(the enormous experience)!

He created a completely new world.
It is a place who have never known and where never been able to imagine.
This splendid world will introduce the enormous experience for the
person only who reads.

그 누구에게도 알려진 것이 없으며 상상조차 할 수 없었던 새로운 세계를
작가는 완벽하게 창조해내었다.
이 멋진 세계는 독자들만이 체험할 수 있는 놀라운 경험으로 인도할 것이다.

판타지는 허구다? 아니다. 판타지는 일상이다.
우리의 삶은 연속된 판타지의 연장선상에 놓여 있고,
상상은 우리의 일상을 더욱 살찌운다.
『카디날 랩소디(Rhapsody of Cardinal)』를 경험하는 독자들은
더욱 풍부한 일상 속에서 새로운 삶을 경험할 것이다.
멋진 만남! 흥미로운 경험! 이것이 『카디날 랩소디』가 가진 장점이며,
작가 송현우가 독자들에게 바라는 꿈이다.

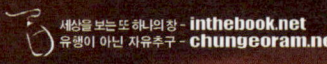

세상을 보는 또 하나의 창 - inthebook.net
유행이 아닌 자유추구 - chungeoram.net

Book Publishing CHUNGEORAM